行与思

当代中国文学书库

曹毓华 ◎ 著

中国文联出版社

图书在版编目（CIP）数据

行与思 / 曹毓华著 . -- 北京：中国文联出版社，
2023.10

ISBN 978 - 7 - 5190 - 5335 - 2

Ⅰ.①行… Ⅱ.①曹… Ⅲ.①散文集—中国—当代
Ⅳ.①I267

中国国家版本馆 CIP 数据核字（2023）第 184948 号

著　　者	曹毓华
责任编辑	周　欣
责任校对	贾　丹
装帧设计	中联华文

出版发行　中国文联出版社有限公司
地　　址　北京市朝阳区农展馆南里 10 号　　　邮编　100125
电　　话　010 - 85923025（发行部）　　010 - 85923091（总编室）
经　　销　全国新华书店等
印　　刷　三河市华东印刷有限公司

开　　本　710 毫米×1000 毫米　　1/16
印　　张　16.5
字　　数　253 千字
版　　次　2024 年 1 月第 1 版第 1 次印刷
定　　价　78.00 元

心，即是安心之处

苏轼曰：

"人生到处知何似，应似飞鸿踏雪泥。"

谁能预知留下怎样的足印？

也许你苦苦行走与追求，

最终末能让"自我观"进入人类精神传统，

而只要的确走在自己的朝圣路上，

能坦然自慰的是：

一段路，我曾走过。

写作之梦（代序）

　　莫言的小说《蛙》，我读时并没有多大的共鸣感，也许是对诺贝尔奖得主的膜拜而"膜拜"莫言，看着封底背页的莫言简介的上端，一张莫言站立的半身照，照片的背后是一个大型的书法屏风，屏风仅一个大大的繁体"梦"字。我看着莫言站立在"梦"字前那粗眉阔脸、似梦非梦的神态，心里萌发一个我自己都觉得有点滑稽的想法——这莫不是这位诺贝尔文学奖获奖作家的刻意托喻？托喻梦与写作之关联。是不是名作家都有不寻常的梦？由梦而虚构出引起无数读者共鸣的故事。

　　"曾经年少爱追梦"，像刘德华唱的那样，我在青春初期梦的最多的是国家刚刚恢复高考的那段年月，那段进入被人们称作"天之骄子殿堂"的大学校园的时期。几经苦熬，此梦成真。毕业后步入仕途，又很平庸地做着股长——副科长（或比科长大一点）的官梦，当然不会是好梦连连。几十年岁月蹉跎，一路坎坷，不堪回首。当自己步入了人生的最后一个选择——退休，像人们所说的由职业生活进入到非职业生活，仿佛已经从许多的梦境中完全醒来。伸展手脚，揉揉眼睛，置身于又一种现实的朝阳。居家静养，但心灵深处仍然有一个无线电台。我在问自己："现在还能做点什么呢？"忽然想起塞缪尔·厄尔曼的名篇《年轻》中的一句哲语："无论是60岁还是16岁，每个人都会被未来所吸引，都会对人生竞争中的欢乐怀着孩子般无尽的渴望。"我的脑际再一次萦绕新的希冀，编织起又一种憧憬，仍然还有梦。

　　有人这样说："人若无梦，便会失去一种生活情调，或缺少一种精神的动力源，甚至精力也会枯竭。"是的，现实生活中，与只知做梦的人比，从不做梦的人或许更像白痴。即便步入老年，从不做梦的老年人，或许患阿尔茨海默病的概率比还有梦的老年人要高。因此动不动就说自己老了，就

1

是在错误地引导自己。

亦如《梦溪笔谈》之沈括，"梦溪"并非"日之梦溪，舍之首选"，只不过是"人生如梦"的托喻而已。对退休后的自己而言，一种梦萦绕脑际，挥之不去，这便是所谓的写作之梦。我想，这总不至于太平庸吧。但较之平庸之梦，写作之梦要想不虚幻却又很不易。原因在于它毕竟不像以往的职业之梦、挣钱之梦、爱情之梦，需要过多地面对他人的真实（有时甚至是要仰人鼻息）。写作之梦则需要更多地面对自己的真实，所梦的是自己的一些内心感知与感受。每每动笔，却总卑之无甚高论。于是，无意于著述的感慨油然而生，只好自我解嘲：说写作之梦并非就是当作家之梦，其初衷仅与许多的非职业写作的人写作一样，纯粹属于生活感受和思考，普通人的一种心态而已，并不是想当作家或去写书赚钱，只当成自己心灵的需要，或当成是为了安顿自己——让自己在体制外活得有意义或活得似乎有意义一些。这有点儿像诗人们所谓的"生活不只是眼前的苟且，还有诗和远方"。

因为写作之梦，便需要花时间去扩大自己的阅读面。力求读开而引发写开。让自己去重读《红楼梦》《平凡的世界》，读哈代的《德伯家的苔丝》，读托尔斯泰的作品。读时想的是这些让人着迷的作品，这些大师们除天才外，又有什么写作技巧上的秘密呢？想从个别作品中去求得一知半解。于是又去读托尔斯泰的传记，去看电影《托尔斯泰》，从托尔斯泰的写作经历里知道了这位文学巨匠与许多的名作家一样，有着一个相当长的纯属私人写作（不为发表而从事的写作，包括日记、随笔、书信等）的前史，这个前史与一些职业化的写作者又有着"宗教感情"上的不同，当然也与莫言所说的"当初写作想发表是为了能吃上一碗饺子"的想法不同。我只能浅薄地理解为"我手写我心"。但是这个前史解释了他后来之所以成为名作家，不是仅仅为了谋生，也不是为了出名，而是因为写作乃是心灵的需要，至少是他养成的习惯。再以《红楼梦》为例，曹雪芹批阅十载，增删五次，"字字看来尽是血，十年辛苦不寻常"。但曹雪芹潜心写作其初衷也许并非要通过写小说以改变其"蓬牖茅椽"的生活窘境，或实现"一举成名天下知"的抱负。正如《红楼梦》最后一回的结尾，借空空道人所言，"果然是敷衍荒唐，不但作者不知，抄者不知，并阅者也不知。不过游戏笔墨，陶情适性而已"。这让我有所启发，似乎找到了将写作之梦做下去的理由——陶情适性而已。

除作家外，许多人的写作往往源于自己的一个动因。就如习惯写日记的人，将想说出来但又不知道向谁或以何种方式去说的话写下来，用写来调和面对自己的真实与面对他人的真实的心理矛盾（因为对许多人而言，面对他人的真实是一回事，而面对自己的真实又是另一回事）。如果成了名作家，即便纯粹的私人写作，都免不了被众多人去探究，但普通人即使内心澎湃的感情也只能藏匿于心，不为人知，这是生活的常态。托尔斯泰的书广为流传，有人当作《圣经》般阅读，但他生前视自己的日记为"个人精神生活的领域""是自己与上帝之间的秘密"。就连自己的妻子索菲亚也不能看到，最终为把日记留给自己而与索菲亚大吵。"我把我的一切都交了出来，财产、作品……只把日记留给了自己，如果你还要折磨我，我就出走，我就出走。"托尔斯泰最终离家出走，孤逝在深秋之夜的一个小车站上。但是这颗文学巨星陨落后，他的日记，他与"上帝之间的秘密"不也与他的作品一样与无数个读者"上帝"见面了吗？可芸芸众生内心澎湃的情感却无法言表，无法将思维模式放入字里行间。这就是写与不写的区别。

其实写作之梦也并非海市蜃楼，对于许多普通人而言，无非是将自己向自己说过的太多的话，在有一天向别人说说，这便促使自己去寻找更加贴切的表达，想尽量把话说得准确生动一些，或像招魂一样，把自己读书时已读开的名家名言"招"出来，点化辉映到合适的情境和页面中，形成自己的阅读理解，同时反映出自己的内心表述。而将这些话用文字编辑在一起，也就成了所谓的一本书。每时每刻都有新作挤进网络，你努力在写，或许终未能凑成一本书或未能掺和一点网热，即便如此，只将写作之梦当作前史，不问后史，便无遗憾。

因为在游戏笔墨、陶情适性时，有益于自己的是：你面对了自己的真实。

●●●●● 目录

第五辑　游记与小说尝试

第六辑　闲或时尚的杂文

第七辑　岁月片段

第八辑　哲思之门

第九辑　夕阳点点红

第一辑
心路悠悠

1　三个东西让你不快乐

人是生理性和精神性构成的存在，而精神性的存在所表现的需求往往大于物质性需求。维持人生理性需求所需的物质资料很少（若算一算你的衣、食、住、行所消耗的总量就知道了）。当然两者又区别于度、量、衡上的差异。有人感叹"人生不顺心事十之八九"。有人感慨"百年三万六千日不在病中即愁中"。这些情绪性存在，会伴随广泛的人群。而诸如"最近我又要减肥啦""近日我又换了一台好车"等表达饮食过剩与消费充盈之类的语言，又能有几个人会去在意这些语言与自己生活的联系，从而引发共鸣呢？其实对于芸芸众生，真正感到不快乐的，倒不一定是物质上的欠缺，而是潜存于精神层面里的"恐惧、忧虑、忌妒"这三个东西。

彭克慧等人编著的《生命中的哲学》一书中，有一段文字："2012年12月地球各地突然反常的气候变化，而这一切与已经消失的玛雅文明里的关于世界末日的预言不谋而合。根据玛雅文明中预言，2012年12月21日末日将会到来，世界将会陷入永无止境的黑暗之中，而漫天的洪水会淹没整个地球。"全人类的恐慌、骚乱在各地时有发生。罗兰·艾默里奇导演的电影《2012》里诺亚方舟的计划开始浮出水面，人们看完电影对全球变暖现象激烈地争论与讨论着。可是你若因为恐惧而改变你对生活的预期和安排，则不是大错特错吗？2012年早已过去，地球不还在照常运转吗？

彭克慧他们给出了这么一组数据，有人找出1000人进行问卷调查。被调查者中：50%的人对暴力犯罪感到更恐惧，47%的人对交通事故感到更恐惧，36%的人对恐怖事件感到更恐惧，26%的人对火灾感到更恐惧，而19%的人对自然灾害感到更恐惧。这组数据说明了一个问题，100%的人或多或少都存在对偶然事件的恐惧，都有恐惧心理。

在我们的现实生活里，个别事件的偶发，同样会引起广泛的人群的恐惧。比如几起拐卖儿童事件，被主流媒体警示后，幼儿园、小学乃至初中校门口接送小孩的车流、人流，水泄不通。又如转基因食品的说法，让许多人在一日三餐摄取食物时带着怀疑与恐惧。"地沟油"的说法，则又会让许多人吃餐馆叫外卖时既享受时尚与快捷而又提心吊胆。快节奏的现代生活，让人们幸福感、获得感满满，同时又处于"真实的缺失或不真实的事件"的纠结与恐惧之中。

还有对疾病的恐惧，更是要了不少人的命。据说两个同一病房的癌症患者，一个是确诊患癌症，而另一个却是检查误诊。可笑的结局是那位患有癌症的，丢掉了对死亡的恐惧，反正日子不多了，该吃吃该喝喝，坦然面对。而那位被误诊（当然他也不知道自己是被误诊）的先生，整日数着自己还有几天，茶不思饭不想，结果死在了病房。而另一位接受治疗后走出病房竟活了十年。可见对疾病的恐惧，比疾病对人更可怕、更直接。

恐惧的危害，始终向人们浇灌着有毒的情感，并会向周围其他人传染。智者能从自身去找到消除恐惧的良方。思想家卢梭说："当理智的人横遭不幸时，他看到的却是一些随机发生的事件，不会因此变得狂暴失去理性。"《羊皮卷》的一个章节，是叙述怎样克服恐惧的，说得最为直接——"在攀登自己幸福高峰时，若没有梯子，就要学会攀爬，攀爬时请丢掉恐惧"。

忧虑，这个东西更是无人没有、无孔不入。回想自己年轻时曾一度因思想压力大、工作不顺，忧心忡忡，十分纠结、痛苦，还失眠，精神仿佛要崩溃。后来读了卡耐基的书《人性的弱点》《人性的优点》受到一点启发，知道"忧虑移于目标视线之外的那个点，其实就在自己的大脑里"。联想到许多中国现代心理学家，巧妙地将儒家的古典理论与现代心理学说融合，有人高度概括为"人生不顺心事十之八九，故应见之一二，忘之八九"。我并非读得懂一些心理学理论，而只是获得了一个最简单的启示——既然大多数人不顺心事十之八九，那我又为何要自己与自己过意不去，为何总被忧虑的阴影笼罩心房呢？我开始找到移于视线之外的那个点，走出了一段阴影。

若分析与观察许多忧虑的人，一个最明显的特征是怨天尤人，并不是能力所不及，而是遇事过于忧虑于成败，患得患失，最终让忧虑占据了自己的大部分精力，只是浮躁与不安，总是在乎事情的外在，而忽略了事情的本身，其结果肯定事与愿违，导致人生失败。

无边的忧虑，会让一个人彻底颓废，严重者，亚健康、抑郁症，甚至阿尔茨海默病都会找上他。只有克服忧虑，跨越心里低谷，才能寻找到避免被现实破坏生活的方法。未雨绸缪，即使遭厄运，也能化解，这才是生活的强者。

除恐惧和忧虑外，人性弱点上的第三个东西——忌妒，更是难摆脱的一个潜在情绪了。罗素写给人们的《幸福之路》一书，鲜明道出"嫉妒根深蒂固地存在于广泛的人群中，连不满一岁的婴儿都明显存在这种心理，每一位教育工作者都必须充分重视所有教育对象的这种心理"。生活中若能减少一些忌妒，诗意会浓浓的。对生活中那个挣工资比你多的，你可能有这样的心理。要是把忌妒心治好了，就能获得幸福，别人就忌妒你了，说到底没有比幸福更值得人忌妒的了。但是，即便是成功，也无法让人摆脱忌妒心，因为总有一些人比自己更为成功。习惯比较的思维是人难以摆脱的弱点。忌妒存在于人的意识里，无法用成功来治愈。只有那个"别人骑马我骑驴，回头看到推车汉"，比前不足，比后有余，具备知足常乐心态的人，才算摆脱了忌妒心，才会活得洒脱、活得满足、活得快乐、活得有诗意。

我发自内心地敬佩我的一位小学同学的父母。有一次这位同学开着他的奔驰车，约我一同去老家村子里看望他父母。回到那个我们儿时当作乐园的小院落，木结构的"三柱屋"，青砖黛瓦。房子很旧，但打扫得十分干净整洁，与村子里一栋栋新旧楼房相比，显得低矮，但在我看来它却是那么清爽而别致，甚至典雅可亲。在回来的路上，我同学很在意地说："许多年了，我兄妹几个都执意要拆除老宅，给父母建一栋小洋楼。并对父母讲得很尖锐，你子女有留洋的，有当企业老总的，村里大多数人家都盖了楼房，这让村里人看来不是我们不孝顺吗？可二老说'我习惯了这三柱屋，再说你们在外有出息了，我就很欣慰和满足，你们尽管去做你们要做的事，我从不与邻里的楼房比高低'"。村里或许有人会忌妒这两位老人的子女有出息，但将自己的三层楼与老两口的三柱屋比比，心里或许略为平衡一点吧。每个人都有各自的幸福观与成就感，没有必要去忌妒别人而让自己感到不快乐。

　　"恐惧、忧虑、忌妒"被心理学家称作"人性的弱点"。但凡积极的人生，都会积极地消除或克服这些弱点，建立"自我观"让自己精神强大。最为简单的锦囊便是去进行心灵的自我修炼。在每个阶段，要像现在人们用手机的习惯一样，下载一个软件，将不良信息消除，善于用闸门把过去——逝去的昨天，关在身后。这便是智慧，是人性的优点。

　　古罗马诗人贺拉斯写得很形象：

　　"这个人很快乐，也只有他能快乐。因为他能把今天，称之为自己的一天，不管明天会怎么糟，我已经过了今天。"

　　不管别人怎么样，我只过好我自己。

2　年龄之于心态

年龄的算术，通常先是加法后是减法。从年幼走向成熟年龄每年加一，从成熟走向老年，特别是想到与死亡线又近了一步，便觉得自己是每年减一。但是，人的心态却因人而异地在给人的年龄做除法或乘法。这便是，60岁的男人，可能比30岁的小伙子更多地拥有胆识与气质。30岁的小伙子也可能比60岁的老年人更显得衰老。总之，好的心态会让年龄做减法，会让人永远年轻。

对于国际时事新闻，我总抱着不太认真的态度偶尔看看，因为觉得与自己的生活关联不多。可克林顿·希拉里与特朗普竞选美国总统时的"推销"辩论，我却在网上认真看了一场。为他们在快近年龄的吃水线时的心态所惊叹并折服。"三十而立，四十而不惑，五十而知天命，六十而耳顺，七十而从心所欲，不逾矩。"面对即将到来的老龄化，儒家总结出的关于年龄的阶段论，随历史和社会的变迁早就改写，已为陈迹。"谁道人生无再少，门前流水尚能西，休将白发唱黄鸡"才是经典永流传。特朗普与希拉里七十高龄仍在"推销"自己，心态够好。

那天晚上看视频后，我竟然失眠了（这与政治无半点关系）。我的失眠是因为我在反复想着年龄与心态的关系，失眠之夜便成了写这篇文字的写作之夜……

也许一些伟人之所以伟大，大概都有与众不同的个人潜质与情怀。

著名作家王蒙关于年龄与心态，用一首小诗给予很逼真的诠释。这首诗我记不全了，大意是：

40岁的人会对30岁的人说："你长大了"。

50岁的人会对40岁的人说："你已经成熟了。"

60 岁的人会对 50 岁的人说："你跑到了人生的又一个起跑线。"

70 岁的人会对 60 岁的人说："一不小心你也快老了。"

80 岁的人会对 70 岁的人说："加把劲慢慢跑到我们的行列。"

90 岁的人会对 80 岁的人说："增加一个你，我们这群里就多一份热闹。"

100 岁的人都会在心里说："地球有亿万年的历史，人活着就是年轻。"

塞缪尔·厄尔曼的《年轻》更具诗意："在你我的心灵深处同样有一个无线电台，只要它不停地从人群中，从无限的时间中接受美好希望、欢欣、勇气和力量的信息，你我就永远年轻。"

失眠之夜我也想到了我身边的一些普通人——身边的长辈，他们的生命态度。他们用豁达洒脱的心态去面对年龄的流水线，也同样可为楷模。家乡老镇长黎海滨同志，镇长任期到 50 周岁，年龄一刀切。他自我调侃："50 岁怎么就不年轻啦？在基层政府，人们称我黎老镇长或老黎镇长，若在中央政府，人们还会称我小黎，年轻干部呢。"朴素的话语也诠释了年龄、政治生命与心态。

有时我读家乡老书记（他在书记岗位连续任职长达 13 年之久）左清河退休后写的一本个人诗词集——《清河诗词集》的前言："我，左清河，1946 年生，2004 年 8 月退休。退休退任不褪色。余年余生献余热，愿为建设中国特色社会主义事业而竭尽所能"。"退休生涯甜又香，看书学诗痴若狂。盛世晚年多乐趣，淡泊心宽寿自长"。这是一个基层政治家多么好的闲情逸致，多么好的乐观豁达啊！

石门街镇教育史上，中学数学泰斗、德高望重、桃李满天下的李华春老师，90 高龄，以诗明志，"阿壁问天多命舛，邀月对影若沉思。待到雾散云开日，易老冯唐不惜迟"。我常回家乡石门街，每见李老师，言谈幽默、举止洒脱、步履稳健、精神矍铄、风度永存，实为之内心祝福。

失眠之夜，最后我也想到了我自己。

我才 57 岁，何德何能谓己"廉颇老矣，尚能饭否"，不比年龄比心态。

豁达超然的生活态度会让自己保持青春活力。应知"人生不过旅途，一路莫忘看风景"。我之所以暮气沉沉、未老先衰，就是目不识风景，不善于调整心态而导致处于亚健康，不懂得看风景而致使生活无味。譬如空中飞鸟，不知天空是家乡，若水中游鱼，忘却水是生命。我要学会在老年的一段旅途坦然面对，学会每天向前看风景，不失正午的太阳和夜晚的群星。

思索许久，我似乎悟到了一点点。

人，活就活个心态。"城古槐根出，树龄勿见皮。"老与不老和年龄的数字其实关联并不太大，而心态往往会让年龄的数字好像省去 N 个数量级。我们千万不要动不动就说自己老了，错误引导自己。

年龄之于心态，也可以是乘法。就比如 50 岁，你对它用多少个美好的心态去发现和理解，你就有多少个 50 岁。

3　一次师生聚餐谈话

朋友圈微信聊

今年冬季的一天，我的手机微信朋友圈里跳出鄱阳湖边渔村的一组照片和一行文字："'天苍苍，地茫茫，风吹草低舟自横。'你能相信这几张照片是我在鄱阳湖拍的吗？昔日的白帆点点，如今竭泽而渔，老天爷赐予的一湖碧水，已不见踪影。西下的残阳里，剩下几艘搁浅在湖边的渔船……"

我一看便知，是上海的严老师到了湖边，但他肯定没有到主湖面。我当即拟了一段文字在朋友圈评论栏发了出去，并向严老师发出了邀请：

"浩瀚鄱阳湖，四季丰姿各异，春夏汪洋一片，秋季像呼伦贝尔草原，深冬水涸成几条线，老师可是窥一斑而未见全豹哟。"

"严老师，悄悄进村了？晚上我在县城约个饭局给您接风噢！"

"好的，毓华。我一行三人，如有可能，将石门街在县城的几个同学约集一下。"严老师回了信息。

严老师 1968 年随上山下乡大军到我家乡——江西鄱阳县石门街人民公社插队落户，当过我的老师。知青回城后曾在上海《新民晚报》当记者、编辑。这次，他和另一名也曾在石门插队的知青由上海飞南昌，南昌一名石门籍学生开车送他俩直抵鄱阳湖南岸双港塔附近的一个渔村，恰好在冬季枯水季节，有感而发。字里行间，流露出一个老知青、老知识分子对鄱阳湖年年水位下降的忧虑，也许是对自然生态环境变化的叹惜，或许是一个老知识分子民间立场的坚持与洞见，何况他原本是一名新闻记者。

餐桌聊天怀旧

我特意选了一家鱼烧得很好的餐馆，约了严老师当年教过的一帮学生，久别相逢，难得一聚。当年的岁月往事自然而然是主话题。见面相互寒暄时，严老师一贯风趣："我这次悄悄来，没打一个电话，直杀到鄱阳湖，我是想明天一早去石门街恰（吃）东坡肉，恰（吃）米粉肉，专为饱口福解馋虫而来。恰好澜波这几天有空，当我的专职司机。"知青情结与当年师生之间的青春友谊（严老师比我们这帮学生大不了几岁），多年来，他与石门早年的学生们交往甚密，也从没有"四十年前知青情怀""第二故乡"之类的华丽辞藻，更没有上海不少习惯语上的"阿啦阿啦""侬侬"的拿腔拿调，他与我们交流时竟然还说得来一口石门街方言土语，我们都很喜欢他。

我作为此次饭局的东道主，也无须说半句客套话，只调侃了一句："严老师，你是得多去去石门街，也许那村里的小芳还认得出来呐，总不去，便会相见不相识了。"

满桌人仿佛都将记忆拉回到了当年的青葱岁月，都在回味家乡的美食："东坡肉、米粉肉"，尽管餐桌上也上了一份"粉蒸肉"，但远没有家乡的米粉肉好吃。

席间聊起了四十年前石门街的一些人、一些事，其中有当年插队在石门街的上海知青与石门一河之隔的安徽东至县龙泉湾的合肥知青，以龙泉大桥为阵地，"上海队"VS"合肥队"边界争执的激烈场景，也聊起了在猪肉凭票供应的年代，对知青而言，东坡肉、米粉肉是何等让人流口水，以及大都市风情与早年乡村韵味的话题。喝着酒，吃着米粉肉，品着鄱阳湖的各类鱼鲜，师生谈兴正浓。不怎么喝白酒的严老师，在敬与互敬的气氛里破例略多饮了一点，我们时不时敬酒，说一些祝愿老师健康、常来走走之类的客套话，酒后的严老师，比当年在讲台上还要健谈。

他说："我这一辈子的几个转折，大都寻得出感情的线索来。回味最多的是来石门街时我是个十七岁的初中毕业生，公社领导照顾我，让我去教书，又送我到上青师范去受短训。一起教书的一些同事，有曹雷生、雷正朝、潘仁水等老师。那时候对于学生我是老师，而他们是我真正的老师。我那时很喜欢听曹雷生老师拉二胡，曹老师时常边拉边对我说：'人呐，不偷闲，就总没有闲。'这句极普通的话语我至今都还记得。雷正朝校长总说：'没有哪一个人可以真正打败哪一个人，人，只有自己才能真正打败自己。'多少年来，我在一次次坎坎坷坷中，都想起这句话，与这些'哲学家'一起共事几年，让我一辈子受益匪浅。"

餐桌上有一个同学说了一句："雷正朝、曹雷生两位老师可惜走得太早。"

"我知道。"严老师答了一句，我侧视着他，看见他厚厚的眼镜片，已有了湿痕，餐桌上短暂的沉默了……

同来的石门街老知青张局长，酒量大，人也豪爽，谈吐十分幽默。他端起一杯酒要与我们再同干一杯。"欢迎大家来上海，我在石门没当过老师，回上海干公安干了几十年，我和正成算是一文一武，来上海，只要遵纪守法，谁欺负我们石门街人，我上。"大家为张局长的黑色幽默与热情邀请一阵欢欣，好几人都与张局长交换了手机号。接下来，严老师的话匣子再次打开了："我真的得益于那几年在石门街边教边学打下的语文基础，回城后我先在益民食品厂工作，顺利考完了自修大学新闻专业课程，又在激烈的竞争中进入新民晚报社，食品厂改制时你们师母大胆承包了供销公司，生意也做得风生水起……"

我边吃着菜，边静心听着严老师简单讲着自己的故事。也为老师和师母的成功感到欣慰。看着严老师的表情，丝毫没有在当年的学生面前炫耀自己的意思，倒觉得他是在闲聊中用自己的经历来告诉我们他对于人生的一些感悟。

"人啊，总是那样的，得不到自己想要的东西时，必然会感到痛苦，而一旦得到了自己想要的东西，乃至想要的生活时，又会觉得无聊，就比如物质缺乏时谈物质，物质充盈时又谈精神生活的缺失。像我吧，搞了几十年的文字，很热爱，搞着搞着，现在只觉得大多数人都在谈物质丰盈，文字越来越不值钱了，细想过往，唉，其实存在纯属偶然，人生毫无意义。"

……

一顿饭，吃的食物远没有聊的语言丰富，从四十年前聊到今天。感慨的是岁月流逝，人生易老，我们这帮学生都老了，何况老师。我与严老师年龄差七八岁，实际上是同代人，他在一种反常文化中成熟，我在一种反常文化中长大。知青回城与恢复高考，对于我们都同样是迟到的春天，我们同样努力，一个走回去，一个走出去。相对于石门街，我们有着一个相同的起点。严老师席间的一席话语让我的思绪越来越远，一种类似而又不同的情绪随着思想的无底回旋，往深处缠绕。是啊，这人是怎样的由起点到终点呢？意义又何在？忽然有一天当有人管你叫伯伯了，又忽然有一天，当有人叫你爷爷前面还冠上一个"老"字时，你有何感慨？太阳从这边走到那边，在一个故事结束的地方，必定有其他的故事开始了，开始着、展开着，自己的故事接近尾声，儿子的故事又开始了。

晚餐结束后，我安顿严老师他们去宾馆休息，从宾馆步行回家的路上，我仍在思索着严老师的这句话："存在纯属偶然，人生毫无意义。"觉得严老师的谈吐，有着哲学气韵，这也不仅仅与他的职业有关。我在想，上海—石门，石门—上海，上海—石门，一段旅途、一个变化，一段回味、一个感悟。经历和知识的丰富，必然带来思想的缜密，这是我一直很崇敬严老师的主因，严老师的有些话语，有点像作家史铁生的小说语言："我们叫作开始的往往就是结束，而宣告结束也就着手开始，终点是我们出发的地方。那个从童年走过来的老人，他说，如果你到这里来，不论走哪条路，从哪里出发，那都是一样。激怒的灵魂从错误走向错误，除非得到炼火的匡救，因为像一个舞蹈家，你必然要随节拍向那儿跳去。"

偶然为存在编织起了一个环状的过程，便让过程显得比结果更为重要。严老师所调侃的"人生毫无意义"不正是意义之所在吗？

回到家，狠狠地洗了个热水澡，上床后却许久不能入睡。

4 心理考验——看点球大战

内行看门道，外行看热闹，我对足球赛仅仅偶尔看看热闹而已。

2014 年世界杯足球赛，小组淘汰赛，巴西对智利，在 30 分加时以及最后协商加时 2 分钟，仍踢成 1∶1 平局，谁出线，只能以点球定胜负。

其实点球射门，对国家级球员，技术差别不会很大，决定赛事的胜负主要取决于每名队员对一次射门机会把握时的心理素质。相当于对每名队员在众目聚焦之下的一次心理测试。此刻如果队员开脚时过度考虑："我这一脚射门很可能影响整场比赛的结局，成败也许就在我这一脚之间。"便会因心理上的阴影而发挥不佳。智利队球员阿克特斯在踢成 3∶2 时，发最后一球，若射中再打成平局，还会给智利队创造一线机会。在千钧一发之际，只见他屏住呼吸，但脚微微发抖，一脚射去——"打飞了"，一分败北。

我国民间传说"后羿善射"的故事，用一个"善"字讽味十足，故事说的是从前有一位神射手，名叫后羿，他练就了百步穿杨的本领，立射、跪射、骑射样样精通，而且箭箭射中靶心，几乎从来没有失过手。人们争相传颂他的高超射技，对他非常敬佩。夏王也从大臣们嘴里听说了这位传奇射手的本领，也目睹过后羿的表演，十分欣赏他的功夫。夏王想把后羿招入宫来，单独给自己演习一番，好尽情领略他那炉火纯青的射技。

于是夏王命人把后羿找来，带他到御花园里找了个开阔地。叫人拿来了一块一尺见方、靶心直径大约一寸的兽皮箭靶，用手指着说："今天让你展示一下你精湛的射技，这个靶就是你的目标。为了使这次表演不至于因为没有彩头而沉闷乏味，我来给你定个赏罚规则，如果射中了，我就赏赐你黄金万两；如果射不中那就要削减你一千户的封地，现在开始吧。"

后羿听了夏王的话，一言不发，面色变得凝重起来。他慢慢走到离箭靶一百步的地方，脚步显得相当沉重。然后后羿取出一支箭，搭上了弦，摆好姿势，拉开弓开始瞄准。想到自己这一箭出去可能产生的结果，一向镇定的后羿呼吸变得急促起来，拉弓的手也微微发抖，瞄了几次都没有把箭射出去。后羿终于下定决心松开了弦，箭应声而出啪的一声射在离靶心足有几寸远的地方。后羿脸色一下子白了，他再次弯弓搭箭，精神却更加不集中了，射出的箭也偏得更加离谱。

后羿收拾好弓箭，勉强赔笑向夏王告辞，怏怏地离开了王宫。夏王在失望的同时也掩饰不住心头的疑惑，就问手下道："这个神射手后羿平时射起箭来百发百中，为什么今天跟他定下了赏罚规则，他却大失水准呢？"

一个手下解释说："后羿平时射箭，不过是一般练习，在一颗平常心之下，水平自然可以正常发挥，可是今天他射出的成绩直接关系到他的切身利益。而他又将利益看得很重，怎能静下心来充分施展技术呢？看来，一个人只有真正把赏罚置之度外，才能成为当之无愧的神射手啊。"

点球、射箭如此，而人生的许多博弈又何尝不是如此？在成败得失面前，不就是在考验我们战胜自身心理阴影的能力吗？很多时候，往往成败就在"在乎"二字之间，而越是"在乎"就越是表现得患得患失，就越是不能凝聚心智，越是不能正常发挥出来，成功也就离你越远，这就叫"事与愿违"。"在乎"与"专注"这两个词，从心理学理论上分析，尽管指向的是同一东西或同一状态，但"在乎"一词带有明显的名词性意味。而"专注"一词带有明显的动词性意味。关键时刻"专注"胜于"在乎"。心理学范畴的"心理素质"是一种特定的思想范畴，正如说人的素质在外延上涉及社会、人文诸多方面，而心理素质在内涵里所指的是心理空间的能量储备。大凡成大事者，关键时刻总能做到心如止水，"不管风吹浪打，胜似闲庭信步"，可这样的伟人毕竟是凤毛麟角。凡夫俗子缺乏的往往是良好的心理素质，心理素质往往决定一个人一时一事乃至一生的成与败。患得患失、利益至上往往使自己在大事面前精力分散在别的事情上，浪费在无用的胡思乱想上，致使与成功失之交臂。生活中的许多人不是能力不行，而是总为浮云遮望眼，笼罩在患得患失的心理阴影里。心房被得失纷扰得不得安宁，当他们在乎某件事情的时候，把主要精力都花在了"在乎"这件事的得失上，反而忽略事情的本身，最后就会像后羿那样事与愿违。

乒乓球世界冠军邓亚萍说得好："运动员最高的境界就是能够驾驭自己的紧张情绪。"人许许多多的方面，又何尝不是如此。

5　叩问自己：有希望？有事做？有童心？

鲁迅先生的散文诗《过客》，很值得老年人读一读。他写道："他不知道是从什么地方走来的，终于走到了老翁和小女孩的土屋前面，讨了点水喝。老翁看他已经疲惫不堪，劝他休息一下。他说，'从我还能记得的时候起，我就在这么走……现在来到这里了。接着就要走向那边去……况且，还有声音在前面催促我，叫唤我，使我息不下。'那边，西边是什么地方呢？老人说，'前面，是坟。'小女孩说：'不，不，不是的，那里有许多野百合、野蔷薇，我常常去玩，去看他们的。'"

我现在能理解这个过客的心情，因为我也是个过客，老人说的是大实话。但小女孩的视角，是童真的希望与珍贵，我羡慕小女孩的童真，因为我仅存的一丝丝未泯的童心，对我是多么地珍贵啊！这点珍贵，让我眼前还闪动着野百合和野蔷薇的影子。或许帕斯卡尔说的"智慧把我们带回到童年"，也就是这种性情的概括与描述。

从激情燃烧的岁月走向人生的最后一段旅程，秋天叶子由金黄到将悄悄飘零的季节，谁能确知落叶之歌，究竟是欢笑的歌声，还是离别的眼泪？对人生之秋，伤感诗人说得很动情"不再敢于虚掷精力，而是储存这份精力以备寒冬之用"。当年龄的吃水线再度下沉，我感觉自己就像那过客，逐步走到了老翁和小孩的土屋前面，但我不甘心去问他们："前面是什么地方呢？"因为我曾读过一些老作家关于豁达面对生命的散文，给我的心灵留下过深深的烙印，譬如老作家季羡林先生的《八十述怀》（朋友，请注意是"八十"述怀）他这样写道：……回头看看，往前看看，回头看呢，则是灰蒙蒙的一团，清晰地看到了一条路，路很长，是自己一步一步地走过来的；而往前看呢，也灰蒙蒙的一团，路不清楚，但也不知道有多长，确实没有什么好看的地方。他这是悲观吗？不是的，而是一种旷达。他八十岁仍信心满满，"何止于米，相期以茶"（米是八十八岁，茶是一百零八岁），这是老人心态的豁达，是老年的美啊！

许多人都在为未来中国社会的老龄化担忧，据预测2035年老龄人口将接近四亿。这给人们警示的不单是社会养老保险体系建立与完善的问题，而是老年自身的心态调整和保留童心的问题，中国六十年的生育史，从"多子多福"的生育观到计划生育；从"一个少了一点，两个适中，三个多了一点"到"只准生一胎"；从放开二孩、放开三孩到鼓励生育。每个阶段的生育政策，决策者们总会认为是在对现状与历史负责。未来老龄化，独生子女一代，一对夫妇要支撑四个至八个老人，谁来负责？老人如何活得有生存意义？传统观的"养儿防老"恐怕不行了。这当然只能是老人负起自己的历史责任来，若社会的老年人像那个小女孩那样想到的是前方的"野百合""野蔷薇"，而不是像那老翁那样想到的只是坟，那么即便有四亿白发，也同样可以给城市和乡村带来又一特别风景，而不只是暮气。

从前，我对自己走自己的朝圣路，也有过想入非非，摸爬滚打乃至自己遭受了一场打击和劫难过后，心灰意冷。勉强让自己从一个近乎疯狂的躁动不安中冷静下来。也曾想去学陶渊明的大智若愚，"纵浪大化中，不喜亦不惧。应尽便须尽，无复独多虑"。但再去读读毛主席的诗"陶令不知何处去，桃花源里可耕田？"从中受到另一种启发。"而今迈步从头越"，激励着自己"只要有可能，就不要坐吃等死，去做点对自己身心、对子女有益的事情"。恍然一场春梦过后，一眨眼就退休了。余下的路途，所拥有的自由是从事务中抽身出来，更具自我，是一种"并不是想做什么就做什么才叫自由，而应该是不想做什么便不做"的自由状态。用这种状态去度日，去打发时光，就像思想家卢梭在《一个孤独漫步者的遐想》所寻求的"独处的充实"一样。因此，我常常叩问自己：有希望？有事做？有童心？

有希望

我希望在退休后的日子里，将自己以往的随笔、散文和现在着手的文字辑成一本书，因为想写就会激发自己读书的热情，增添书香生活，而想写，却并非著书立说之宏愿，也并非回忆录之类的文字记载。只希望以写作打发时光，陶冶心情。

有事做

有了以上的希望，似乎像打了一剂兴奋剂，总觉得有了事做。现在人们谈写作，就像"盛世里打酱油的人"，行走在繁华街道，穿梭在人流车流中，寻找那适合口味的酱油瓶子摆在哪个超市的货架上，会让人们看起来有点怪异，为啥不知道点个外卖或网购？我浅尝此道，才知写作是一件辛苦的事，写作课程里大师们津津乐道的是关于"读开与写开"的话题，我所感觉的是，读开十分不易。首先，让自己去读大量的书，仅靠信手点来的时尚微信"心灵鸡汤"式的短文和网络收储的网络文字是远远不够的。其次，要克服已逐渐记忆的衰退，又得学苏东坡抄《汉书》三遍，最后一遍压缩到一个字。一点击，大脑便跳出了《汉书》的一段文字。要学陶渊明"每有会意，便欣然忘食"的读书境界。要做到像"招魂"般将自己已有的阅读召唤出来，这才算读开了。而想写开，更难，一大把年纪才东施效颦，给自己想写的东西定位一个情节和线索就不易，是重新去寻找（或曰体验）还是去构想以往所见、所闻、所历、所感的故事。要想再去寻找与体验，年龄局限已不像以往那样富有时间与机会。按照所历事件去重新构架或去虚构，这也许比较适合自己当下的境况。但即便是构架，从大脑思维上也能算是有大量的事可做，何况，偶尔因底片回放，会激发自己去故地重游、旧梦重温，如你的一篇散文里写到黄山，便会激发你再去爬爬黄山，权当再次旅游吧。如你文章点化"千里江陵一日还"的诗句来让自己的文字生辉，对江陵的踏访便由此而生。就好比郁达夫当年写《故都的秋》，特地从杭州跑到北平饱览一番"特别地来得清，来得静，来得悲凉"的故都北平的秋味。还有那四季如春的昆明的蝴蝶泉，那兴安岭上起伏不断的绿沉沉的林海，那开满各色无名花儿的、广阔的呼伦贝尔大草原，都会牵动你的情思，激起你的回访。但要再做这样的文化苦旅，要有运动员般的体能和徐霞客的性情。但年龄不饶人，体能不再，只能慢行和走马观花，好在现在交通发达，旅行舒适。总之，这样去寻求自己的"有事做"，去补充无所事事的老年生活，让自己有一个好的心态，自得其乐。不多考虑能否将此类事做得怎么好，非职业写作，常写常练，写自己想写的，写自己认为能写好的，就如欧几里得曾以一种简单而优雅的方法去证明质数有无穷多个那样。我们也用一种优雅的心态去进行自己的阅读与写作。大可不必像陈景润夺"1+1=2"数学王冠上的明珠那样艰苦劳作与专注。淡然心态、写作自遣、随想随写、不拘篇章，让自己感到有事做，自得其乐就行了呗。

有童心

童心未泯，对于老年人是多么难能可贵，老人往往不缺优雅，秋天的红叶与冬天的雾霜均能激发情感和爱意。选定一两件爱做的事，因为执着而久远。就像爱种花者对于自己的玫瑰，一次一次地浇灌、呵护和倾诉。花了几年的时间而养得的玫瑰对自己而言是那么重要。用珍藏于心的真诚与童心，让自己老年爱意浓浓。谦逊、豁达中穿插童心，不失生气。当你的小孙子、小孙女对你说："爷爷，我带你去看野百合和野蔷薇，我们一起去和她们玩吧！"你想，你这个过客是多么地幸运。

我是不是也在做着春天的梦呢？我想，是的。

写在退休季

6 用童心呵护童心

"所有的大人都经历过童年（但很少有大人记得自己曾经是个孩子）。——献给从前那个小男孩——列·维尔特。"

——圣埃克苏佩里《小王子》

朋友，你读过《小王子》吗？读这本书，或许会让你觉得甜美而忧伤，让你觉得自己曾经也是个孩子，从而触动你深藏的童心，联想起自己的过往，会让你鼻子酸酸的。

书中的主人翁小王子居住在一个比他大一点儿的星球上，与一株玫瑰为伴，天天为它浇水，有一天，他和玫瑰拌了几句嘴，心里烦，便离开他的星球，出去漫游了，他先后到达六个星球，先后遇到的"大人"都是诸如：那个自以为很有权威，其实成了对权威的追求的牺牲品的国王；那个要求别人向他脱帽和鼓掌的虚荣而自负的人；那个热衷于统计星星数量的商人；自己从不出门的地理学家；拘泥于职责的劳累的点灯人……

小王子是孤独的，他的孤独来自大人们都不了解他的想法，他心里总想："大人们真是怪透了。"小王子先后到六个星球漫游，所见到的大人都是些为权势、虚荣、职务、学问之类表面的东西忙忙碌碌，而把真正美好的东西忽略掉了的人。这使小王子的真性情受到压抑，他说："只有孩子们知道他们在寻找什么，他们会为了一个破布娃娃而不惜让时光流逝，于是那布娃娃对小孩而言，就比一切值钱的东西更有价值了。"这让我联想起我们现代家庭的"小王子"，当他们目睹围着他们转而又给他们买许多礼物的爷爷、奶奶、外公、外婆、父母、叔叔、阿姨、舅舅、舅妈们，这些劳作中的大人，有时候往往无暇认真去顾及他们对待布娃娃和对待他们感兴趣的事物的态度。他们因为大人不了解他们的想法而孤独。这是现代家庭早期教育中对小孩心理教育要十分关注的一件事。

书中的小王子又是幸运的，因为他最后来到了地球。在一片盛开的玫瑰园里，看见五千株玫瑰，不禁使他怀念起他自己的那株玫瑰来。他的那株玫瑰与眼前的这些玫瑰长得一模一样，但他却觉得它是独一无二的。这是为什么呢？一只聪明的狐狸告诉他："是你为你的玫瑰花费的时间，使你的玫瑰变得这么重要，对于你使之驯服的东西，你是负有责任的。"狐狸的话说得好极了，它在告诉小王子，也在告诉所有的大人们："人活在世上，必须有自己真正爱好的事情，才会活得有意思。"而这爱好完全是出于他的真性情，而不是为了某种外在的利益。就好比一个园丁，他仅仅因为喜欢而开辟了一块自己的园地，为它倾注了自己的心血，当他在自己的园地上耕作时他心里非常踏实。无论走到哪里，他都会牵挂着园地的一草一木，他会为拥有它们而活得充实。

朋友，建议您看看这本童话，并和你家庭的"小王子"一起去读，然后去与"小王子"交流读后感。这篇童话是很有趣的，通篇没有讲任何大道理，而哲理就蕴藏在这个如诗如画的故事里，蕴藏在星星沙漠和清泉里，蕴藏在小王子银铃般的笑声里。深者见其深，浅者见其浅，正如小王子说的："这就是我的秘密，其实很简单，我们用心才看清楚，用眼睛是看不见本质的东西的。"实际上，与小孩子聊天，是很有趣的，只要不是老摆出一副长辈与说教者的姿态而用童心去呵护童心，便相得益彰。我们看待万事万物，甚至看到自己的人生，又何尝不都是"心动即幡动"呢？事物的本质，肉眼往往看不到，在心里却能领悟。小王子讲述他的秘密，说得多有道理，有时候，小孩是大人的哲学家。

小王子的幸运，不仅仅是来到了地球，看到了大片盛开的玫瑰花而怀念起他自己的那株玫瑰来，也不仅仅是狐狸的教诲对他有启发，更主要的是他在地球的沙漠中遇见了一位能理解他的大人。那就是飞行员圣埃克苏佩里，他和小王子特别谈得来。在一望无际的沙漠里，因为没有水，他们便谈起了关于水的话题。圣埃克苏佩里的话启发了小王子，而小王子说的"沙漠美丽，因为沙漠的某处隐藏着一眼泉水"让圣埃克苏佩里受到更深意义的启示，也足以让读者震撼。"使生活如此美丽的原来是我们藏起来的真诚和童心，这童心就如沙漠里的一眼泉水。"大人们常说生活的希望，希望往往创造出生活的美好。

假如，每个家庭的小孩子，都能像小王子那样遇到像圣埃克苏佩里那样理解他的大人，大人们又能做到，用童心去与小孩子交流，总是与他聊他感兴趣的话题，对小孩子而言该是多么幸运和幸福。不像现代许多家庭的小孩子，面对自己的幸福时光，大人们为让他赢在所谓的起跑线上，给他设计出诸如钢琴培训、少儿舞蹈乃至种类繁多的补课辅导。没有大人陪伴不许出门一步，待在家里，别说像鲁迅先生在《从百草园到三味书屋》中写到的"我的蟋蟀们，我的覆盆子和木莲们"那种童趣的失去，就连大自然中的蝌蚪、蜻蜓也只能在图画和启蒙拼音教材纸片上看到。他们只能待在家里听大人们谈麻将、谈微信、谈炒股、谈时装之类的。大人们在谈，他们根本不懂得侧听，内心时常有着一种不缺陪伴但心却很孤独的感觉。

我多么想学圣埃克苏佩里，学点与小孩子交流的艺术，在我的小孙子面前，当好一个大人，在与孙子之间构建起一座心灵的彩虹桥。

7 翻写蒙田的《要生活得写意》

听许多的流行歌手翻唱经典名歌，歌词不改，音调与节奏里添加一些现代元素。我听时总不知为经典原唱还是为原谱曲者，还是为翻唱者感到遗憾和悲哀。可是，偶然读到蒙田的散文《要生活得写意》却让我萌发出翻写的念头。我想这或许会使人读时生厌吧。

唱歌的时候我便唱歌，喝酒的时候我便喝酒，跳舞的时候我便跳舞，打麻将的时候我便打麻将。我把蒙田的业余爱好，翻写成了我的业余爱好，并加上了打麻将这一当下元素。即便我一人在行人稀少的江边散步，我也会努力地告诫自己，将思绪收回，让它想想江水，看看江岸的灯景。让夜幕映照的粼粼波光，排除异念而去感到自身的存在。努力用一种满足与宁静去寻求独处的愉悦。

蒙田说："人的天性促使自己为保证自身的需要而进行适量的活动，这些活动也就会给我们带来愉快，天性会推动我们去满足各个时期理性与欲望的需要，但最好不要打破它的规矩，否则就有违情理了。"

与许多人处在职业生涯忙碌期一样，我曾常对妻子和家人甚至很要好的朋友、同事说过："你不知最近我有多忙，哪有时间陪你。"这样说时也不曾顾及他们的感受。而现在听到一些比我年龄小得多的人乃至我的儿子总说怎么怎么忙，"不像你这么悠闲"，我心里也一阵不是滋味儿。中国近代史上，若说谁比伟人忙，也许谁都不敢说。伟人之所以伟大，是他们崇高的信念与个人灵魂生活的需求始终放在合适的位置，生活得写意，浪漫情怀才显英雄本色。

古往今来的文人，也善于写意生活。宋代文豪苏东坡"乌台诗案"差点丢了命，入狱，被贬黄州、惠州，备受屈辱与打击。在黄州起初被贬官的苏东坡"平生亲友，无一字见及，有书与之，亦不答，自幸庶几免矣"，这般的孤独中一边垦荒种地，一边从肺腑中吟出"拣尽寒枝不肯栖，寂寞沙洲冷"的千古名句，痛彻心扉。也许与外界联系少了，他的内心世界反而更膨大了。终于，一道神秘的天光，射向了黄州。苏东坡真正从思想上"黄州突围"。《念奴娇·赤壁怀古》《赤壁赋》就在黄州呼之而出。好一个"颂明月之诗"，好一个"饮酒乐甚"，再贬你天涯海角岭南。可即便在天涯海角，苏东坡的思维也仍在理性之中，尽情品赏南疆风光。"日啖荔枝三百颗，不辞长作岭南人。"比在杭州任上的"少着水，慢着火，火候足时它自美"的"东坡肉"更富情调。政治对其个人的不公，蒙受屈辱的苦涩，比起大自然的恩赐，感受人生的至乐极福就不算什么。将精神生活放到一定高度，生活得写意。

我们的责任是调整我们的生活，而不是编《天方夜谭》，是使我们的举止井然有序，而不是去打斗，去高屋建瓴做重大决策，去出人头地。我们最引以为豪的、最有生命意义的事业是生活得写意。其他的一切事情，升职、发财、出名，只不过是生活写意的从属品，只不过是生命线条上稀稀落落的星星点点。

第二辑
淡淡的乡愁

1　宗谱思考录

活到某种年纪又出门在外的人，一定都在心里隐埋了许多真情。有时候，一首歌，一篇散文，以及一个微小的事件，都有可能触动那份真情。读冰心的散文《我的家在哪里？》，能真切感受到，漂洋过海，又在许多的大都市居住过的冰心，年老时心心念念的家，却是少女时候的那个家。读乡愁诗人余光中的《乡愁》，"邮票、海峡、船票、坟墓、这头、那头"，"杏花春雨已不再，牧童遥指已不再，剑门细雨渭城轻尘也都已不再。"这些诗句都满含对家乡的思恋。我的老家曹姓新修宗谱，我去参加了庆典，那场景深深地触动了我的故乡情思。

宗谱的修纂在我们这五千年文明古国盛行与延续了历朝历代。家乡曹姓重修宗谱，时至今日，自然而然不可能再留存旧谱里"赤木冲，欧老峰永为鄱民曹氏樵牧之地"之类的记载。（赤木冲，欧老峰，为石门街镇北门村与安徽省东至县铁炉乡林峰村交界的一处山场。历史渊源与隔了一条省界的原因，自乾隆十八年〔1753 年〕至 20 世纪末，为争山林权属，两边村民长期争执，几度发生械斗，甚至死伤人命，官司打到民政部。曹氏的旧谱作为一个历史证据参与诉讼。最后经民政部派员勘界划定"三八线"才息止纠纷）

新修的宗谱，文字精细、叙事简练，详尽记载了辈分延续，人丁几许。它修成落笔点红的典仪，对于一个氏族而言，十分庄严神圣，搭戏台、唱大戏、舞龙灯、大宴宾客，隆重而热烈。

我虽是曹氏后裔，但对宗族的历史知之甚少，仅记得小时候奶奶说起过，我爷爷的太公欧阳曹氏永和的父亲，只身一人，由彭泽来到石门街，后娶妻生子，繁衍了多少后代。我那只字不识，裹着三寸小脚的奶奶，一辈子上只到过昭谭街，下只到过谢家滩（与石门街相邻的两个镇）。在我的启蒙期能给我讲的历史故事，最经典的也只是："过去，石门街陈曹两大姓是怎样怎样的人丁兴旺。"

我倒是奇思妙想着一个如果。如果陈家祠堂像南昌廖家祠堂那样，开过八一南昌起义的战前动员大会，这该有多深的纪念意义。也该成纪念馆了，会像八一起义纪念馆墙壁上挂的一个幽默命题一样，请问：八一南昌起义时在廖家祠堂是谁打响了第一枪？谁打响了第二枪？答案只是×××连打响了三枪宣布起义。

这次牵头修曹姓宗谱的几个长辈商议，要我在出谱庆典大会上发个言，我勉强答应了。但我应该说点什么呢？奶奶讲的陈曹两大姓的兴旺与自豪在当下是不好说到台面上来的。因为起草发言稿，让我由家族的历史联想到了家乡古镇的一些历史片段与事件。可是，让我惆怅的是家乡风干的青史究竟残存哪点陈迹，可以容我用 21 世纪的脚步去匆匆度量呢？究竟什么是我心灵里像童年一样热切纯真的需求呢？

家乡石门街镇，位于赣皖两省交界，是鄱阳、东至、彭泽三县交会的中心区域，与安徽东至一河相隔，一桥相连。西河流域由东至分水岭中分两水，自北向南穿镇而过，在镇南端又合二为一，流经谢家滩、漳田渡入鄱阳湖。古镇水陆交通便利，物产丰富。西晋时曾为广晋县址，历来商埠发达，素有"小饶州"之称。据镇志记载，中华人民共和国成立前石门街"陈曹两大姓，九流十三帮（九个工商业行当，在石门街立商会、建会馆）"。药业：樟树；小商品业：徽州；染布业：吉安；铁匠：抚州；箩匠：都昌；茶行：祁门；盐业：安庆；锯板匠：永新；鞭炮：黄梅；蔬菜：乐平、万年。关于古镇的政治与战争历史，日机轮番轰炸，国民党 17 师踞军石门，足见为军事要地，若将历史的镜头再往前推进，《曾国藩传》有文记载——石门城粮草堆积如山，东西南北门四座青石砌成的城门坚固壮观，城墙与护城河双层壁垒，成易守难攻之势。太平天国李秀成率军攻克安庆、东流，南下拿下石门，装备粮草，补充辎重。在镇北曹家州，镇南金亭街操练兵马，蓄力以图景德镇。时任景德镇太守左宗棠，悉石门失守，命景德镇官兵倾巢出动，夺回石门要塞。李秀成得知景德镇已兵虚城空，命养子王云开火速带兵攻景德镇。王云开兵临城下，见景德镇城门大开，不敢贸然进城。然密探来报，"左宗棠在府内大宴宾客，举杯祝贺派往石门的官

28

兵已夺回石门活捉匪首李秀成。"王云开救义父心切，命速返石门救义父。返回途中，才悟到中了左宗棠"宴客退兵"之计。三国诸葛亮"空城计"称千古绝唱，可"鼎之轻重，可否问焉"的左宗棠"宴客退兵"是又一绝唱。这一绝唱竟与家乡的历史深度关联。

曹姓为古镇石门一员，其宗谱几经修撰，总免不了与古镇历史相依沉淀。我作为曹姓的一员，却无丝毫理由以古镇历史记载的姓氏一度辉煌而为之荣耀。春雨绵绵、秋风潇潇，从少年听到青年，青壮离乡老大回。一个人，这时会被深深地感动，只要归来就会寻找，只要寻找就会感慨。感慨的是家乡变年轻了，变新潮了。现代文明的雕琢，镇域开发的推土机，早已将古镇的遗迹推净。古街城门无踪，老屋黛瓦不再，只剩一张黑白默片留在老年人的记忆里。宗谱又何以对遥远的岁月记录许多的记忆？

我的发言也只能空洞无味。

"金鸡载誉辞旧岁，银犬旺旺报新春。"在新春佳节浓浓年味还未淡去，元宵龙灯正整装开锣之际。今天，我们曹氏重修宗谱，举行开谱庆典。庆典的举行让不少身居异乡的游子，在春节后、元宵节前，再一次踏进温馨的家门……

中国上下五千年的文明史，一个姓氏，一个民族，乃至一个地区，都会用各种方式来记录自己的历史，记载发展历程。每一个民族都繁衍生息在祖国母亲的怀抱。不管群居集中，还是分散各地，都会以极简单而朴实的方式去记录自己的史实，记录氏族的人丁兴旺，辈分的延续。宗谱，就是简单质朴的传统记录形式，它不需要渲染任何的宗族房股色彩。只是记录着浓浓的亲情、家情，记录着血浓于水的家族情谊。

曾几何时，我们的祖宗，欧阳曹氏永和的父亲，只身一人由彭泽来到石门这片皖赣交界、商埠繁荣、交通便利、自古商家必来、兵家必争、温柔富贵之乡，在这片热土上繁衍后代；在这片热土上辛勤耕耘、勤俭持家；在这片热土上与异姓和睦相处、发家致富。由人丁几口发展到今天我们偌大的家族。曹氏永和虽然没有三国曹氏孟德那样的丰功伟绩，但他的勤劳、善良、质朴、睿智一直得到邻里乡亲的赞誉和我们后人的敬仰。

人生百岁古来稀，家情万代千千年。我们今天重修家谱，不仅仅是为了记录"德、谊、启、盛、昌、中、和、藩、世、胄"代代相传的一个氏族在一个地方的辈分延续，而更深的意义是用这么简单质朴的记录形式和相对隆重的庆典仪式去启发和启迪一个传承。这个传承的关键在于让我们的后人去弘扬家族的优良传统和家风，去一代接一代干，一代更比一代强。只有这样，我们才能在祖国这个 56 个民族百余个姓氏的大家庭中，当好出色的一员。我想这是我们共同的祝福和永久的心愿。

庄严隆重的庆典仪式之后，是大宴宾客。我看到酒宴上最受族人尊重的是德高望重的为新谱点红的长老。最受族人呵护的是辈分最晚的"胄"字辈里最小的那些小孩。

2005 年元宵节前于石门街

2　家乡的松树菇

农历十月初九，节令已近立冬，与儿时好友去堂弟家吃饭。弟媳在厨房里忙着烧菜，堂弟锦华在洗菜池边洗着小半塑料桶的松树菇，看着浸泡在桶里一个个褐红色、正面嫩滑、背面条纹均匀好看的松树菇，我忍不住问了一句："这菇不是清明节前后才有吗?"我记得每年清明回乡扫墓，都能吃点。锦华笑道："哥，十月小阳春，这几天恰好又下了几场雨，气温又暖和，这菇便长得快。"接着又说，"这菇比清明前后少得多，稀而为贵，现在的松树林植被厚密，很多人都没有我会拣，我是有踩点的，适宜生长的地方，年年都发，我都做上记号。"王主任在一旁说道："这菇喜油，多放些肥肉焖。"

待松树菇焖五花肉端上餐桌，香喷喷的。满桌美味，它独领风骚。围坐一桌的人都争相伸筷子于这道佳肴。

我多年没在这个季节吃上家乡的松树菇，这次品尝，还未夹到嘴，便口齿生津，只觉得从视觉牵动味蕾。夹起一片放入口中便立刻由味觉传到大脑皮层，其"滑、嫩、鲜、香"味美爽口。我的秃笔是描述不出的，真可谓"故亦非华说之所能精"。朋友，只有你在此季节来我的家乡亲口品尝才知其美味。

一顿美餐之后，加之锦华说的"采这菇我是有踩点的"勾起了童年时上山采蘑菇的美好记忆：三五个小伙伴，提着小竹篮，跑着、笑着、闹着，蹚过西边畈的田野，钻进松树林，唱着"采蘑菇的小姑娘"，那快乐的童年，仿佛就在昨天。

"老夫聊发少年狂"，我约锦华带我上山采松树菇去了。

锦华骑着电动车，载我去团山下中学背后的彭家垅松树林。徒步钻进林中，锦华前面带路寻找踩点，我相跟其后，我俩有点像《舌尖上的中国》

专题电视纪录片镜头里跟随巡山人找"枞蓉"一样有雅趣。

密密<u>丛丛</u>的松树林，树干撑着勃勃生机的针形绿叶，一株株松树像一把把巨大的绿伞，绿叶遮掩着树丛，顶空青翠欲滴，让人觉得仿佛置身于绿色而又有支撑的海洋屏障，绿莹莹的松树<u>丛</u>里，如今的植被真是又厚又密，那些山蕨蒿、映山红、栗子树、狗牯脑树以及许多我叫不出名字的杂树，在过去无液化气、无煤的年代，我们小时候，有时跟着大人们，有时自行结伴上山砍这些小树担回家晒干烧火做饭。如今这些灌木丛，除清明节人们扫墓时砍出通往自家祖坟地的路或者护林员踏出的山间小径外，寻找松树菇像走在厚厚的松针铺成的棕色地毯上，像走在海绵上一样，一脚踩下去，深深的连脚都看不见，但脚一抬起来就复原了，真的很惬意。锦华果然有踩点，他用一根枯树枝扒开铺在上面的松针，便看到一个个像小伞般躲在松针覆盖下的松树菇，一个、两个……不一会儿，我俩就陆续捡到了半<u>塑</u>料袋。对我而言，已是收获满满了。

我拎着小<u>塑</u>料袋，钻出丛林，走到山埂上。山埂上的松树稀疏而低矮，但让人视野开阔多了。站在山埂上，迎面一阵阵湿润的风吹拂着我的脸颊，从低矮的松树顶端看西边绿沉沉的树林，树林东面山脚下是生机盎然的团山学校。远眺是水墨画般的西边畈，阡陌交错，丛林、学校、田野、村庄、集镇……构成一幅多么和谐的家乡美景图啊。我不禁想起"家乡即画中"的诗句来。站在山埂美美地点上一支烟，只觉得又一次感受到了一种幸福和幸运。

家乡，始终不会被我丢失。

家乡，始终不会把我丢失。

我仅从家乡走出百余公里。便利的交通让空间缩小到如同在家乡一样。可不是吗，锦华弟弟带我采到的松树菇，中午就能在我如鸽子笼般的商品房的餐桌上与好友分享了。远与近只是一个空间概念，而在时间概念里，走出家乡的日子久了，总不免又有贺知章"儿童相见不相识，笑问客从何处来"的诗情，总免不了乡愁阵阵，像品尝过的欢乐、惆怅、痛苦一般，不可避免，不可阻隔，而这乡愁或许是一座山、一个古迹、一幢房子，乃至于像这松树菇一样的一道家乡菜。它又像一个标志，诉说着我是谁，我从哪里来，我又要到哪里去，我的家究竟在哪里。

从彭家垅松树林的山埂走到母校大门口，锦华骑上电动车，我拎着那半塑料袋松树菇，小心翼翼地放在我的大腿上坐在车后，穿过西边畈的田野，行进在这条我青少年乃至每一年的清明节无数次往返过的路上，迎面的微风散发着此处和不远的彼处的香味，没有分界线，只有微风中饱含的许诺，就像早年走出团山下中学大门时那样的永远离不开的感觉。

3　家乡的街巷

——一幅童年时代的水墨画

出门在外，尽管一次又一次回家乡，但我对家乡的变化，感受只不过是：长高了（楼房多起来）、路宽了（东西多起来）、新潮了（商品琳琅满目，餐馆、歌厅，广场舞也多了）。

我的家乡——千年古镇石门街，如今已看不到古镇的一丝旧迹，许多的往事如过眼云烟。可是古镇的影子却像一幅亲切动人的素描画刻在我的记忆里……

在夏日黄昏的阵雨中，弥漫着淡蓝色的雾，雾淡淡地笼罩着街面，街道中间是一块块麻石条铺就的主道，每块麻石条都是等长等宽的，相接的缝隙，线条清晰、整齐划一，像一条条平行而整齐的线段。石条两端紧挨着用一个个鹅卵石镶嵌成凹凸有致、整齐均匀的人行道，过往行人的足履将鹅卵石摩踏得十分光滑又富有立体感。阵雨的洗涤，让麻石条鹅卵石一尘不染、晶莹剔透、雅观别致（石门的得名是由这麻石条主路和鹅卵石人行道及东西南北门四座气派的青石城门而来）。街道的上空，银灰色的斜线由南向北划过画面，那是微风吹斜的雨丝和一缕缕曲状伸向上空的街边人家的袅袅炊烟，在街道上空交合，如米氏父子笔下的游丝，由于街巷的映衬，整个画面又有宋画之韵味。与街道纵向连接的是上街头、下街头、东头弄、王家弄、井头弄几条主巷弄。井头弄是因有一座好水井而得名，井头弄靠街口的那端，有一片让我感到亲切的小店屋，这片小店与坐落街两旁的许多木板门面的店铺结构没有多大的区别，我感到亲切是因为常常去那里用二分钱买三粒糖果，五分钱帮奶奶打三两酱油，一毛五分钱替父亲打三两谷酒，经营店铺的是长着两撇胡子的姨外公，人称他金经理，我光顾时，他有时会额外多给我两颗糖果，我抬眼看看他慈祥的脸上，微笑时，两撇胡子好像微微抖动。当夜幕笼罩着街道时，小店屋的窗口闪出微弱的烛光，烛光透过窗沿下灰砖砌成的柜台，洒在街面。一个刚从柜台购物返身走在麻石条路面的孤零零的人，手撑油纸伞在踽踽独行，湿漉漉的麻石条路上投下他孤单的身影。

4　校园内那一排梧桐树

这所学校已有 50 年的历史，从这里陆续走出去的学生，遍及全国，还有不少漂洋过海。它坐落在离集镇三华里的团山山麓，若用"团山千笋写春秋"，桃李满天下来形容是恰当的。这一次，在 50 周年庆典之际，我带着大脑里印记的 20 世纪 70 年代学校的旧底片，试图去寻找学校当年的影子，去寻找自己青春的记忆。

当年的教师办公楼，我们称为"碉堡"，外墙是从一旧祠堂拆来的"三六九"老虎砖，主体是木头结构、木板楼梯、松木楼面的二层楼。土砖砌墙，木架子上下两层通铺的学生宿舍，"木戏台"青砖黛瓦小礼堂，梯田式的篮球场、操场各一层的运动场，都已被眼前漂亮的教学楼、学生宿舍楼、环形塑胶跑道、钢架水泥篮球场所取代。

难道就一点旧痕和物件都没有了吗？

不，不是的。我的目光定格在了那一排粗壮的梧桐树上了。

此时的节令，梧桐树树枝顶叶已稀疏，更显出树的主干粗大而挺拔，气势坚韧。这是仅能证明学校已有 50 个年轮的活物证。它是一个标志，它引导我找到当年的"碉堡"，土砖砌墙的平房教室、礼堂的具体位置和脑海里浮现的旧模样。

短暂的一次邂逅母校，站在那一排梧桐树中间。我们几个人饶有兴味地用手机摄影留念，傍着粗壮的树干，凝望着风中摇曳的树叶。我的眼前仿佛浮现出雷正朝、曹春明、雷慈应、何伟慈、程曙宗等一批"岳麓长者"的身影。在那个年代。他们有的正年富力强，有的正风华正茂，凭一腔热血、一双手，心系家乡教育，带领团山五七中学的一群"壮如山的小伙子，美如水的姑娘"扛木挑砖造"碉堡"，垒土砌墙建教室，挥锄担土平操场，挖坑浇水栽上一排梧桐树，栽上东隅的梨园和茶圃，西隅的桃林和菜洼。

当年"半工半读"勤工俭学的岁月场景，1977 年恢复高考时的挑灯夜读，刻讲义、印资料，师生同场博弈高考的历史画面，"恰同学少年"那段美好的时光历历在目。清晨，"碉堡"楼角广播喇叭响起"沿着校园熟悉的小路，清晨来到树下读书。初升的太阳，照在脸上，也照着身旁这棵小树……"教育的春天来了，这首十分流行的校园歌曲，此刻仿佛再次在这一排梧桐树周边上空回荡……

这一排梧桐树，已有粗壮的主干，智慧的年轮，它是一个标志，也是一种传承，深深扎根于校园。

5 归来的温馨

可我喜欢刘墉的《庭院深深深几许》，刘墉可真有趣："庭院的鸟儿们，你们都来享受我刘氏早餐店的美食，我刘墉回来了，又开业了。"

还有聂鲁达的《归来的温馨》，更是散发着浓郁的思乡之情。他回来了，就连墙壁的书籍都再次摆脱长期被人抛弃的状态，"旧版的《悲惨世界》便把形形色色令人心碎的生命，在我家的几堵墙壁之内安顿下来。"聂鲁达归来，想必只要翻开书页便再次一一接见他们……柯赛特、冉阿让、德纳第和德纳第大娘，滑铁卢之后被流放到科西嘉岛的拿破仑……

但我时常又有"室坏不修，悲而伤感"的感受。自父亲去世后，我家的老宅一直空置在那，我终于打定主意进行了修缮，并创意性地在老宅的一层厨房水泥屋面，担了一些土，砌了一个小花圃，种了一些小树和花。从此，让我觉得对厨房屋面的花与树"我是有责任的"，并有一份牵挂。

看看那小葱，总难有"郁郁葱葱"之态，干枯但却执着地绿着。月季的枝头，鼓着欲开不能、欲罢不忍的花蕊，在盼着水，盼着滋润，有一两朵竟仍显出"枝头夏也闹"的一种浪漫，艰苦地绽开。只是那一株魁桃树，在树干表皮上早有了智慧的皱纹，撑着自己留给自己的稀疏的几片叶子，在屋面矮小的花草树木社会中，它就像社会的一个老人，不甘心自己的颓废。我赶忙打开专为它们配置在屋角的水龙头，连接一根塑料水管，将它们一一淋透，将池内泥土充分湿润。

在接下来小住的几天里，早晚都自觉地看望它们。并将自制的一些腐叶肥和楼下卫生间的化粪池里不多的有机肥用塑料桶提上去，浇注在它们扎根的泥土里。我深知厨房屋面的狭小，它们生存能享受的泥土与水量极有限，尤在秋冬。

每天的清晨，情不自禁绕过阳台走到厨房屋面，屋檐麻雀们一大早就叽叽喳喳地鸣唱，隔壁大妹姨家老院子内两株年久硕大的桂花树上，八哥、斑鸠跳动着舞姿在打情骂俏。老街街道行走着担菜去菜市场的商贩，匆匆走向石门小学赶早读的小孩子，忙着各自的事情步行在街道，骑自行车、电动车、开小车的人们，有似曾相识的面庞，有熟悉的身影，也有陌生的路人。

　　这清静，对于我这个惯于冥思的孤独者，简直是另一种盎然的趣味。"最好的安眠药物应该是那些蛰音鸟啭的自然之音，因为我们的世代祖先，绝大部分都与自然为伍，只有到了近代才被那许多人为的喧嚣，打乱了体内的天然律动。""安静并非无声，而是一种专情。"

　　几天过后，再细心回望厨房屋面花池里的花与草。

　　月季，复而又挺起花苞，花蕊在枝头又绽开双眸，吐出蓓蕾。小葱竟有了"郁郁葱葱"之态。魁桃虽然老，但稀疏的叶子焕发诱人的绿。纤弱的兰花，条叶施展起优雅的曲线，叶子上挂满神秘的水珠。那仙人掌，原来对我是最不信任的，现在也在善意地迎着夏日清晨的微风摆动着手臂，不再无力下垂，像要与我握手言欢，告诉我它已习惯了我的归来。我惊叹地望着它掌尖上一滴一滴被清晨的日光照得像钻石一样的露珠（也许是昨天傍晚浇水时残留的水滴）。

　　此刻我在想象它们在战胜无人问津的夏日炎炎时，该是怎样的难熬，而眼下仅在享受着短暂的舒适。

　　我不知再留几天，继续感受着归来的温馨，还是又出发。

　　街口的客班车又一次鸣响了喇叭，招揽乘客上车。

　　我迅速丢开一些留恋。

　　赶忙下楼，背上简单的行囊，锁上大门。

　　乘上石门—鄱阳的早班车。

　　带着温馨的怀念，又出发了。

6 年 味

我不在家乡过大年已有二十余年了。每逢过大年，总在感叹现在过大年的无味，回味家乡过大年的有味。

我的发小小卫，今年在北京过年。或许是寂寞所致，发个微信调侃：大年初一想去给习大大拜个早年，无奈人太多，排着长长的队，安检又烦琐得很。我在省城过年也觉得很无聊，问：京城年味怎样？答曰：没感到什么年味，只是煮点石门带来的腊肉，才感到一丝丝的年味。这句话让我又想起家乡石门的年味来。家乡拜大年，过去是很讲究顺序的。"一拜谱、二拜老、初三初四拜丈母。"整个上七拜年、串门、喝酒，不亦乐乎。与以往浓浓的年味比起来，现在过年，只能叫作放假。

初一，起凤路上那台吸粪车

吃了顿饺子之后，出门在东湖区起凤路溜达。许多平时生意蛮好的店铺，都挂上"春节放假，拜年"的暂歇业牌子，可"老北京炸酱面"馆仍然在开门营业。面馆门前的路面上，一台"南昌环卫"标识的吸粪车在滋滋地吮吸门前堵塞的排污水管的脏水。几名环卫工人，穿着套鞋、手拿水枪，在冲洗溢出井盖旁边的脏水。一股与年味不相称的臭水味扑鼻而至。可此刻我丝毫没有对这股气味有半点反感，倒是觉得有点儿像"炸酱面馆"飘出的味儿，"宁可一人脏，换来千人洁"，这是环卫的诺言。即使大年初一，也仍在履职。我心中不由升腾起对这几名环卫工人的敬意。

赣江的"独钓与独泳"

吃罢午饭，午睡刚起，便早早地去江边散步。大年初一下午的沿江快速路，不像平日的车辆如梭。斜阳辉映的江面，也不见一艘船只在江面游动。近处，一名喜钓者独坐岸边，竿指江面。远处，一名喜泳者，逆水而游。我被这一动一静的两种真性情所感。拿起手机拍下两个镜头，附上文字一并发到我的朋友圈：夕阳西斜，江水临暮。独钓早春，畅游春潮……点赞者甚多。

大年初二所感

初七立春，初二一早，拉开窗帘，推开窗户。七楼的楼下，满树的枝梢与绿叶挂起晶莹剔透的水珠，晨雾摇曳的枝条上露珠像在抖动。小区的人行道上如洒水车刚刚洒过，一尘不染，我竟怀疑眼前的春景，美得有点如画般的假。但一定神，却知是真的。倒是自己有点儿像老庄"观鱼知鱼之乐"，看景却不知春将至。便去思考那些沉重的哲学命题："景似去年景，心若冰火再不同。"不知是不是城市春节禁燃的缘故，不放爆竹，春风却挡不住悄悄地在立春前就已度玉门关，春雨也随风潜入夜，悄悄地无声登场了。

龙灯舞起希望

"过了初七不拜年""过了初七初八，好酒好肉自己恰（吃）"，这是家乡过大年的一种说法。可我到元宵节前，才到老家石门街去给三个姊姊拜年，作为晚辈这是迟到了。可元宵的热闹，我赶了个正着。

和平路，烟火通明、爆竹阵阵、金龙翻舞，一朵朵空中怒放的烟花，闪烁如花千树，在观灯和舞龙的人海里我是其中一员。每一条龙舞动时张扬着一个村组的乡亲的个性。鼓动喝彩，表达的是对新的一年风调雨顺的"祈盼"，"但愿人长久"送走的是旧年，迎来的又是一个新年。

　　和平街头车让灯，
　　爆竹烟花竞相燃。
　　龙头舞起百节兴，
　　男女老少喜盈盈。

年，总是这样。从除夕的万家灯火，到元宵的条条龙灯，浓墨重彩而来，悄然轻装而走。春夏秋冬来复去，丰富的是记忆，品尝的是年味，留下的是许多的祝福，展望的是明年。

写于 2017 年元宵节

7　肖岭的杨梅

我是来这里寻找野生杨梅的。

四十二年前的一个端午节，去东山村肖岭下自然村的长青、清和、铁龙同学家做客，刚吃过清和妈妈煮的糖水鸡蛋，站在他家的三柱屋门前，看着葱绿的山峦，清和手指山头上的一棵杨梅树对我说："你看，山顶那棵杨梅树上挂的杨梅红透了，待会让你吃个饱。"铁龙腰间系着一个刀夹，刀夹上插上一把砍柴刀，俨然一个小山客，长青拎着一个小竹篮说："待会儿肚子装不下，用篮子装一篮让你带回家去。"

我们一行四个人穿过丛林小径，来到山顶那棵硕大的杨梅树下，仰头看，枝头绿叶间一粒粒红色的精灵。我即刻口齿生津，急不可待攀上去，边摘边吃，未等从树上下来便觉馋虫已解，口福已饱。铁龙笑我："街巴老，你还是悠着点吃，待会我再带你去摘一棵糯米杨梅，不是红色的，是乳白乳白的，味道更鲜。"

真是一方水土养一方人，一方水土更是孕育一方特色果实。早年的石门街东山大队的东山垅人，每逢端午节，都到镇上来"摆街"（过去节日上街赶集或走亲访友称作摆街），他们用自己精心编织的竹篮，装满熟透的李子、杨梅，不用袋装用竹篮装，上下四周都透气，又保鲜又美观，篮子里放一个竹筒，由你堆得满尖，卖杨梅的大部分是垅里的女孩子，她们穿戴得简朴整洁，将篮子放在街边地上，不时吆喝一声"卖杨梅"，声音娇娇的，这声音让节日的街上空气更加柔和了。这些女孩中有的就像铁凝《哦，香雪》里的香雪那般让人怜爱，一篮子杨梅卖的钱买文具盒和钢笔。

但我印象最深的还是来街上摆街的少妇们，她们在端午节带上自己的小孩上街，小孩在她们的精心装扮下，穿上新衣，有些小孩脖子上还挂着一个用棉线织的小网兜，网兜里装着一个用红杨梅汁染红的煮鸡蛋，有的

小孩子后颈窝上还蓄着一撮长长的胎毛（过去很多人家的小孩都蓄，说是越长命越贵），这模样让街上小孩看来有点土气，又好玩。山里富裕人家的小孩那时节的打扮更是有趣，那时刚刚时兴"的确良"，说是"穿要穿八年，放要放八年"，大人们就按八年做一件新衣服的尺寸，便做得像女孩子的裙子一样长得齐了膝盖，小孩穿上只好将长长的衬衣扎在裤腰带里，才行走方便一点。少妇们见生人不免有些腼腆，但嫁到肖岭下的女人，总是会有靠山吃山的一份自豪，"肖岭下的杨梅，土屋里的李子，家里的男人"她们都引以为荣，以至我少年时总觉得东山垅和肖岭下的人都是很牛的。

街上许多人，总想在当季去体验"坐在杨梅树上，现摘现吃杨梅"的感受。我那天坐在树上吃了个尽兴，中午，清和妈妈将好菜烧了出来，而我噎饭于喉，是因为杨梅酸了牙，不自觉地不用牙嚼就吞咽，不噎饭才怪呢。

四十二年了，我还是忘不了那年的端午节，忘不了肖岭下，那杨梅树安在？或那杨梅树第几代了，那酸滴滴的、一粒粒的精灵，潜藏于"愿君多采撷，此物最相思"的柔情蜜意里。杨梅与树有着"梅有岁岁结，树有不解缘"的情缘。

许多年了，我吃过昆明的"火炭梅"、井冈山的杨梅、余姚的乌梅，好像都没有肖岭的杨梅让我留下如此久远的回味。我竟怀着一个梦幻的希冀去思考：肖岭下的那棵杨梅树的根也许是在静静的泥土下听着树枝和着绿叶的声响，伴着一年一度的点点由青涩到紫色到红色，圆圆的、让人垂涎欲滴的、精灵的轮回。

四十二年，在一个人的一生中是大半辈子，世纪的年轮也近半个世纪，我耽搁了四十二年，四十二个端午节，虽然都有耽误的理由，但我怀揣于内心那份美好的记忆，还是少年时的同学清和、长青、铁龙的友情，还是肖岭的杨梅。

端午节，值得记起的事件颇多，如为纪念屈原投向汨罗江，日后成为民间美食的粽子，如家乡东边河的赛龙舟，如黄龙尖山头的翠绿、松涛与古寺。其实，当下时节约上三五好友去近郊的杨梅园采摘一番杨梅倒是易事，但这总让人觉得缺少一点自然的野趣。难得有去肖岭下采摘野生杨梅的趣味。

杨梅是娇嫩的鲜果，酸甜可口。但极难保鲜，在无冷藏、无科技手段保鲜的年代，就如远古"一骑红尘妃子笑，无人知是荔枝来"，跑死了几匹马而只为荔枝惹妃子一笑，可是那南国的杨梅，即使累死几匹马，杨贵妃恐怕也无福消受，"尝杨梅之鲜，若昙花一现"怎不让人回味与留恋？而今，一台电冰箱便解决问题，可坐树吃杨梅却又是另一番情趣。

踏着今年的节令，向肖岭下出发。从高架跨出渡槽下穿行，沿着源自肖岭的山溪，走过旗杆下、土屋里、火场上几个垅内小山村。一路上，溪边的各色野花、菜花，点缀在响水堰如吊脚楼瀑布的溪水边。如画的景致，"一溪一路两行山"有"碧水汇聚成溪去，两岸青山相对出"的诗情画意，每过一个山湾，每过一个小山村，眼前都是一个新奇的小世界。

久违了，肖岭下。看山：青山未老；看村：存留的几处老式青砖黛瓦平房，依稀可见，但一栋栋精巧而新潮的小洋楼错落有致。屋顶的太阳能和不锈钢水箱给人以现代感，依山仁立，别具风雅，屋后的丛林鸟儿们啁啾不休，树叶沙沙作响。树的高大、树枝的绿为小洋楼布置了一个美妙的背景，我感受的是现代气息与自然生态在肖岭下小村融为一体。我回石门时常听镇子上的朋友说起，走出肖岭下的年轻人，现在在上海、北京、广州发达的有某某某、某某某。走出山坳，走向一个新奇的大世界的肖岭人不少。我留心看路的那一端，早年横在老屋山与肖岭下两村的肖岭，已凿开了一条缝，开出了一条平坦的穿山通道，早年的这段山路，你要骑自行车经过，对不起，你得扛着自行车上岭，下岭时再骑。记得有一次，我与东山小学的江华校长骑自行车去查看肖岭下老屋山两个村小教学点。由肖岭下去老屋山，扛着自行车，徒步上岭，大汗淋漓、气喘吁吁，在岭上稍许歇息，复而骑上车，沿下坡山道，放速快行，靠的是惯性，无须踏自行车踏板，轻松惬意，与山间美景融为一体。现在"村村通工程"已在村前开了一条水泥路。

我想去寻找当年那棵大杨梅树。深知这只是一种念想，但执着那份希冀。山峦不显出它的动，很多的东西却都变了。与朋友一同钻进树丛。山的静，树枝和着叶摆动的韵律，被夏天披上茂盛翠绿的妆容，各种植物好像是在拥挤着、争抢着向上生长。树枝与绿叶在风与静的和谐里招手。四周灌木纤细，总是低调在树荫里。四十二年前的那棵硕大的杨梅树不在。

是否它的根还在？子孙还在？一棵棵小小的杨梅树，它向我展示了在上个季节已褪去花瓣的枝头，枝头与绿叶间镶嵌着粒粒逐渐走向成熟，但此时却还青涩的杨梅，我的视觉便将季节拉向了另一端，有"花褪残红青杏小"的早到之感。眼下只是"望梅止渴，口齿生津"。今年的节令迟，杨梅成熟还早得很，现在就来干什么？

味觉没有享受，还是给视觉一场盛宴吧。再看看这山，这树，这景，这青涩的精灵。"郁郁山中树，绵绵思远道"，置身这清新的美景中，呼吸着弥漫馥郁清香的空气，觉得呼吸是香的。青草与艾叶的清香阵阵扑鼻。"蝉噪林逾静，鸟鸣山更幽"，原来古人是最善于享受自然的。一阵布谷鸟布谷、布谷……的鸣唱。这奇妙的幽静，让我流连忘返，实实在在地感受了"游目骋怀"这个成语的真意。拂去了所有的不如意留下的阴霾。看山则情满于山。

时隔四十二年重返肖岭下，有感于斯文。

梅有数度结，人无少年时。岁月最易逝，人生易老天难老。

回去吧，中午镇子上还有一帮朋友的饭局。

8　我的家在哪里?

冰心是大家喜爱的作家。她的散文《我的家在哪里?》所揭示的主题自然、深刻，富有情怀。

在一般意义上，家是一种生活。

在深刻意义上，家是一种思念。

冰心在世界各地，各个城市转了一个圈，老年回到北京。心里想写的家，仍然是少女时代的那个家。

对于生于斯，长于斯的家乡。我少年乃至青年时，总觉得乡村邻里乡亲的伯伯和叔叔们，一辈子忙忙碌碌的两件大事：一是家里盖一栋新房子，二是子女结婚。谓之安居乐业，传宗接代。与许多的农村青年一样，当初想考大学是憧憬着外面那个更加精彩的世界。可我在短暂的几年求学后，毕业时我丢开了许多的幻想，还是回到家乡的中学当一名教师。父亲也觉得这很好，张罗着要建一栋新住宅，宅基地选好了，但苦于资金短缺，一时半会也动不了工。但我那时刚毕业，每月只拿到47.5元的薪资。想要贴补家里建设真是力不从心。但我也有《平凡的世界》里的孙少平"要在双水村里为父亲建一幢漂亮的住窑，让它在双水村很显眼，这样，在世代贫穷的孙家，就是一座里程碑……"一样的雄心壮志。其实，那时我也有更为现实的思考，有点儿像《白鹿原》里的白孝文一样的自私，"家有梧桐树，不怕引不来金凤凰"，有了新房子，好娶媳妇哩。

建家里的那栋两层楼房，搬石块，垫基础，雇手扶拖拉机运砖头，拌砂浆砌墙，抬水泥预制板，累活脏活都能干下来。

新房建好后，我一家从仅有六间房，却住了三户人家的"联合国"式的老宅搬进了新居，在新居里结婚生子，与父亲"三代同堂"享天伦之乐。直到我调到县城工作才离开，妻子随调，恰好儿子在县城读高中。我一家三口在县城租房子住了一段时间。"客里似家家似寄"的感觉，让我纠结。房地产经济时代来临，县城的开发刚刚起步，拿出自己全部积蓄，在开发小区购买了一套商品房。像一批刚进城的乡镇干部一样，那时候预测不了"通胀率""货币贬值"的走势。购房所缺资金向朋友借了一些，一次性交清了购房款。那时按揭对于我还是一个新概念，仅片面地思考，借钱买房钱还清了，也可称之又一轮安居乐业了。

可就真的由此安居了吗？不是的，50后、60后们，大概小家庭结构如同质细胞。孩子是独生子女，子女无论在哪一座城市打拼，最需要资助的是买房子。工薪阶层口袋里的钱，往往不足以让你做过多的策略性选择。当一线城市的房价让你瞠目结舌，二、三、四线城市的房价由五六千元，到一万两万元的速度飙升。别说你看到房地产泡沫，即便是浑水你也得去蹚，你只会迫不及待地去与你在那座城市打拼的子女，一道加入城市"房奴"的行列。想法子，凑点钱，让小孩付个首付吧。

当省城儿子的房子首付签约、交房、装修完毕后，我就像当年父亲建楼房那样，感觉自己完成了一件大事。

现在的50后、60后的同人们，都由职业生活走向了非职业生活（退休），选择是守着自己的根据地，还是随子女去当后勤兵？是去城市，还是像一些老干部那样"叶落归根"去乡村老家？家在哪里是一个三难选择。儿子动员我去省城享受城市资源，并当好"后勤部长"。

达尔文说："物竞天择，适者生存。"对都市的繁华和环境的陌生，我只能是一种理解，丢掉所谓的性格，打定一个好的主意，去与常在赣江边垂钓的陌生人交朋友。他们大概也与我一样，也在享受一份悠闲与乐趣，也在让别人不忘掉他的存在。尽管这只不过是一个恣情于悠闲生活的人所需要的其乐无穷的消遣而已。在都市繁华里，要找到一份老年的乐趣，是得想点子，去小区广场与舞者学学跳老少皆宜的广场舞？或去公园学学太极？这当然不失为一种选择，但是我也是委实缺少这方面的细胞。

有时看看卢梭的《圣皮埃尔岛上的欢乐》："世间万物都连续在波动中，没有一样东西能够从中找到无与伦比的快乐，保持它的一种固定永久的形式。因此与外界事物相因而生的情感，必然与它们的变迁而一起变异。"卢梭写的是在圣皮埃尔岛上所感受的情感变化而带来的欢乐。我凡人一个，在"乡村—县城—省城"的简单住房三级跳，到底能有多深的体验呢？回首过往，"我的家在哪里？"都市让我带着一种似曾相识而又陌生的感觉。像原来去哪个城市出差或旅行时那样短住几天，又要返回。必须对那不可再得的过去的追忆再去预想。去预想那也许永远不会有的未来。去寻找一个坚定的东西，让它可以作为今后的一种依托，由依托而产生的事物需求的快乐。只是担忧心灵总难以超出一个坚实的位置。而是整个地跳动在以往的空虚里，我想这也许不一定是环境变了，事物变了，而是自己的心态在变。来到城市住在儿子家里，"家里似客客似寄"之感再次萌生。中国式家庭：

"父母的家永远是儿女的家，儿女的家就不一定是父母的家。"

时而看看阳台上那盆蜡梅。带不走的清寂，盼着花开，想象着纵然是寒冬里的顽强与孤傲，亦会显出高洁与坚韧而孤芳自赏。这徒然又让我想起老家早年质朴的农民长辈们。一辈子"盖一栋传代的房子，儿女结婚传宗"。而自己从年轻时从那环境里走出来，又返回去。执教、从政、荣调、退休再出发，安而不定。

"我的家在哪里？"还真说不准。

于是，我与妻子、儿子商量好，将父亲留下的老宅整修一番，配上现代设施，像冰心老年怀念少女时代的家那样。我可时不时去青年时期的家小住。

我也有冰心一样的感觉：

家乡，始终不会被我丢失。

家乡，始终不会把我丢失。

可又正如人们所说，树只有一个家，那就是它的根。而人与树不同，他有三个家：父母的家，儿子的家，自己的家。

第三辑
亲情记忆

1　偏心奶奶

一个星期天，我妹妹小华，从石门街捎来家乡办酒席必备的第一道大菜——东坡肉。这已成为一个餐饮文化传承了，酒宴开席，爆竹一响，东坡肉就上桌。

一时兴起，约欢喜、国玉两个发小，一起来分享，我电话说，"有东坡肉吃"，他俩来得挺快的，东坡肉放微波炉里加热端上餐桌，满室飘香。

喜喜（欢喜的小名）边吃边道："我记得小时候我奶奶做的东坡肉真香，小时候村子里人家办酒席，总是我奶奶掌勺，东坡肉做的次数多了，奶奶竟编出了做东坡肉的顺口溜——慢着火，少着水，火候足时它自美。听起来奶奶不仅东坡肉做得好吃，竟然还会作诗呢。那年月，人家办酒席，小孩子是想不到上酒宴餐桌的，每逢知道了奶奶去帮谁家办酒席了，我便一阵窃喜，奶奶每次帮人家张罗完酒席后，回家时总会包点东坡肉带回家，不多的一小块，家里其他人是想不到伸筷子的，唯我独享。但奶奶对我从小的管教是很严格的，在石门小学读二年级，因贪玩，有一次逃课，跑到校外玩了整整一下午都没进教室，陈老师来我家向奶奶告了我一状。傍晚回家，还未进家门，见奶奶拿着竹扫帚，我一见知道不妙，撒腿就跑，奶奶追了上来，我拼命往村外的棉花地埂上跑去，但奶奶穷追不舍，我一边跑，一边不时回头看看奶奶是否追上来了，看到奶奶那双小脚，跑时支撑不住身体摇晃，蹒跚跑在地埂上，我害怕奶奶会跌下地埂摔倒，若奶奶摔伤了，那爸爸打起来就惨了，我不敢再跑了，奶奶追上来一顿打，边打还边说：'不念书，不念书，我明日叫你爸爸到队里领一头牛让你去放。'那顿打挨了后，我再也不敢逃学，但好长一阵子都很恨陈老师。"

国肉（国玉的雅称，我们看越剧《红楼梦》叫宝玉也叫宝肉）说："我奶奶也是一样的，过年家里熬的爆米糖块，奶奶会用一个瓷器罐另藏一罐，放在她的床铺底下。叔叔和家里任何人都不敢去动一块，只是我总偷偷伸手去摸，罐里摸得快见底了。奶奶也知道是我干的，只说'毛呐，要知道细水长流！'我奶奶对我们石门小学的那口很响的铜钟的声音多年听惯了，她说抗日那会，日本人的飞机总来石门街轰炸，这口钟救过许多人的命，挂在乡公所院内的一棵老槐树上，一听到钟声紧敲，就出去躲飞机。后来这口钟移到石门小学，作为上课下课报时。小学的预备铃、上课铃，她打从我叔叔上小学时就听惯了，记得清清楚楚的。'当！当！当！'慢悠着的钟声是预备铃，'当当！当当！当当！'急促连响，便是上课铃，奶奶一听到'当！当！当！'就催我，'快点背书包上学去，要不就迟到了'。"

我对我奶奶的故事记得的便更多了。我说："小时候，我父亲在外地工作，我从小又没了母亲，是奶奶一手带大，那时家里最小的叔叔当家，父亲回家时除了给一些家用开支外，总会私下塞点钱孝敬我奶奶，而奶奶的这些钱，我是花得最多的，今天五分，明日一角，奶奶总是悄悄塞给我。有时姐姐发现我竟有钱买零食，猜定是奶奶给的，嘟囔着说奶奶重男轻女，可奶奶总说：'弟弟小些，嘴也馋些。'奶奶每逢这样说时，又忍不住用一只手从对襟的棉布纽扣的布衫口袋里摸出一小纸币给姐姐，却又要叮嘱：'带弟弟一起去买点吃的。'但我的记忆里，小时候我挨奶奶的打可比姐要多，奶奶常对我说，'过去，私塾里的寨印先生，总是把钥匙给你爸爸，你爸总是第一个就去打开学堂的门。寨印先生，有一把檀木做的尺子，专用来打那些不用心念书识字的学生的手板心，可你爸爸可怜只念了两年私塾，自你爷爷得病后，他就失学了，寨印先生的尺子，两年都没有上过你爸的手，寨印先生说你爸爸聪明、懂事，他说不要我们家的钱也愿意你爸爸再念一年。'

我奶奶也有一把一尺多长、两寸多厚的戒尺，那是我最小的叔叔帮她做的，她平时会用它来挠背上的痒痒，但有时会对我派上用场。我在外面无论与谁家的小孩打了架，输了赢了都要挨骂，若有老师告状，那把戒尺便对我用上了，轻则打在屁股上，重则会让我伸一只手，手心朝上，她左手摄住我手掌向上的那只手的四个指尖，右手拿竹片打向掌心，边打嘴里边不停地唠叨：'不打不成器，看你还闯祸吧，看你还敢不听话吧。'直打得我求饶保证方肯罢休。我是一不敢反抗，二不敢逃离。若逃离或反抗，奶奶指挥叔叔'续刑'，叔叔若下手，我就更惨（因为有过此类的惨痛教训）。我后来读过胡适的散文《我的母亲》：'但凡我懂得一些做人的道理，这都得感谢我的严师，我的慈母。'我的同感却是，但凡懂得一些做人的道理，却是要感激奶奶。"

一份东坡肉，外加几个小菜。我们三个发小吃着、喝着、聊着，那足有两斤的一大块东坡肉，一扫而光，连汤都不剩一点，咀嚼着、品尝着、回味着。似乎品出了那童年少年的美好时光，那少年的时味儿。那三个裹着"三寸金莲"，走路有点猫步的奶奶，好像从那遥远的天国，走进了我们各自的记忆里，我们仨，恰好都是家庭的长孙。中华人民共和国成立后，那三个奶奶，她们都含辛茹苦地养育着她们的一大群儿女，按照她们所说的："一条牛、一路草，条条牛都吃得饱。"多子多福生育观，当她们正迈向老年时，我们来到了她们膝下，"三代同堂"的天伦之乐，让她们再度焕发出自己初为人母时的自豪，她们的观念是那么传统和守旧，但她们的情感却又是人性中最光辉而又最细腻的，"爹娘疼幼子，公婆疼长孙"，这也许是她们那一代人的一种内心情结。她们抱着这一传统观念和情感，去呵护和教育她们家庭的长孙。你千万不要去说隔代教育溺爱多于严厉。我从小就在奶奶的怀抱里，听奶奶的启蒙教育最多，有时候，我读史铁生的散文《奶奶的星星》，读着读着，禁不住泪眼蒙眬，有着强烈的共鸣感。"奶奶说，地上死了一个人，天上就多了一颗星，人死了就变成了一颗星星，给走夜道的人照个亮。"这段文字，给予了我心灵的刺痛，我似乎产生了一种幻觉，我会走到自家的阳台上，望着星星点点的夜空，幻想哪一颗是奶奶的星星，思绪会飞到很远很远的童年。我奶奶去世已四十多年了，可我却时常怀念她，有时候会在梦里见到她。

2　父亲节

相对于我父亲那辈而言，我们"50后"算是幸运的了。比方说吧，我就没有给我父亲过过父亲节。而现在每逢父亲节，我儿子都会记得发个信息。

今天是父亲节。儿子在外地，也许挺忙的，却又记得发个短信："老爸，父亲节快乐！"还在读大四的侄女儿，一个微信就像一篇优美的散文，配上那首流行甚广的《父亲》，音乐、视频，图文并茂、赏心悦目。"伯伯，父亲节快乐！虽然我不善于用太多的语言去表达对您的爱，但我永远都是爱您的，生活中的细节也一直告诉我，您对我的关心和呵护，谢谢一直以来的守护，愿您和伯母身体健康，心态年轻……"你看，多幸福，多美。

父亲节，也让我想起了我的父亲。

我父亲去世已十三个年头了，记得父亲逝世时家乡镇党委政府为他开了一个隆重的追悼会，悼词是时任党委书记致的，在父亲的追悼会上，我作为亲属代表，声泪俱下，向人们诉说着我那父爱如山的父亲——"深深地感谢各位领导，各位我父亲的生前好友、同事，各位亲朋好友前来悼念我的父亲。"

父亲是在与几种疾病顽强抗争，在深信自己能够战胜病魔，走出病房，怀着再次到自己曾在县城工作过的单位和部门去走一走、看一看的希冀，十分遗憾地在县人民医院的病房里，突然落气，没留半句遗言，这样的离去，怎能不让一生曲折、饱经风霜的父亲，在人生句号时，更添些许凄惨与悲凉？

父亲的一生，坎坷曲折，回忆时不得不让我潸然泪下……

父亲十三岁那年，我爷爷病逝。那年，我大叔仅九岁，二叔七岁，三叔还在奶奶的腹中。贫困而又不幸的家庭长子，在痛失父亲的那一刻，跪拜乡邻，葬罢父亲，抹干泪水，咬紧牙关，心中所思所想的是要用自己稚弱的肩膀，来挑起一个家的重担，他要负起长子的责任，他要帮衬体弱多病"三寸小脚"的母亲（腹中还有未来到这个世界的弟弟），担当起家的责任，可他自己还只是个孩子啊！

父亲是坚强的，他一刻也没忘记自己是这个不幸家庭的长子，繁重的农活压不弯他的腰。"穷人的孩子早当家"，父亲十八岁时就成了村里干农活的行家里手，被邻里乡亲推选为生产队长，在队里他是一队之长，在家里又如父亲般努力而细心地呵护着三个弟弟，他自己仅在祖父在世时读了两年私塾，却在那全家人食难饱腹、衣难暖体的艰难岁月里，坚持着要让每个弟弟少挨饿，并一定要念上几年书，识得几个字，最小的弟弟在他的执意下竟读完了初中，由于家的拖累，父亲自己成家时在那样的年代，在农村，已是大龄青年了。

父亲是孝顺的，他自己结婚后，为了让母亲少流泪，始终不听母亲的规劝与弟弟分家去过自己的小日子，一直坚持到三个弟弟一个个成家立业。

父亲也是痛苦的，早年夫妻离异。对于他这个硬汉，这是比少年时丧父更为沉重的感情折磨。我父母的离异，让父亲形单影只毫无帮衬，既要照顾年迈的祖母，又要既当父又当母，呵护年幼失去母爱的姐姐和我。父亲最小的弟弟成家后，父亲终于与三个弟弟都分了家，而此之后，父亲的家，祖孙三代，单亲家庭，奶奶、父亲、姐姐和我相依为命。1977 年奶奶逝世，父亲更是以他的慈爱呵护我和姐姐，姐姐出嫁后，我考取学校外出求学的那一年，父亲的家，又多了我的继母和继弟两个新成员，从此他的爱不仅仅要继续给自己的一双儿女，同时又要毫不吝啬地给新组建的家庭的每个成员，背着重重的情感负担，一直走过他的天命之年、花甲之年和短暂的古稀之年。

然而，不管生活多么坎坷，命途多么不顺，父亲的一生始终正直、善良、勤劳、简朴。他从一个贫苦农民的儿子，到生产队长、农会干部、公社干部、公安派出所所长、法庭庭长、农机局副局长、镇党委副书记、镇人大主席。在任何一个岗位，政治上的执着和清正廉洁、品格上的刚正不阿，从来初心不改。父亲外表沉默寡言，但内心深沉而睿智，一生总是以谦让、随和、质朴、诚恳来体现"严以律己、宽以待人"的为人处世风格，孝敬母亲，对弟弟和自己的子女及许多的侄儿侄女们慈爱有加、宽严适度，对同事、对部下，以诚相待、互敬互助，这些品行始终在他一生的性情中显现。

父亲走了，他这一走，留给我的，也只剩那"如山的背影"，留给他的孙子的，也只剩下那骑在爷爷肩脖上嬉笑的童真，只剩下那"三代同堂，天伦之乐"的短暂幸福追忆。他这一走，带给我和姐姐，乃至我的继母及继母的小孩，特别是我，不仅仅是怀念，更多的是深深的追思和内疚。父亲走了，他没有给他的后人留下什么遗产，但留下了怎样正派做人、善良处事、有责任担当的宝贵品质。

"父亲，你一路走好，不要带着太多的遗憾，不要让苟且活着的我增加太多太多的悔恨，因为你没有写下的遗言，没来得及说的遗嘱，我已在心里领会了。"（在父亲追悼会上的发言）

翻开我的文档，我很快找到这篇祭文，在回忆的愁思里，我再次点了侄女发的微信，刘和刚唱的"我的老父亲，我最疼爱的人……"声情并茂，听得心碎。每个人，在父亲节里，或许对自己的父亲都有不同的岁月记忆。也许，此时，你正守候在老父亲身旁，沉浸在为父亲过一个父亲节的浓浓幸福里；也许此时，你已远离故里，漂泊他乡，父亲节带给你的是牵挂与缠绵的乡愁；也许像我一样，与父亲早已阴阳两隔，"子欲孝，而亲不待"的情绪在撞击着心灵，父亲节只能将父亲的遗像再度摄入自己蒙眬的泪眼里。

3 大 姐

——一个弟弟的札记

大姐的工作经历很简单，20 世纪 60 年代中期乐平师范毕业后，在距镇子两里的一个叫"大屋下"的村教村小，后来调到镇上的中心小学，而后又调到那个年代的公社"五七"中学任初中、高中的数学老师。

我记得我才四五岁时，每年除暑假、寒假外都见不到大姐，怪想她的，总问妈妈："大姐哪天回家？"妈妈总会说："你大姐在乐平上学，就快毕业了。毕业了就回来带你去学堂念书。"妈妈每次这样说时，总是那样欣慰。那时候，我的词典里肯定还没有"自豪"这个词。但后来，当我的词典丰富了，回忆起妈妈说那句话的样子，便知道了那就是自豪。是啊，生活在一个叫东山陇台库堰的偏僻小山村的人，嫁给了集镇一个铁匠手艺人，生育了一大堆儿女的妈妈，对她即将毕业，就要当"女先生"的长女，内心怎能不自豪呢？

大姐与我并不是血缘上的亲姐弟，大姐讲起我辛酸的婴儿时的故事时，总对我说："你才这么长一点点的一个小不点，才几个月，就抱到我家来。我家又多了一个小弟弟，我和你二姐、三姐总是轮番抱你。"她说这些时，并拢双手五指，掌心相对，像在讲台上比画一条线段之间的距离那样，比画着我刚抱到她家时，我身体的长度。

大姐刚刚从"大屋下"的村小调到中心小学时，就带我到小学去读了小学一年级，尽管我当时还不满六周岁。在家里、在校园里我都亲热地叫姐姐，而在教室里便同班上的小伙伴们一样直呼徐老师。班上的小伙伴们都很羡慕我，特别是放学后，姐姐牵着我的小手一同回家，走在街上的那一刻，那时候，我看到同伴的羡慕的眼神，我觉得很幸福。

大姐的大家庭，自大姐毕业后，日子比先前更好过了。爹爹是少年时就随师傅来到我们这个古镇谋生的抚州人。靠着他的吃苦耐劳和精湛的铁匠手艺活，成了方圆几十里有名的"大眼睛铁匠师傅"。爹爹打铁，妈妈操持家务，像黄梅戏里唱的"你耕田来，我织布"，夫妻恩爱、省吃俭用、养儿育女。直到大姐、二姐、三姐长大成人相继出嫁。大哥在外公社读初中（早年，我们公社还没有初中），夫妻俩对四姐、弟弟还有我更是疼爱有加。和许多勤劳善良的父母一样，不苦孩子苦自己，在满堂儿女的幸福成长中，体味和展望家景一年比一年好。

然而像托尔斯泰在他的一本书的开头写的那样："幸福的家庭都很相似，但不幸的家庭却各有各的不幸。"突如其来的一场人为灾难降临到这极普通的家庭。

突然的一天，一伙人闯入家里的铁匠铺，将爹爹带去了大队部。家里此刻像炸了锅，妈妈痛苦地号啕大哭，只是喊天，四姐也泣不成声，我并不懂得什么，只是吓得也跟着哭。两个姐姐闻信先后都匆匆赶回了家，二姐也只能用她的哭声、眼泪和自言自语的数落，来控诉给家里带来不幸的那伙人，只有大姐，她没有哭，只是瞪大眼睛目睹家里柜开箱倒的惨象，她一只手用毛巾给妈妈擦着眼泪、鼻涕，一只手拳头捏得紧紧的。她一边劝慰着妈妈，一边大声地叫我们都不要哭了："勤劳持家，没偷没抢，这是招惹谁了！"我们止住了哭声，只是妈妈还在数落着，大姐问妈："他们把爹爹带到哪里去了？"妈妈说："说是大队里。"大姐安慰妈妈："你不要急，身子总要紧，事情总还有我呢！"

大姐看家里人的情绪稍缓和了一些，在家里厅堂里沉默地来回走了几趟，随后她拉着我的手，从家里的灶屋后门出来，走到了屋后面的塘坝上，又来回地走着，我仰起头看着大姐眼眶凝满着泪水，禁不住哇的一声又哭起来了。大姐手抚着我的头："弟弟，我们不哭。"其实，对家里突遭变故，此时的大姐心里也是没有主意的，她在妈妈面前装得那么坚强，是因为家里的这些至亲至爱的人，都把她看作是全家的主心骨，家里出了任何不幸事，都会把希望寄托在她的身上，她怎能不强烈地控制自己的情绪呢？

大姐去大队、去公社与他们理论了几次，也许是公社"革委会"的领导政治宽容度更宽一些，爹爹还是被放回家了。爹爹变得比以前沉默寡言了许多。在铺子里，只见他，左手拿着铁钳夹住铁件，右手挥锤敲打时总是打着打着又很不如意，放下铁锤，又用手拿起铁钳夹住铁件塞到炭火里，气鼓鼓地推拉着风箱把手，来回推拉着，让红红的炭火再次燃烧回炉的铁件，烧红后夹出又放在铁砧上敲打，整天脸上都没个笑容，言语也少了。来铺子里加工铁器、农具、锉镰刀，买斧子、菜刀的客户也没有往日那样络绎不绝。而妈妈此后在菜园地和提猪食桶喂猪时，总是单手捂着胸口，按住时常的间歇性的胸闷和绞痛。我觉得爹爹和妈妈都突然苍老了好多。

　　这一年，爹爹做了一个决定，让在外公社读书的哥哥回家跟他学铁匠手艺，他说他再也不带别人家的人做徒弟了。尽管哥哥不乐意，坚持要读完初中再考高中去县城读书，可父命难违。而后家里的铁匠铺子里，就只剩爹爹和哥哥，这对父与子、师傅与徒弟了。爹爹手拉风箱，左手用铁钳夹住煅红了的铁块，放在铁砧上，右手放下风箱把，挥起小铁锤，爹爹的小铁锤打在铁块什么部位，哥哥站立对面，双手抡起大锤，就往那里砸去。叮叮当当、火花四溅，炉膛炭火的炽热与挥锤的吃力，哥哥汗流浃背，看着机械无语挥锤的哥哥，新做的帆布长围裙没几天就被火星灼上了不少的窟窿眼。哥哥已不像那个每到星期六下午，走三十里路匆匆赶回家，总是满脸笑容，总津津乐道跟我讲一些中学的好玩事的哥哥，不像每逢暑假总带着我满田畈去捉泥鳅、钓青蛙的哥哥。铺子里歇下来后，总是闷闷地吃完饭，也不和我一块玩了，只是时常拿起一本我不知道的什么书，独自一人在房里翻着。

　　眼看哥的铁匠手艺就快出师了，可这一年，国家建委江西建工集团到农村招收一批农村知识青年进城当工人。哥哥的几个同学家里都在托人情找关系争取名额，哥哥心动了，他不顾爹爹的阻拦，坚持着要出去。全家人，也许算大姐最懂哥哥的心事，她先是说通了妈妈，又找了在公社"革委会"当领导的同学。在大姐和妈妈及哥哥的一再坚持下，爹爹终于放行了，哥哥丢下手里的铁锤去省城南昌当工人了。

　　几经降霜落雪，几经清明谷雨。哥哥走后的几年，爹爹妈妈家日子还算平平静静地过着。可又一个灾难降临了这个极普通的家庭。妈妈尽管是善良和坚强的，但她的善良和坚强还是没有能抵挡住不幸的打击和积劳成疾对身心的摧残，一天中午，妈妈突然晕倒在锅灶旁，抬到卫生院，在病床上昏迷了许多天。医生诊断是心脏病引起的脑血栓，一个月后才能出院。

慈祥的妈妈已变得有语言障碍，口齿不清，半身不遂了，日常的生活起居都要靠四姐照料。从此，亲爱的大姐既要忙她的教书，又要照顾好自己的公婆、自己的女儿，更要到娘家担当起长女为母的角色，她要花大量的时间帮衬着四姐照顾生活无法自理的妈妈和年幼的小弟及年迈的爹爹。大姐的婆家就在集镇同一条小街上，与娘家相距仅几十米远，大姐夫是在相邻的安徽东至县城读完高中考入皖南大学，毕业后分配到离家25公里的安徽一所高中任教，后来当了这所学校的校长。姐夫的父母视大姐为己出，但大姐却不是那"三日入厨房洗手做羹汤"式的儿媳，在娘家做女时爹妈总是唠叨："就只会念书。"传统观念上的闺秀技能一项不会。即便养儿育女了，可她的大部分时间和精力都用在了她的学生们身上。为了教好书、备课、钻研教材，常常废寝忘食，有时直到夜半更深。由一名村小教师到高中毕业班的数学把关老师，需要的不仅仅是事业的责任心，更要大量的时间和精力。妈妈病重后，星期天的大姐总是娘家婆家不停地来回跑。天气晴好，总看到大姐一大篮子娘家的衣服床单，一大篮子婆家的衣服被单，担起了便是一担，担到西边河去洗。但星期一到星期六上午的大姐，上课和课间却难得离开学校，离开她的学生。我至今还清楚地记得，在我小学三年级的时候，大姐的第二个女儿还在哺乳期，每个星期的星期一到星期五的上、下午，课间和同伴们在操场玩耍时，常常看到姐爹或姐妈，推着木制的给婴幼儿做的手推车（我们家乡称为木车轿），送小孙女来学校吃奶，姐爹双手握着木车轿的两个长长的把手推着，木车轿的木轮轴摩擦着车轿的"木耳朵"，"嘎吱嘎吱"边推边响。逢天气暖和无风时，大姐就在办公室或教室的平房屋的走廊里给女儿喂奶，天冷或刮风下雨时，会抱起女儿到住校老师寝室里去喂奶，喂完奶只是亲亲女儿的小脸蛋，将牙牙稚语、哭嗷依恋的小女儿放回"木车轿"，目送姐爹推着"木车轿"，"嘎吱嘎吱"走出校门，大姐又转身去忙她的备课、批改作业或进教室上课去了。

大姐的数学教得非常好，我小学还没毕业，她就选调到创建不久的公社"五七"中学任教去了。

1973年，我读初中了，又能在中学的校园里，课后喊姐姐，教室里喊徐老师了。

公社这所初高中四年一贯制的中学，在那个年代的农村中学，师资奇缺，大姐总是跟班上，由初一的数学到高二的数学，又总是跨年级任课，往往带着高二数学搭一班初二数学，或带高一数学又搭一班初一数学。我在"学工学农学军"的那四年中学时光里，对教师职业辛苦没留下太多的概念，但从大姐教学上的严谨，对学生母爱般的呵护里，看到了教师品格的高尚。我记得四年时间里，我时常得到大姐给我的一些笔记本及一些课外书籍，而大姐给我的方式又有着很深的教诲，有些扉页上这样写上几行字："毓华弟弟，这次年级考试中，你的各科成绩都排在年级前列，祝贺你，望再努力。"有时或在给我的一本书的页面上写上："毓华弟弟，积极创造条件，争取早日加入中国共产主义青年团。"落款都会写上："姐，水香。"无论是笔记本、课外书的扉页上，还是教室黑板上，还是批改作业的评语上，大姐的字迹总是那样刚劲有力、流畅。很多同学都说："徐老师的字体真像男老师的字。"有一些调皮的同学说："徐老师的眼睛真大真亮，她站在讲台上，眼光一扫到我的座位，我就觉得有点害怕，但又觉得很亲切。"

有言道，"长病无孝子孝女"，此言未必完全真切。妈妈几年拖着病体，但因为有大姐、二姐、三姐的细心服侍，大哥在省城多方求医问药，带妈妈几次去省城医治，眼看着妈妈的病有所好转，能挂着拐杖到屋外蹓蹓，全家都倍感欣慰。

可1976年上学期的一天上午，大姐突然到我的教室里把我叫出来，对我说："毓华，快跟我一同回家去。"

学校在距离集镇三里的一个小山岗上，走出校门，大姐便一路近乎小跑地往家里赶，我不知发生了什么事，紧跟其后。到了集镇上，大姐又往东头公社卫生院方向小跑，我跟着一路小跑，逐渐意识到了是怎么回事了，腿有点发软……

妈妈再次倒下，送进了医院，再度昏迷不醒，大姐和我赶到卫生院，家里人都在病房守着。第二天凌晨，妈妈的心脏停止了跳动。大姐伏在妈妈的身体上，她的哭声撕裂了凌晨的寂静，惊住了卫生院门前早起的行人，她用手抚摩着妈妈瞪大的双眼，让妈妈的双眼闭上。"妈妈，我和妹妹弟弟带你回家……"

送妈妈上山后的第三天，在教室里、讲台上，我看着讲台上的大姐，短发发卡上别着白绒线扎的小白花，大姐沙哑的嗓子，一边板书，一边读着代数题："$zy+y=……$"，我一句也听不进去了，看着大姐在黑板上板书的背影，我忍不住将头埋在课桌的桌沿下，偷偷地掉眼泪。

"亲爱的大姐，你的心太苦了。"

1977年，难忘的1977年。这年我高中毕业了，可在我们走出学校大门的这年冬季，"一声春雷"震动了全国的学子，冬季恢复高考了，但1977年的高中毕业生们，他们处在激动与无奈的境况中，与"文革"前的"68、69"老三届比，基础课不在同一起跑线上。掉头再去复读再考，与随后正赶上高考好时光的高中生们，同时博弈高考又有难以言喻的心理自卑。大姐却一次又一次地鼓励我返校复读。学校也增设了一个叫"复读班"的班级，大姐任班主任，这个班有回乡知青、退伍军人、下乡知青、复读生。大姐对"复读班"乐此不疲，与其他课任教师一道，刻印讲义、找复习资料，晚上加班补课，每个星期的星期天都要向回家的大姐夫索要他们高中的模拟试卷、教师讲义稿。如果说她在教学上给我这个弟弟开点小灶是家庭小爱，那她对她所有的学生所体现的就是一种大爱。在她学生们眼里的徐老师，用她的执着感染了一批学生。在这段时间里，她的学生们对徐老师有一个新的发现——从不怎么唱歌的徐老师，在上课、备课、辅导、批改作业的忙碌之余，有些"一反常态"，竟然也哼起了当时李光羲唱的那首非常流行的《祝酒歌》。"来，来，来……来来来来，来来来来待到那理想化宏图，咱重摆美酒再相会。"而我却最能从大姐的神态中理解和读懂我可亲可敬的大姐的这一反常。是啊，教育的春天到来了，大姐作为一名普通的农村教师，在她身上也再度扬起了春天的激情和希冀——为了她的学生。

可是大姐内心的苦我是知道的，对母亲的眷恋，总是藏于内心。恢复高考初的那几年，高二和复读班的老师晚上都会到晚自习上去辅导学生自习，学校给高中老师都安排一间房，辅导学生自习晚了，便在学校住宿。有一天晚自习结束后，"通学生"们都蜂拥般涌出了校门，校园里相对安静了许多，我回家前想去问大姐是否回家，走到大姐房间的门口，隐隐地听到大姐的啜泣声，我有点紧张，慌忙喊了一句："姐，回家去吗？"大姐止住了啜泣，开门对我说："回去，你等等我，我到楼上办公室去拿个东西。"待大姐上楼到教师办公室去拿东西时，我到了大姐的房间，见床头柜上放着她翻过的那本冰心的《冰心文集》，折页是那篇《荷叶母亲》："母亲啊，你是荷叶，我是红莲，心中的雨点来了，除了你，谁是我无遮挡的天空下的荫蔽？"读着这几句文字，陡然对大姐的啜泣我完全释然了。大姐从楼上下来，关上门，对我说："毓华，我们一起回家吧，明天是妈妈的一周年忌日，我俩明天下午一起去妈妈坟前烧点纸钱。"

夜，已静悄悄，晚自习后的"通学生"们都匆匆回家了，集镇到学校三里的公路上，已没有过往的行人。默默地，大姐和我走在回家的路上，西边畈公路两旁田野里的稻穗悄无声息，云层虚掩的月亮，在一阵微风过后隐约探头，让灰暗的马路显出灰白的路形，只有西河水电站水闸口奔放的水流瀑布般喧哗不息的响声，西河对岸北面"三里亭"那隐约的山麓上长眠着逝去的妈妈，大姐边走边往山麓那隐约的墓群张望，默默地步行，这时，我的眼眶已有了泪滴。西河的瀑布，温柔月色，微风下摇曳的稻穗，你可知道，此时的恋母情结，正撞击和刺痛着这姐弟俩的心灵……

我高考再次落榜，参军未成，极端苦闷之际，有了一个机会，接替一个考上师范的民办教师，留在学校当起了民办教师，和大姐一同在学校教起书来了。"教学三年自教自"，打从我教书的第一天起，大姐时常对我说这句话。可当我身心疲惫，退缩不愿再步入高考场博弈，甘愿当好一名民办教师时，从未对我发过火的大姐，那双大眼睛圆圆的对我盯了很久。让我不敢正视，心里发怵、血压升高，那双我从小就倍感亲切美丽的大眼睛，此刻让我敬畏，但又无法逃脱。大姐的话语轻而严肃："弟，姐在谢家滩化民中学初中毕业时是按统考划线高分录取到乐平师范的，去县城读高中然后考大学的希望没有了，接到乐平师范的通知书时，我哭了一场，但想想我是家里的长女，想想爸爸妈妈的不易，我还是去了师范，我知道你虽然耽误几年，基础差，但总算赶上了恢复高考的后续时光，努力一把，边教边学，替姐姐圆一次大学梦。"

每一个年龄段的人，大概都有自己的生活圈子，都有自己敬佩的人，对于那时的我而言，大姐就是我生活中最敬佩的一个人，在一定意义上是我的思想导师和生活引路人。

大姐的话，语重心长，给予了我深深的教诲与触动。我振奋起来了，站在初二、高一的讲台上"现买现卖"给我的学生上物理课，坐在高二的教室里去听高考应试科目。

记得走出那所"五七"中学的大门，去上大学的那天。大姐送我到镇上的长途汽车站，她又忍不住说了那句话："这么长一点的一个小不点，才几个月抱到我家里来，我多了一个弟了。"从车站上车，客班车眼看就要开动了，这一瞬间，我站在座位边上，看着站在车门下的大姐，在客车发动机声响起、车身徐徐启动时，我尽量笑着挥手向她告别。不知怎的，我隐约觉着两滴泪珠早已从我脸颊上滑落下来了……大姐叮咛一句："记得写信。"我"嗯"一声，泪珠已串成了两条线了。

在大姐的眼里，我总是那个小弟弟，可在我的印记里大姐是亲爱的姐姐，又是我的严师，又像是妈妈一般的慈母。

结语：

如果生命里有一位优雅端庄、蕙质兰心而又精于教育的姐姐，对一个弟弟成长的每一步都给予呵护、关爱，那这位弟弟对她心怀感激，有无比温柔细腻的情感也就是情理之中。这些呵护、关爱与教育产生的种种效应也就为这个弟弟一生的际遇奠定了基础。

4 生命力

　　我毕业后回乡当了老师，家里建的一幢两层的小楼房，我一家从我写过的《老屋记事》的老屋搬迁，在小楼房里我结婚生子、三代同堂共享天伦之乐。可自从调到县城后，父亲又去世了，小楼一直空置在那里，许多年我都未曾踏入一次，几次有人想买这幢小楼，我都没舍得卖。也许是因为脑海里还存留着"叶落归根"的故土情结吧，我突然萌发了修复这房子的念头。与妻儿商量，他俩对此远没有在省城买商品房、装修房子的兴致，我说了我的一些想法，也许是受了我的感染，妻子儿子鼓励我："你先去看看，再作道理。"

　　来到老房子。久违了，我思念的老房子，默默望着小楼，"大门锁清秋，剪不断、理还乱，是离愁？总有心思在心头"（改自李煜《相见欢》）。此刻的心情，竟有点忘家之音哀以思。绕着老房子的四周，看着、盘算着怎样既将老宅翻修一新，又保留有纪念意义的姿态。我看着老房子外墙斑驳的沙和石灰浆外粉的墙面，多处脱落，痕迹斑斑，窗户的玻璃几乎没一块完好，仰头看屋顶上老式的灰瓦，经年久的风吹雨打，已多处破损，雨水漏到二楼预制板面，晴干雨湿，上面残留着几块淡绿的青苔苔痕。打开大门门锁，进入室内，楼上木质天花板，好几块掉落了，有两块未完全落下，斜挂在二楼客厅的上方横条上，走进楼下父亲的卧室，那张20世纪70年代从莲花山买来的"德国床"是山里的老樟木打制的，做工十分考究，至今还完好，奶奶留给父亲的一只老樟木箱子，父亲生前将它当成奶奶唯一的纪念物件，一直保存着。虽已油漆斑斑，却很坚韧地立在老式的箱架上，靠着墙壁立于"德国床"的床头。一同来到老宅的堂弟锦华见此调侃说："哥，家有传家宝，这箱子是奶奶留下的传家室，像《白鹿原》里白嘉轩的长老留下的木盒子，你要收藏好噢。"看着这木箱、这床，带给我许多的思念与感伤，它让我的心软软的，让我鼻子酸酸的，眼圈红红的。这不是怀念亲人，不是思乡，而是这失修的老宅像我失修的心灵，勾起了我许多的落寞，许多的惆怅。

从二楼阳台走向西侧一层厨房的水泥平台上，我记得这平台上有父亲生前用脸盆和我给他买的花盆养的一些花，父亲晚年总喜欢在平台上摆弄摆弄花，活动活动筋骨。但眼下，每一个花盆只剩下小半盆板结的泥土和几株顽强的野草，花早已不见踪迹了，独树一帜的是，父亲用一只旧脸盆养的一棵仙人掌，它仍在灰不溜秋地、一块一节地用它的身体顽强地支撑出锈迹斑斑的盆沿，并向平台的水泥地面伸展着肢体，留下越冬后的铅灰色模样。它自生自发，竟然占据了厨房平台近四分之一的领地，我看见它的根系顽强地附着在毫无养分、冷酷无情的水泥地面上，联结于体的柔软的掌边还吐出了嫩嫩的新芽，展示着一个亘古的名词——新陈代谢。此刻我一时按捺不住激动的心情，久久地凝视着这棵仙人掌。它的生命有多么顽强啊，它对抗的不仅仅是一个个严寒的冬季，一个个炎热的夏季，还有对春天期盼时的长久孤独！

汪曾祺的散文《昆明的雨》记叙："昆明人家，常于门头挂仙人掌一片以辟邪，仙人掌悬空倒挂，尚能存活开花。"父亲晚年用旧脸盆栽上这株仙人掌，是否有辟邪之念想，我不得而知，但早年我却见过这株仙人掌花季时开出朵朵金黄色的花，感受过摘取它的花时，它体上的刺对我手掌皮肤的还击，在父亲去世后的十余年，这株仙人掌只是年复一年，独自花开花落。"驿外断桥边，寂寞开无主"，即便是它辉煌的季节，肢体伸出平台护栏，将黄灿灿抢眼的花向楼下展示，也只有偶尔从我家老宅门前经过的路人偶尔仰头去看它一眼，而无人去问候它，光顾它的寂寞，它也许在一次次思念着它的老主人和不重视它的新主人，也许它真有"莲花池外少行人，野店苔痕一寸深。浊酒一杯天过午，木香花湿雨沉沉"的孤寂与凄凉，它忍耐了多少暗淡无光的日月，它或许想到过死亡，思考过生存的意义，但它却要证明生命有着强大，不只是脆弱，只要春天不死，生命就不死。

啊，仙人掌，我从你那干皱的躯体、顽强的掌刺中，似乎依稀看见我那满头银丝、满脸皱纹的老父亲。

睹物思情，小楼修复之念尤极。我甚至奇思，我无须去用什么过多的当下时尚的元素去装修老宅，但我要将这株久久的仙人掌，用一个大的缸，盛上满缸的沃土，让这株仙人掌返老还童、长得壮实，花开时更加金黄灿烂，身姿更加婀娜。亦在想退休后，除去省城给孙子当几年保姆的时间外，住在这幢修整完好的老宅里，让自己的生命像这株仙人掌般顽强慎独。

李白《春夜宴桃李园序》："夫天地者，万物之逆旅也，光阴者，百代之过客也。"这老宅所予之苦辣酸甜，我已躬受亲尝，现在我要重修老宅，而时常来住住，即便有"客里似家家似寄"之感，我要让这株仙人掌，像当年陪伴我老父亲那样陪伴自己老去，这也是一个念想。因为对于每个人而言，生命轮回的过程各有千秋，但结果都会一样。

于 2017 年 4 月 5 日清明节

5 弥留之际的四姐

生命啊，你为何这般脆弱！

大哥从上海打了一个电话给我，告诉我家里的四姐怕是不行了，她在四姐夫面前念叨着说想见我一面。

我匆忙从县城赶往家乡石门街镇金亭村委会上西山自然村四姐的家里。

三年前，大哥在上海工作的儿子结婚，婚宴是在南昌大哥的家里举办的，我们兄弟姊妹在南昌相聚了一次。婚礼的喜庆，和兄妹分散各地难得的相聚，其乐融融，我见到四姐，很是高兴，她乐哈哈的，还要我端起酒杯跟她喝一杯呢。我干了一杯，四姐毫不推却，一饮而尽，席间我们简单聊了聊家常。她告诉我，外甥和外甥女（四姐的一双儿女）都在上海工作，她现在常常住在上海带孙子，还说外甥女也恋爱了，并叮嘱我："外甥女结婚你一定要来上海，做娘家人，你是母舅，要坐上席哩。"我当即应承。

可第二年秋季，得知四姐生病，在上海住了一段时间的院，至今我所感遗憾的是一直未能抽身去上海看看她。

坐在车上，我一路想着，车开到集镇去超市买一些四姐喜欢吃的桃酥、蛋卷之类的食品，再拿点钱给四姐夫，让她想吃点什么，就买点什么。

踏进四姐的家门，走进她的卧室，我看到躺在床上的四姐，我的心一下沉到了谷底，弥留之际的四姐，仅剩一副骨头架子了，她的眼睛已经深陷，眼珠已不能转动，双眼失去了光泽。我真的不敢相信，眼前这副骨头架子，就是我小时候引以为荣的漂亮的四姐。我只轻轻地叫了一声："姐。"这副骨头架子就在我的泪眼里模糊了。姐知道我来看她了，垂落在被褥上的右手微微向上抬了抬，可能是在示意四姐夫去倒茶给我，嘴唇抽搐着动了动，是想跟我说点什么。那双当年闪亮灵动的大眼睛，此刻是那样暗淡无光，只剩眼角慢慢溢出的，仅能让我发觉的两滴枯泪。我站立在床头前，转过身，背着四姐，哽咽着出了声，四姐夫赶忙将我拖去了客厅。

四姐夫知道我今天来看四姐，特意买了许多菜，执意要留我吃中饭，可我哪能吃得下去，只和外甥、外甥女说："你妈妈是一个享不了福的苦命妈妈，拉扯大了你们，现在家里生活条件这么好了，她却要走了。"这就算是长辈对晚辈的一句安慰话吧，外甥很是自责地说："母舅，都怪我，一直叫她去瑞金医院做体检，她总说身体好着呢，何必去花那个钱，但当她感到不适时，一检查便是癌症晚期。""生死有命，唉！"我也只能长叹一声，用宿命论的俗语，安慰四姐夫，安慰外甥。

从客厅移步庭院，站在四姐早年亲手栽的一棵桂花树下，仰头叹息地望着茂密的桂花树叶。绿莹莹的枝叶丛中，我看到了几片枯黄的树叶，古人言"一叶知秋"，可怜的四姐才刚步入人生之秋，便像这片枯黄的叶子，不久便飘落大地，我盯着那片叶子，眼泪忍不住又下来了。

与姐夫打了走的招呼，姐夫和外甥要送我，我把他们挡在了院门内，坐上车，离开了四姐家并排的两幢漂亮的三层楼……

生命啊，你为何这么脆弱。活着的呢，且行且珍惜，体检真的有必要。

在我的印记里，四姐今年满六十岁，在她不算长的一生里，却走过一个又一个人生的坎坷。少女时期的四姐，是美丽、倔强，读书不多但极富思想的农村女孩，她乐观自信、有爱心，她非常疼爱我们三个弟弟。我记得小时候有一次跟她一同去镇北三里亭山上砍柴，我一不小心踩在了尖尖的竹桩上，竹桩穿破了我的布鞋底，脚板穿了一个洞，鲜血流出，整只鞋都染红了，痛得直哭，这可把四姐吓坏了，她丢下所有的砍柴工具，背起我就一路往家里跑。沿路累得气喘吁吁也不停下歇歇，回到家家里人在心疼我的时候，也心疼四姐累成那个样子。

在我的印记里，四姐少女时，有过一段"你家人同意，我家人同意，你同意，可我不心仪"的订婚。父母之命，媒妁之言的订婚，可四姐心中却有自己心仪的另一个。尽管那另一个是那么不靠谱，被世俗和现实视为大逆不道，与另一个的那段恋情，给四姐带来的打击是残酷至极的。在那样的年代的农村，对于一个二十来岁的少女，无论她对爱情有如何强烈的向往，只要你不按常礼，命运和现实就只能对你不公与残酷，而且世俗的吐沫就足以淹死你。随后的四姐，经历了退婚，又经历了妈妈病重、偏瘫，在大姐、二姐、三姐相继出嫁，责无旁贷地挑起家庭主妇的重担，成了爹爹眼里"担水劈柴，里里外外全靠她"的好女儿。那一年，四姐出嫁了，出嫁的那天，在我这个弟弟的眼里，我没有从四姐脸上看出出嫁新娘的洋洋喜气，只看到四姐抱着偏瘫的母亲，哭得像个泪人儿，我真的好心疼我的四姐。

在我的印记里，青年时爱情的重重打击、日后生活的艰辛并没有将四姐击垮，婚后她是一个相夫教子、勤俭持家的现代农村妇女，她对自己的儿女，虽无"临行密密缝，意恐迟迟归"的母爱缠绵，但总是叮嘱儿女"在外面要好好地"。在她的信念里只是让自己的儿女有属于自己的打拼，有属于自己的爱情，有属于自己的幸福。

我年轻时，在家乡镇里任过一段时间党委副书记。有一年在四姐家的金亭村委会挂点，有一次去西山村时，到四姐家稍坐了一会儿，她很高兴，却又讲着亲切的气话："我这个奶姐姐就不是姐姐，走上走下就不能来家里吃餐饭？"我答应过几天一定来，这天四姐骑着自行车去镇上买了一篮子菜。邻居问她："今天买这么多菜，有贵客来？"她兴冲冲地告诉邻居："我娘家弟弟带镇里蹲点干部来我家吃饭哩！"看着四姐那股高兴劲儿，我觉得四姐家的这餐饭，我早就该来吃了。

农村汛期防汛，可是个累活儿。镇、村、组三级干部要确保不倒"一堤一库"，大家都很辛苦。那一年主汛期，暴雨连日，我带着镇蹲点干部、村干部，连日守在四姐家村旁的红林山水库大坝上，水位持续超警戒线。那天晚上，时间差不多到了凌晨3点钟了，四姐和四姐夫俩人打着手电筒，赤脚摸水走过田野被雨水淹没的田间小路，来到水库大坝上。四姐说："弟弟，现在雨也停了，这坝肯定出不了问题，你和吴干事他们要么到我家去歇歇，要么回镇里睡一会儿？"村支书和组干部也说："书记，这里有我们守着，你回镇里去换换衣服、睡一会儿，我们保证出不了问题。"四姐又说："我和你姐夫也守在坝上，两个小时就天亮了，你天亮后再来。"我和吴干事俩人，回到了镇里，我因几天的疲倦回到家换换衣服，一大早，我刚起来，四姐在院门口喊我，我一惊，担心是水库出了事，打开院门，见四姐拎着几条鱼，兴冲冲地对我说："弟弟，也真怪，你和吴干事刚走，天蒙蒙亮时，水库泄洪口随水流游下了不少的鱼，鱼从那么高的泄洪口摔下，昏的昏，死的死，守坝的人都捉了不少，我和你姐夫也捉到不少，来晚了的村里人都有点后悔昨晚没轮到他守坝呢！我就想拿几条鱼给定华他们（我大弟弟），也拿几条让我磊磊（我的小孩）尝尝鲜。"看到四姐拎着鱼那高兴劲，我感觉这比吃鱼的味道不知要好多少倍。

一些往事，仿佛就在昨天。日子过得真快，我先后调到几个乡镇任职，后又调县直部门任职。忙碌中一晃就过去十八年有余，这十八年里，只是偶尔在弟弟定华家碰到几次四姐，四姐每次都想我去她家做客，并说她已盖了两幢小楼房，可我一直未去过他家。让我心痛的是，在她与可恶的癌细胞顽强搏斗，在经历手术、化疗的艰难之际，我都未能给她一丝安慰。而她在生命垂危时，却念叨着想见我一面。每想到这些，我的心便一阵阵刺痛，仿佛觉得小时候砍柴被柴桩扎到的脚板上的伤疤也在隐隐作痛，我这个弟弟是怎么当的！

不足一个月，我再次来到了四姐家。是四姐的葬礼！那片叶子，过早地飘落到大地。随着亲友送葬的队伍送四姐灵柩到山上，那凄切的唢呐声让我揪心地边走边落泪，我搀扶着七十六岁的大姐一同送四姐。

> 山还是那般绿，
> 水库的水还是那般清澈，
> 可这人，却已就木。
> 送行亲眷在恸哭，
> 树无声，
> 鸟在悲鸣，
> 西河水绕西山过，
> 为谁流向檀溪渡。
> 西山上，
> 又添一座新坟。

6 遥远记忆里那些关于吃的浪漫

　　20世纪60年代末，冰棒才刚刚由县城销往乡镇。暑假的一天我和姐姐去镇子里的汽车站看客车，那时，县城到我家的镇子仅一趟班车，上下客就掉头返回，一个卖冰棍的鄱阳佬（乡下对县城里人的称呼），从客车下来后，背着一个木头箱子，他将背带卸下，将箱子放在地上，嘴里有节奏地喊着："香蕉冰棒波，绿豆子冰棒波。"以招揽人来买他的冰棒，一下子喊来了一群小孩围着，我和姐姐也凑了过去。一个小孩捏出捏得皱皱的角票，卖冰棒的接过角票，打开木箱盖子，我探头向箱里望去，见箱子四壁垫着棉布片，裹着摆放整齐的一根根冰棒。卖冰棒的拿出两根给那小孩，那小孩接过，把一根给了他的同伴，两人很熟练地撕开冰棒包装纸（我猜想这两个小孩肯定吃过冰棒），我奇怪地发现冰棒怎么还冒着白烟呢？那俩小孩美滋滋地吸着冰棒，口里还发出滋滋的舒服声响。我十分眼馋地吞了吞口水，可我和姐姐兜里连半分硬币都没有。回家后我将所见、所感、所馋告诉了奶奶，并且有点夸张地模仿了那小孩吃冰棒的舒服劲儿，我好奇地问奶奶："奶奶那冰棒是冷的，用棉絮裹着，还不就融化了吗？"奶奶看了看我，没有作答，我想：奶奶肯定也不懂。

　　这是发生在上午的事。中午，奶奶叫我最小的叔叔到"井头弄"那口好水井里担一担井水来，并叮嘱不要倒进水缸里，我看见奶奶用一块纱布裹着凉粉籽（这东西许多外地人可能不知道，就是一种攀缘在屋墙或大树树杈上长着的藤蔓类果子，结的果子挂在藤蔓上很像马家柚，但比柚子个头小得多，绿绿的皮，里面像柚子一样长着籽和瓢，当地俗名叫斋巴）。离我家几幢屋的青山叔家老屋的墙上年年都结许多，长熟了青山婶总要摘一些给我奶奶。奶奶将裹着斋巴籽的纱布封口扭上一结浸泡在水里，再用个砂砵盛大半砵井水，过一会儿从水里捞出纱布袋，用劲揉挤着，纱布袋有许多的籽汁透过纱布被挤出来，滴到砂砵的水里，奶奶反复用劲揉挤着，直到将汁挤净为止，再用勺子反复搅拌砂砵里的水与汁，然后将砂砵浮放在还有大半桶井水的水桶里，又拿来一件旧棉袄，放在水桶背上严严实实地将水盖住。过了大约做豆腐的时间，奶奶掀开棉袄，我惊奇地发现，砂砵里的水与汁凝成了暗褐色，剔透晶莹的乳胶状，奶奶将胶状体用勺子盛在碗里，放上糖，让我和姐姐及全家人吃。我一勺一小口，觉得这东西柔柔的、凉凉的、滑滑的、甜丝丝的，真有味道。叔叔的吃法却十分有经验，只见他端起碗，也不用勺了，嘴衔着碗沿一吸一大口，小半碗就下肚了，再将碗底向前上方一抬一仰脖子，脖子喉结在吞咽时有节奏地上下动着，一碗就干掉了，我看叔叔那舒服劲儿，感觉他又享受又有些狼狈，如同车站上看到那小孩吃冰棒的舒服样子，也像现在的人揭开汽水瓶盖咕嘟咕嘟吞汽水一样具有浪漫气质。吃了奶奶有创意性地做的凉粉，我似乎隐约懂得了那鄱阳佬的冰棒箱里的冰棒为何要用棉布裹着，道理与奶奶用棉被裹着水桶背是一样的，而奶奶非要用新担来的井水制作，并将砂砵放在有井水的桶里，后来，我有了温差的知识，夏天气温 30 余摄氏度，而井水仅 4摄氏度左右。当然了，后来在大学里学热力学知识"减熵现象"后便能将奶奶的原始浪漫用理论去解释了。

我奶奶做的早、中、晚餐具体是什么，我记不全了，但好吃的多。基于对她烹饪水平的了解，想必是有创意的，比如说，有段时间，她听说喝鱼头汤有助于小孩智力发育，奶奶的话是"十头三分鲜，吃啥补啥"，于是叔叔每逢钓到大点的鱼时，总是将鱼头卸下，鱼身煎给家里其他人吃，鱼头炖个汤让我和姐姐吃。可听说，小孩吃多盐不好，于是她非常有创意地加了糖。那甜鱼头汤，腥得我的大脑几乎停止了发育，姐姐简直就一口都不喝。又如，我少年时体弱且瘦，奶奶的干女儿（我大姑），是乡村的接生员（乡下叫"接生婆"，尽管那时大姑不算老，但那年代人们都这样称呼她，像莫言的获奖小说《蛙》中的姑姑）。大姑不知听哪位乡村郎中说产妇的胎盘，偏瘦弱的孩子吃了，对长身体有益（写这东西，你也许有点恶心，但我却真的在不知不觉中在奶奶的创意下吃过这玩意），一天中午放学，奶奶在灶屋里，见我放学了，说："饿鬼放学啦，今天奶奶做了好吃的。"奶奶神秘叨叨地说："我没让你姐和叔叔知道有这好吃的，你就一人躲在灶屋里吃。"我见奶奶用湿的旧毛巾护手，从灶笼里拿出牛皮罐（用来焖肉、焖汤的瓦罐），奶奶说："今天你大姑从乡下带来了一个小猪肚，大姑说，小孩过生日时要吃一只雏公鸡，一只雏公鸡要连脚带头一餐吃下去才好，会长个头，吃小猪肚也要一餐吃完一个，才会长高长胖。"我一闻，香喷喷的，原本放学回家走了三里路，早是饥肠响如鼓了，我竟然一顿将牛皮罐里的"小猪肚"吃完了。觉得灶笼里用牛皮罐焖猪肚，味道好极了。可后来有一次大姑回家时不小心将这事漏了嘴才揭秘了，我回想起那吃的"小猪肚"竟然还想吐出来，此后，一直到我长到17岁，奶奶烧的猪肚，我基本不敢大胆吃。

儿时，我叔叔教会了我一种钓鱼方法，好动不好静的我是很喜欢感受这种钓鱼的乐趣的，叫"划梭子"。很简单，用一根软细的水竹鞭，梢端细细的富有弹性、有韧性，尼龙丝一端系在竹鞭的梢端，一端安上一枚细小的梭子钓，钓上缠上蜘蛛网搓成的小黑点饵料，这蜘蛛网很有黏性，一般钓到一条梭子不用换饵料。甩动鱼鞭蜻蜓点水般将钓和饵向有梭子鱼游起波纹的水面甩去，又迅速拉出水面，重复甩着。那些浮在水面抢食的梭子鱼，就被钩上来了，我家乡的方言叫"餐仔鱼"（学名是淡水梭子鱼）。我家周边的近水域，乌珠塘、鲶鱼形、白莲塘、黄家潭、下降桥等地我都在星期日去划过梭子鱼，有时可谓满载而归，有时空手而回，大多是只划到三到五条。奶奶总说："痴狗守羊卵，一下午才划了这几条，放锅里莫腥了我的锅。"可奶奶的创意又来了，她将几条梭子鱼洗净，放在柴火灶的铲火铲上（乡下生活过的人都知道，农村柴火灶的铲火铲，是个扁平的铲子，安上长长的木把手），伸进灶笼里铲除柴火的灰烬，将铲火铲伸进燃烧后尚有余烬的灶笼里，没过一会儿拿出翻个面又伸进去，很快梭子鱼烤得浑身黄黄的，焦而不煳，发出诱人的浓香。奶奶撒了细盐在上面，我品尝着这梭子鱼的味道，鱼肉鱼刺一并嚼，那香味，我至今回味都仍然愉悦感满满的，在那遥远的年代，我就品尝了现在人们所津津乐道的原味烧烤。

我奶奶是个只字不识，裹着小脚的农村老太太，走路时有点像模特儿在舞台上走的猫步，可类似于做凉粉、烤梭子鱼，只是她无数创意中的一两件。奶奶在当时社会物质很贫乏的年代里，日常生活充满着许多的即兴节目，而她的浪漫都是原创、信手拈来，既草根，又有韵味。村里人家办喜事，总叫奶奶去掌勺办酒席，东坡肉是办酒席的第一道必备大菜，这一传承一直延续至今。小时候小孩一般是难得上酒席的，我每逢知道奶奶去帮人家做酒席便窃喜，因为将又会尝到东坡肉了，奶奶说："朝里无人莫做官，厨下无人莫乱参。"奶奶帮人办完酒席，有点像电视连续剧《四合院》里的好心厨师狗剩打包，是厨下有人，得天独厚的以权谋私。东坡肉是一大块一大块放在老天锅（大锅）里一起焖，可奶奶特疼我，她又创意性地切一小块，同样用棕叶条绑好，取锅时，将这块微型东坡肉取出放在一旁，她会向主人歉声说："我留给我那嘴馋的小孙子。"拿回家，奶奶会将这一小块东坡肉放在一个小碗里补点水，然后放在蒸饭的米饭上加热。绝对保持原汁原味，有时奶奶高兴起来打开饭盖端碗时会唠叨着她做东坡肉自编的顺口溜："温着火，少着水，火到时候它自美。"我听着，闻着东坡肉香，口水就上来了。

1977年，刚高中毕业的那年暑假，奶奶病得不轻，躺在床上，我的叔叔从镇里的食品购销站带回来几个皮蛋，敲开黄泥和谷壳包着的皮蛋，剥开一个黑亮黑亮的皮蛋送到奶奶手里，奶奶拿着端详了好一阵，有点好奇地问："昌贵，这是哪来的鸭子（我家乡方言，将'蛋'说成'子'）。谁家的鸭会生出黑色的子?"那时候皮蛋和啤酒才刚刚以稀奇食品进入农村，奶奶一辈子烧的鸡蛋、鸭蛋花样，足以编一册"蛋的食谱"，譬如香椿炒蛋、黄花蛋条、蛋汤、卤水蛋、盐水蛋、灰包蛋、银鱼蒸蛋等等，可是还未来得及制作皮蛋，因而病重中的奶奶，说出了一个关于皮蛋的黑色幽默。

奶奶终于没熬过那个暑假就走了，距今已四十多年。四十多年来，但凡我对各种食材的任性搭配与大胆尝试，都时常带着一些关于奶奶的记忆，也成为一种乐趣。比如说，当我围着围裙，企图在蜗居的日子里试着做道菜，对记不住的情节做一些即兴的补充，因为我意识到头脑里有一些内容，不是从菜谱里，也不是从一些美食爱好者的说法里获得，而大多出自奶奶那些关于吃的浪漫的回忆。

第四辑
读书笔记

1　解构"命运、性、爱情、婚姻"

——读《务虚笔记》的笔记

　　史铁生的长篇小说《务虚笔记》被许多人说不像小说是情有可原的，首先，小说人物无名无姓，仅以字母代之，这有悖于小说的人物架构。其次，意识流手法让人感觉云里雾里，叙述故事时而将自己参与故事之中，时而又从故事中走出来以写手与评论者的身份去进行小说人物与事件的讨论。像卡夫卡的《城堡》、王小波的《我的阴阳两界》一样，受到不像小说之类的责难，但无伤小说之大雅。《务虚笔记》的两个要素"叙事与虚构"是小说所具备的，全篇充满了小说的意蕴，但又超越了小说叙述与虚构的范畴，对人物的命运、性、爱情、婚姻进行解构。我深受感动的是史铁生对生命思考的精神疼痛和对命运无常的叹惜与叹惜之后的理性思考。

　　读这部小说，好像被史铁生带入了一个猜谜的游戏里。跟着史铁生一同去猜度书中人物的命运，而这些人的命运仿佛固定在一张大大的网上，N、L、O等等，落在那个网结，其命运随之在网结上，即使在脉络上游动，但那个网结似乎决定着每个个体的命运。这部小说有它的独到之处，用小说文体去展开对人的命运的讨论，避免了不虚构故事而一味纪实性、例证性的命运解构带给读者的阅读枯燥，也避免了命运问题讨论上通篇的"小悲悯"式的抒情与说理。就其作为小说的精神表达与文字蕴藏的哲学气韵，我认为比单纯去读命运问题讨论的哲学或心理学方面的著述更易入心入脑。我觉得史铁生既像一名心理学者，在虚构故事时说出一些特定人物在自身处境时的心理感受，又像一名小说家，将一般人感到晦涩难懂的理性思维写成了小说故事。

　　故事从《写作之夜》展开虚构："在我所余的生命中可能再也碰不见那两个孩子了。我想那两个孩子肯定不会想到，永远不会想到，在他们偶然的一次玩耍之后，他们正被一个人写进一本书里……"这不是禅味语言，

而是哲学上的气韵。这世界不就是两个人，一个男人和一个女人吗？而这"两个人"自亚当、夏娃偷吃禁果来到地球，进化演绎出智人们许多"命运、性、爱情、婚姻"的罗曼史。史铁生能够吸引我再次读《务虚笔记》，在小说技巧上用了自己的故事和选用历史片段。并用书中人物的命运的偶然性和存在的必然性去猜度不同的人，不同的命运，他形象地将人的命运的偶然称作"哥德尔不完全性定理"及"一个谜语的几种简单的猜法"。

不少了解史铁生残疾状况的人会认为是终身残疾的原因，让史铁生产生了这本书的写作动因，但我始终认为史铁生虽身残但比许多身体无残疾的人在人生态度上更健康豁达。在对人的命运的研究与解释上，史铁生将自己作为一个精神完全健康而又有身体残疾痛楚的人，去与万能的上帝竞猜谜语，将个人残疾的身体困境用一种自由的心态去面对，把困境变成了游戏的场所，而从生命的悲剧走进了个人世界的喜剧。他像一个大病之后复原的人，在经历绝望的挣扎之后，大难不死，竟然获得了前所未有的精神上的健康。我看着小说首页坐在轮椅上面对读者灿烂微笑的史铁生，便能鲜明地感到他精神上的健康。

命运与猜谜游戏

"O 一生一世没能从那春天的草丛中和那深深的落日里走出来，不能接受一个美丽梦境无可挽回地消逝，这便是 O 与我的不同。因故我还活着，而 O 已经从这个世界上离开……看似微小的这一点点儿不同，便是命运之神发挥它巨大想象力的起点。"人的命运的偶然存在的必然，包括人看世界的两个相反的角度。一个是自己的主观世界，主观世界所包含的是情绪、自信。另一个是面对一个假设的客观世界，面对一张未知的命运地图。这是史铁生反复叙述的。也许任何一个像史铁生一样的残疾人，都会在拷问，会向上帝发问："芸芸众生中，为何这种厄运偏偏落在我的头上？"但面对自己的残疾，史铁生并不悲天悯己，不孜孜于为自己的遭遇向上帝去讨个说法，而是看到命运的另一个特点，通透地理解命运纯属偶然，谁落到那一个网络，对于个人而言又属必然。那个小小的肿块长在自己的脊髓上，残疾就成了个人的必然，成了个人的一个处境。史铁生这样写道："我们都必得就'历史'表明态度。我曾相信历史是不存在的，一切所谓的历史，都不过是现在对过去（后人对前人）的猜度，根据的是我们自己的处境。我不打算放弃这种理解，我是想把另一种理解调和进来，历史又是存在的，如果我们生来就被规定了一种处境。如果你从虚无中醒来（无以计量的虚无）看见自己被安置在一团纵纵横横编就的网中，你被编织在一个既定的网结上（看不出条条脉络的由来和去处，这是上帝即兴的编织），那就证明历史确凿存在。这两种针锋相对的理解互相不需要推翻。"这就是他的睿智。

接下来《夏天的墙》《白色鸟》《欲望》《葵林故事》几个章节，史铁生又用一个个鲜活的人物故事，继续对人的命运问题展开议论。

小巷深处有一座美丽幽静的房子，家住灰暗老屋的九岁男孩（童年的我）对这座房子无比憧憬，在幻想或者记忆中曾经到这房子里去找一个同龄的女孩，或许她是后来的女教师，或许是后来的女导演，但如果这个男孩在离去时因为弯身去捡从衣袋掉落的一件玩具，在同样的经历中，稍稍慢了一步，听见了女孩母亲的话：她怎么把外面的野孩子带进来了？他的梦想，因此而被碰到了另一个方向上，那么他日后就是画家Z，一个迷恋幻想世界而对现实世界怀着警惕之心的人，如果他没有听见，或者听见了而并不在乎，始终想着房子里的那个女孩，那么他日后就是诗人L，一个不断寻找爱的梦想的人。

《葵林故事》的那个女人，当初凭爱的激情，把敌人的追捕引向了自己，让她的恋人得以脱险，她在敌人的枪声中毫无畏惧，倘若这时敌人的子弹射中了她，她就成了一个英雄，但这个机会错过了，而由于她还没有来得及锤炼得足够坚强，或是由于要伤害她母亲的缘故，终于忍受不住随后到来的酷刑或为了母亲不受残害，因而成了一个叛徒，这样的一个女人，既可以在爱的激情中成为英雄，也可在酷刑或对母爱的依恋中成为叛徒，但命运的偶然安排偏偏放弃了前者，而选择了后者。那么，让她为命运的偶然安排去承担道德的责任而遭到一世的惩罚，这是她的过错，还是命运的捉弄呢？

WR的命运，却是挣脱命运之网的强者的新生，从不可能收到名牌大学的录取通知书而转变。"文革"的原因，那个年代的海外关系，他无法以高分被录取，激愤之下，却惹下大祸，被流放到遥远荒僻的西北边陲，在世界的隔壁经历一段之后，WR 立志从政，并期待更高的权力，想用权力去取消人间的隔壁，WR 没有屈服命运当初的安排，将命运推向了另一种网格，坚强地另辟蹊径……

O 的命运，这是史铁生用同情心和爱心着墨最多的，从自己的童年印象选取了对 O 的爱恋，而用自己与 WR 的个性去比较"上小学时，为了免遭欺负而去讨好一个可怕的孩子"，涉及内心的屈辱经验，"我"的写作之夜便始于这种屈辱的经验，倘若有过这些经历的这个孩子倔强而率直，对那"可怕的孩子"，不是讨好而是回击，那么就不复是"我"，而成为决心向不公宣战的 WR，在一个冬季的那天下午启程去远方了……

史铁生叙述这些故事，并边叙述边解构，让我读时产生了一个思考："既然人不能支配自己的命运，那么人是否要对自己不能支配的命运承担道德责任呢？"可当我想从书中去寻求史铁生是否给出答案时，史铁生却用了一句哲语，就像一句禅语，听不听得懂要看听者的悟性了。有一千个读者，就有一千个哈姆雷特吧，我也只能粗浅地理解：要善于与命运和解，少从道德角度去判断，因为世事无常，同一种命运都可能偶然地落在任何一个人头上，这才是研究命运问题的积极意义所在。

命运维度的"性、爱情与婚姻"

人是一生中都逃脱不了"性、爱情、婚姻"困扰的感情动物，弗洛伊德的学说："婴儿在吃奶的时期就有了爱欲，而人一生的行为都受着情欲的支配。"其实，生命的密码就是一个"爱"字，与爱关联的性、爱情、婚姻总隐含或公开指使着人们的性格与命运。

史铁生自己身残但爱意不残，C 与 X 去街道办理结婚登记时，那个登记处的老太太用好奇的眼神去看待 C 与 X，似乎在问：C，能行吗？史铁生在疾呼"性是爱的语言"，他精彩地写道：性爱作为世俗之爱是基于差异的，它作为爱的语言在表现上是多向而又余音绕梁的，如果它是足够疯狂，它就消灭了人所能够制造的所有可以归为光荣，或为羞耻的语言，因为那时它根本的欲望是消灭差别……叫喊、呻吟、昏眩之后，慢慢又感到夜风的吹拂，慢慢地思绪又会涌起差别再度呈现……甚至无以记忆，只能推想在那一刻，在宇宙全部的轰响里，应该包含他们的呼喊……

如果说性遵循的是快乐原则，爱情遵循的是理想原则，而婚姻所应遵循的便是现实原则。命运维度里的"性、爱情、婚姻"在个人的命运里彼此之间常常发生冲突，快乐、理想、现实像交响曲般交织，正如一首现代流行歌曲里的一句歌词所唱"相爱总是简单，相处太难"。

残缺与爱情

"残缺"就是"爱情"的起因，这是史铁生的又一个观点。它是对爱情做出的潜意识上的解构，恰恰是残缺的意识，对弥补它近乎宗教般痴迷的祈祷才使爱情出现，史铁生所说的残缺，不是指肉体缺乏某个零件，也不是缺少某一种性格或能力需要从对方身上去取长补短，而是致使爱成为永无止境的寻求，或是因丰盈而渴望奉献。这里所说的残缺实质是一种孤独。当一个孤独寻找另一个孤独时便有了爱的欲望，史铁生虚构的故事里，几对沧桑以悲剧结局的爱情，女教师 O 与画家 Z，女导演 N 与医生 F，画家 Z 的叔叔与葵林故事中的女人，残疾人 C 与老情人 X。这四对爱情大概可分成以下四个类型：

1. 完满者爱残缺者，表现往往是居高临下、征服、支配，或者怜悯与施舍，是不平等的。

2. 残缺者爱完满者，表现在仰视中的崇拜，或者一种依赖，这也不平等。

3. 完满者爱完满者，表现的郎才女貌，互相欣赏或者彼此较量，是小平等。

4. 残缺者爱残缺者分两种情形：（1）同病相怜，相濡以沫，是小平等；（2）知一切生命的残缺，怀着谦卑，相互容允，是大平等，此项包含了爱情的最低形态和最高形态。

史铁生描写上述爱情故事采用电影蒙太奇式的手法，叙述几对爱情婚姻的悲悯故事的历史背景：

史铁生的写作意图，无非是想给看似非残缺者，或自命不凡者一个忠告。这个忠告他用了女导演 N 的一句话直露地说出："性乱的历史，除去细节各异，无非两种——人所皆知的和人所不知的。"这并非身为残疾而发泄命运对自己的不公平，而是史铁生站在一个独特的角度，告诉人们，最难的便是一个以性和爱情为基础的婚姻，经受住岁月的考验和偶然事件的考验，从经历爱和性的和谐上去追求较好的质量，从质量中去克服一般婚姻都会产生的倦怠，从个人婚姻中去不断更新爱情的理想和性的快乐，让性始终去充当美好爱情的长久语言和仪式，这便是婚姻应该遵守的现实原则，从那首流行歌曲的那句歌词"相爱总是简单，相处太难"的浪漫激情去唱到"爱的永恒"。

2 读《愉快是基本标准》

　　周国平先生的散文《愉快是基本标准》，他的核心观点是"人若阅读，选择书的标准是愉快，就这么简单"。这仅从"功利性"读还是"性情性"两个角度谈读书。清代学者王国维《人间词话》里引用韩愈等人的诗，从悟道上谈读书三境：独上高楼，望尽天涯路（一境）；衣带渐宽终不悔，为伊消得人憔悴（二境）；蓦然回首，那人却在灯火阑珊处（三境）。庄子语录："尔非鱼，焉知鱼之乐。子非我，安知我不知鱼之乐。"谈的是他的哲学观点。我将此语引用到读书之说上，就像庄子与交谈者观鱼是否知鱼之乐一样。其实对于观书而言，不同的人对同一本书会有不同的理解，不同的意境，有如"一百个读者就有一百个哈姆雷特"之说。

　　说起读书，我印象很深的是正值青春岁月遇到"文革"时期对书的森严壁垒，求知欲让那个年代的年轻人，越是禁止的书越是好奇地想去读，似乎愉快的基本标准为是不是禁书。还记得 1977 年国家恢复高考，这就像中国历史上产生过"十万进士"的千年科举制度，一度自唐代禁止，宋代又兴起一般，上大学要凭读书真本事了。千军万马挤独木桥，迎战高考而读书自然是为伊消得人憔悴，那个时候用"愉快是基本标准"，又能读出愉快的佼佼者，大概都被清华、北大招去了。可我压根就没有从高中的数理化教科书中读出愉快，但出于功利目的，一番苦读很难为自己，考入了师专化学科，同样也没有从化学教科书中读出愉快，只是为一纸文凭。60 分万岁，勉强去记一些分子结构式化学方程式，却有充裕的时间去学校图书馆借阅诸如雨果的《悲惨世界》、莫泊桑的《漂亮朋友》、陈扬炯的《哲学漫谈》、艾思奇的《大众哲学》等书去读。比起《结构化学》《分析化学》读起来要愉快一些。但这也只是出自一种青葱岁月的小布尔乔亚情调去冲淡一些专业书读起来的不愉快。

走出校门，为了仕途或切身利益，总是美其名曰"应酬多、事务多"，常读一些红头文件、领导报告之类的短文，不敢说读出愉快，但总得认真领会旨意，上传下达，十分遗憾的是几乎淡忘了读书。当下谈读书的人确实少了（功利性读书除外），想读点书，让自己愉快，但选择书时又时常茫然。周国平先生指点迷津："愉快与否，区别在于功利，还是出于性情。""愉快是基本标准，无论专家说得多么重要，出版商说多么畅销的书，如果拿来读时不感到愉快，就宁可不去读它。人做事情，或是出于性情，或是出于利益，出于利益做的事情，当然不太在乎是否愉快，相反出于性情做的事情，亦即仅仅是为了满足心灵而做的事情，愉快就是基本标准。"周君是个真性情学者，我读过他的几本书，他所言的基本标准，实际是区分功利性读书和性情性读书的标准。为了功利就不要因不愉快而止步。"万般皆下品，唯有读书高"其实质就含有功利性读书的浓重色彩。"头悬梁锥刺股"能愉快吗？但为了"一举成名天下知"也得忍着。性情性陶冶情操之类的读书，没有利益的强制起作用，唯求愉快，这实际是一种较好的境界。陶渊明"闲静少言，不慕荣利。好读书，不求甚解；每有会意，便欣然忘食"，请注意其思想前提是"不慕荣利"，这是历练出了自己"宁静而致远"的真性情，是一种旷达。

周君所说的"以愉快为基本标准"，是在读书上必需的一种诚实态度，这种态度毛姆好像也说过："你才是你所读的书对于你价值的最后评定者"，那些人云亦云，见异思迁，或者仅以书为时尚去读书或藏书的爱好者，是难有诚实的态度和境界去对待书的。"若业为吾所有，必高束焉，庋藏焉，曰'姑俟异日观'云尔。"（引袁枚《黄生借书说》）

浩瀚书海，人一辈子只能掬其一粟，无论什么书读时有了共鸣，有了愉快，获得了享受，你才应该承认它对于你是一本好书。书和其他艺术作品一样，其本身并无实用。唯能使你的生活充实，而要能感受到这一点，前提是你喜欢。

我认为对年轻人而言，对"愉快是基本标准"更应审慎理解，懂得权衡利弊，让性情性读书与功利性读书相得益彰，善于去培养与保护读书的兴趣与愉快。书海遨游也像时尚的旅游一样，比如旅行者去了九寨沟看到的美景肯定愉快，但一头牦牛看到的只是草。自身发展与享受生活乐趣并不矛盾，"熙熙攘攘，皆为利往。挤挤挨挨，皆为利来"是一种常态，增加一点性情性读书以满足心灵的需要，尤其想在当下流行的多媒体碎片化阅读所带来的浮躁、浅显、低效、浅喜的心灵鸡汤式的氛围中，去选择适合自己读的书，尤为重要。"深爱如长风"，有时看似停了，但未来这种风，会在你的生命中重新刮起，正如巴金先生所言、"读书是在别人的思想帮助下，建立起自己的思想。"建立起了自己的思想，自身愉快的成分就多了。对于好的书，读着读着，也许就会有"众里寻他千百度，蓦然回首，那人却在灯火阑珊处"的愉快感受，也许便让你愉快了。

3   曹雪芹论诗

热爱古典诗词的朋友，在读《诗经》、唐诗宋词的同时，不妨读读《红楼梦》卷四十八回，对写古诗会有醍醐灌顶的启发。

《红楼梦》卷四十八回"滥情人情误思游艺，慕雅女雅集苦吟诗"写香菱向黛玉初学写诗的一段对话，是一段精彩的诗词两人谈。

香菱因笑道："我这一进来了，也得了空儿，好歹教给我作诗，就是我的造化了。"（初来乍到的香菱，竟然想到向黛玉学写诗）

（说到写诗，黛玉当然可以当香菱的先生，黛玉摆出先生姿态）黛玉笑道："既要作诗，你就拜我作师。我虽不通，大略也还教得起你。"（黛玉谦虚但不过分。）

香菱笑道："果然这样，我就拜你作师。你可不许腻烦的。"

黛玉道："什么难事，也值得去学！不过是起承转合，当中承转是两副对子，平声对仄声，虚的对实的，实的对虚的，若是果有了奇句，连平仄虚实不对都使得的。"（黛玉到底是饱读诗书，一语便道出写诗的要旨了）

香菱笑道："怪道我常弄一本旧诗偷空儿看一两首，又有对的极工的，又有不对的，又听见说'一三五不论，二四六分明'。看古人的诗上亦有顺的，亦有二四六上错了的，所以天天疑惑。如今听你一说，原来这些格调规矩竟是末事，只要词句新奇为上。"（香菱原本聪颖，又有诗情及特质，一点就通。）

黛玉道："正是这个道理。词句究竟还是末事，第一立意要紧。若意趣真了，连词句不用修饰，自是好的，这叫作'不以词害意'。"

香菱笑道："我只爱陆放翁的诗'重帘不卷留香久，古砚微凹聚墨多'，说的真有趣！"（香菱初读诗便能从一句象征性古诗中看出其趣，多有写诗的天赋与特质，但毕竟读得不多，固还不知到底应师从何处）

黛玉道："断不可学这样的诗……再学不出来的。你只听我说，你若真心要学，我这里有《王摩诘全集》，你且把他的五言律读一百首，细心揣摩透熟了，然后再读一二百首老杜的七言律，次再李青莲的七言绝句读一二百首。肚子里先有了这三个人作了底子，然后再把陶渊明、应玚、谢、阮、庾、鲍等人的一看。你又是一个极聪敏伶俐的人，不用一年的工夫，不愁不是诗翁了！"（黛玉既当老师，就认真引导学生阅读，书单、名家、重点，随口而出，并还有对学生的鼓励教育，黛玉的功底非同一般，不仅香菱叹服，连我看后也赶忙按书单买了几本古诗集）

香菱听了，笑道："既这样，好姑娘，你就把这本书给我拿出来，我带回去，夜里念几首也是好的。"

黛玉拿出书递与香菱："你只看有红圈的都是我选的，有一首念一首。不明白的问你姑娘，或者遇见我，我讲与你就是了。"（既然为人师，就细心指点，黛玉师德高尚、教导有方）

一日，香菱笑吟吟地送了书来，又要换杜律。黛玉笑道："共记得多少首？"

香菱笑道："凡红圈选的我尽读了。"

黛玉问："可领略了些滋味没有？"香菱道："领略了些滋味，不知可是不是，说与你听听。"黛玉笑道："正要讲究讨论，方能长进。你且说来我听。"香菱笑道："据我看来，诗的好处，有口里说不出来的意思，想去却是逼真的。有似乎无理的，想去竟是有理有情的。"黛玉笑道："这话有了些意思，但不知你从何处见得？"香菱笑道："我看他《塞上》一首，那一联云，'大漠孤烟直，长河落日圆。'想来烟如何直？日自然是圆的。这'直'字似无理，'圆'字似太俗。合上书一想，倒像是见了这景的。若说再找两个字换这两个，竟再找不出两个字来。再还有'日落江湖白，潮来天地青'，这'白''青'两个字也似无理。想来，必得这两个字才形容得尽，念在嘴里倒像有几千斤重的一个橄榄。还有'渡头余落日，墟里上孤烟'这'馀'字和'上'字，难为他怎么想来！我们那年上京来，那日下晚便湾住船，岸上又没有人，只有几棵树，远远的几家人家做晚饭，那个烟竟是碧青，连云直上。谁知我昨日晚上读了这两句，倒像我又到了那个地方去了。"（香菱这个丫头太有诗人潜质与悟性了，读了几首便能看出意境、诗眼，并能联系到自己生活体验。而黛玉教起诗来，竟没有一句多余的，批改作业，与学生交流讨论，堪称一绝，比我们的许多专职古文老师还胜一筹）

诗贵在意境，曹雪芹巧妙地借香菱之口和盘托出。《红楼梦》在中国古典文学造诣上无论从哪个方面都是一座难以逾越的艺术高峰，又称得上是封建社会的百科全书。第四十八回，曹雪芹别出心裁，巧妙地用人物对话，将古典诗词的要旨、对仗、平仄、音律、韵脚、诗眼、意境等，轻松愉悦，侃侃而谈。读这一回，我感觉是享受了一堂古典诗词的艺术课。爱好古诗词的读者，不妨也感受感受曹雪芹的匠心独具，从而受到学写古诗的启发。

4　看《非诚勿扰》

　　冯小刚执导的电影《非诚勿扰》是一部现代时尚都市爱情片，票房价值大部分来自青年男女，我们这些早过激情燃烧岁月的中老年人，看此片只是去感受一番新时尚，爱情题材的影片总是很多的，但当下，缺少现代元素点缀的爱情片，其票房价值总上不来，因为偶尔去影院，几乎都是年轻的面孔。

　　剧中李香山与杜果夫妻离异分手前，举办了一个别开生面的离婚庆典（这样的做派本身就有现代爱情婚姻所含的浪漫与洒脱，也只有现代年轻人能想出这一异端风情）。

　　镜头一：

　　"就像熟人一样握个手吧！"李香山对杜果说。

　　然后离婚庆典主持人宣布：

　　"倒香槟，放鸽子！"

　　这些镜头所表现的是：爱既已走到尽头，又何必反目为仇，夫妻分手时彼此多么包容与大度。在离婚率很高的当下，离婚似乎成一种时尚，有人竟然看成是值得庆贺之事，我虽不敢认同，但能理解当下追求时尚生活的年轻人，深感年代不同了。

　　秦奋与笑笑是一对分分合合的情侣。

　　"两个人至少要有一个说实话，否则就永远听不到实话了。"秦奋对笑笑道。

　　笑笑用不十分理解，但内心分明是认同的眼神看了秦奋一眼。美女的这一瞄，秦奋的魂像被勾住了。

　　"找婚姻和找激情的两个人搅到一块，谁动真感情谁完蛋。"秦奋有点故弄玄虚。

笑笑没说什么，默默地思考，此时无声胜有声。

秦奋与笑笑结伴去北海道旅行，而笑笑这次的北海道之行并不是为了秦奋，而是想去北海道找回自己第一次与第一个情人在北海道所燃过的激情，这点，秦奋是蒙在鼓里的，否则哪里不好去，非要去北海道。秦奋一路百般殷勤，但笑笑始终未从与秦奋的相处中找到她第一次初恋时的那种感觉，也就是激不起火花，她觉得这通过征婚广告结识的人，并不是理想的伴侣。俩人一路都显得很理智，甚至拘谨。秦奋不无幽默地自嘲："我俩一个在找婚姻，一个在找激情。"从北海道回来，笑笑很客气地告诉秦奋："以后，还是不要再见面了吧!"

秦奋有点沮丧，分手时对笑笑说："走了，记得你的好，也请你想起我时不要太恶心，咱俩结的梁子解了。"（这结梁子是当下恋爱男女的时尚语）秦奋显然是不想放弃的，但又不得不很绅士地道别（葛优饰演秦奋，单凭头上的没头发就绅士得很）。言行表现的是钟情男士追求美女不成，但并不会去破坏追求时的美感，何况内心还存一线希望，这便让笑笑在舍弃秦奋的殷勤时，虽还算果断，但又带有一丝丝不舍。

笑笑是首都机场的一名漂亮空姐，与秦奋分手后，俩人都有信息联系，回到乘务处，起初，飞机起飞前、降落后，笑笑都会习惯性地跟秦奋打个电话，后改为发个短信，最后就一个字："起"或"落"。冯小刚在处理细节上，用现代信息手段去表现这一对像恋人但又不是恋人，吹灯了却又有可能星火再燃，藕断丝连的男女情感纠葛，用了让观众耳目一新的无声语言来表现时代感很强的对话。

孙红雷饰演李香山，单从其语言表现力上，就表现出大腕风采，磁性的声音棒极了。李香山很富有，商场摸爬滚打多年，不仅创造了财富，拥有丰富的人生经历，且慷慨、大方、有爱心，将企业家风度集于一身。在一次慈善捐赠竞拍会上，竞拍一瓶茅台，潇洒捐出 50 万元，与秦奋俩人在一个排档喝掉。然而，命运却与这位现代男神开了一个最无情的玩笑，李香山得知自己患有不治之症，不久于人世。最终会因皮质骨瘤扩散全身而丑陋地死去，李香山没有显得过度的颓废，为了让自己体面地离开这个世界，他没有去仿效世界著名的硬汉——艺术大师海明威用伴随自己一生的猎枪，瞬间结束自己的生命。而是别出心裁地为自己举办了一个人生告别仪式，活着去参加自己的葬礼。

镜头二：告别仪式。按葬礼的程序进行。杌果、秦奋、笑笑及许多李香山的好友，还有杌果的新男友（海军舰艇的一名军官）都来参加了。

李香山坐在轮椅上，自己为自己致悼词，“……爱过，颓过，活过，熟过，离异过两次，办垮过三个公司，做过厨师，拍过马屁但拍马屁时有真情……”“婚姻怎么选都是错，长久的婚姻就是将错就错。”这样的悼词，倒是有点像哲学家在感悟人生，又有点像《红楼梦》里的一副对联所概括的人生：“纵有千年铁门槛，终须一个土馒头”写尽人生沧桑。李香山历经磨难，有过失败，有过辉煌，遭遇不治之症的打击，有对生命意义的沉思，对爱情与婚姻的感慨，能够坦然面对一切的“硬汉子”形象给观众留下深刻的印象。

孙红雷是我喜欢的男星，他饰演的李香山，语言、语气、神态表现上的艺术感染力，让我内心震撼。

“不过如此！谢谢！”面对死亡，李香山坦然道。他的人生告别仪式感动了所有参加告别仪式的亲友，秦奋、笑笑、杌果，那位海军军官都深受感染，前妻杌果难以抑制地泣不成声，再一次紧紧拥抱李香山。一旁的海军军官从杌果的表情里所见的不是忌妒，而是更增加了对杌果的爱意，笑笑这时也用从来没有过的深情目光看着秦奋，秦奋将笑笑紧紧地搂到了怀里。

告别仪式的尾声，是李香山的海葬。李香山让人开了一艘船，将自己送到大海深处。甲板上，只有秦奋、笑笑和李香山的女儿丫丫（李香山与第一任妻子所生），笑笑搂着丫丫时，对丫丫说：“丫丫，跟爸爸说几句话吧！”丫丫含泪道：“在心里已经说了。”影片的这一幕，让我流泪了，不知道是编剧还是冯导的吝啬，还是语言艺术手法上的刻意，此时无声胜有声。将父女情深、难舍难分的悲怆情景，演绎得太精致了，“在心里已经说了”多有感染力的短语。

李香山的两个别具一格——“离婚庆典”“人生告别仪式”，人物个性特点表现上有时代感，该剧在情景渲染和语言表现上有现代电影的新颖与时尚，摄影师在告别仪式上摄的海景用了多组“蒙太奇”镜头代替人物语言，音响师配上优美的音乐和声，这场景给了笑笑情感上极大冲击震撼，杧果在李香山自致悼词结束时撕心裂肺地痛哭，与李香山的拥抱，让笑笑懂得了婚姻的真谛，此刻笑笑眼中的秦奋，看起来远比在北海道曾要为她殉情的第一个激情男人可靠得多。

镜头三：

笑笑和秦奋终于走到了一起。

秦奋开着小车，笑笑坐在副驾位上，系上安全带。

秦奋有点春风得意。

笑笑："结婚后，你会什么都听我的吗？"

秦奋："会的，但得保留最起码的公民权利，还是坚持两个嗜好，打麻将、看电影。"

笑笑："打麻将可以，但我要审查牌友，看电影可以，但不许看《非诚勿扰》。"

幽默诙谐中，电影结束了。

5 相见恨晚

这三本书：《鲁滨孙漂流记》《格兰特船长的儿女》《羊皮卷全集》，都被称为励志宝典。真是应了"少壮不努力，老大徒伤悲"这句古语，我很遗憾的是，到了老年才去读这三本书，读后感是四个字：相见恨晚。

笛福的《鲁滨孙漂流记》——18世纪杰出的思想家卢梭，曾建议每个成长中的青少年，尤其是男孩子都应该读读它。

凡尔纳的《格兰特船长的儿女》也有文记叙："一对新婚夫妇，一对船长的儿女，一个漂流瓶将他们的命运联系到一起，一次伟大的航行，一条感人的寻父之路，一场危机四伏的冒险，一部伟大的科幻小说，一部让人获得坚韧智慧的好书。"

曼狄诺的《羊皮卷全集》——将成功学著作辑录成卷，命名《羊皮卷》，是一部风靡全球的励志宝典，被众多追求成功的年轻人奉为励志圣经，而许多的成功人士更是直言不讳地承认自己曾在《羊皮卷全集》中获取了巨大的力量。

这三本书在创作的时间空间上有很大的跨度，文体与叙述风格各异，类别分别是虚构故事、科幻、人生哲理思考。但在寓意上却有一个相似点。叙述故事时，一切的一切都是一个未知，让你会为书中主人翁的一举一动感到兴奋或着急的同时，又从故事中感受到勇敢独立与自强不息的内在力量，从而获取精神修炼，都属于将信念和力量注入人的血液与精神中，赋予人战胜困难的勇气、决心与智慧的励志文学。

集中一段时间读完这三本书，在我的概念里，有些后悔在年轻时怎么就没有想到认真去读读这三部经典，从中汲取养分而多长精神呢？感慨之余，又聊以自慰。因为不同的年龄与不同的阅历，即便是读同一本书，所感也会不同的，即便步入老年，同样可以用一种适合于自己当下的视角与心态去读励志文学，从书中去寻找能与现在的心态产生共鸣的那个共鸣点。"蓦然回首，那人却在灯火阑珊处"的第三境界，也会获得精神上的震撼与厚重感。由此去寻觅一种坚韧的心理，用坚韧的心理去进行"最后一公里"的跋涉，甚至利用这种心理去坦然面对年龄的吃水线及死亡。这对余下的人生是有积极意义的。

我用了一个简单的表格将这三本书中，我认为相近的部分，从概念上列在一起，虽有点牵强附会，但这只是我的一个视角与感悟。

书名	不幸	幸运	看待不幸与幸运
《鲁滨孙漂流记》	我流落荒岛没有任何获得所救的希望	但我幸运还活着，船上的其他同伴，都葬身鱼腹	用以自慰的是在不幸之中依稀看待幸运的部分，希望世人都能从我的不幸遭遇中吸取经验教训，任何消极的事情之中都有积极因素
《格兰特船长的儿女》	不幸的格兰特船长，用一个漂流瓶发出了三封信	幸运的是格里那凡爵士看到了信，经历了种种艰险，最终找到了格兰特船长	以无比顽强的精神去做一件事，历程和曲折中的不幸遭遇与最终取得好结局相比，只是一种插曲，从结果中感受幸运带来的自豪
《羊皮卷全集》	最坏的情况是什么？让自己冷静分析不幸，囚徒困境	如果不幸降临，你必须接受，最后很镇定地想出改善最坏的情况的方法，这就证明掌握了幸运的钥匙	两个同囚一室的犯人，从牢中的铁窗向外望去：一个看到了泥土，一个却看到了星星

中国当下哲学学者周国平先生的《世上本无奇迹》，对《鲁滨孙漂流记》做了一些哲学上的解读，他的思辨评论是："一部伟大的小说，其所以伟大之处不在故事本身，而在对故事的叙述，鲁滨孙能够在孤岛上活下来，靠的不是超自然的奇迹，而是生存的本能和一点好的运气罢了。"我不赞同这种说法，我认为一名现代哲学学者，应该用其哲学观点去引导读他文章的读者，用鲁滨孙的眼光去审视自己周围的世界，去萃取鲁滨孙特质上正

能量的闪光部分，而不是片面性地夸大"人性本能和运气"的作用，如笛福总结自己时说："谁也没有经历过这么多命运的捉弄，我曾经十三回穷了又富，富了又穷。"对笛福而言，他写《鲁滨孙漂流记》的主旨是借了鲁滨孙的眼光，表达对世俗的一种超脱和批评的立场。而不是要渲染本能和运气。当然，哲学思辨由"智慧学"到"哲理"在漫长的历史洪流中一直在争辩之中。难以是非论之，辩证的理性思维多于文学的感性视角。

鲁滨孙的孤独与单纯生活所表现出的"一是对财富的看法，二是对信仰宗教的看法"，他能生存下来，固然有"本能和运气"的潜移默化，但首要的是本能感召下的独特个性和励志精神，是信仰与执着才可能产生的运气，是以实干、精明、开拓的勇气，坚持与所处环境、遭遇抗争才得以存活。人的本能是人的共性，而人的独特个性，心态的力量与勇气，却是一个人的特质。看待不幸与危机的眼光不同，则结局也不同，这是成功与失败的重要分界点。

我们看到史上的许多伟人，其背后闪光的脚印是曲折与坎坷的，是自信与坚实的，而不仅仅是本能与运气。鲁滨孙长达二十八年的荒岛孤独生存，在他所处的环境中，星期五（书中人名）和那些食人的野蛮人的出现，纯属一种偶然，但遇上他们，让鲁滨孙再次燃起被拯救的希望和活下来的意义和勇气。他看待财富、看待世界的眼光，是在他的遭遇中磨砺出来的超然脱俗的睿智，从而有了强大的生存意志、积极心态的力量、过人的个性、自己拯救自己的优秀潜质，否则是不可能凭本能和运气而生存下来的。周君的短文中所说："倘若我们落入那个境遇，我们也那样反应，那样去做。"好像人的本能会让任何人无所不能，这不免有点夸大其词。我读鲁滨孙，给我深深的触动是：没有因信仰而磨砺出克难的精神动力，是无法想象仅凭"本能与运气"便可以活下来，因为许多时候是与困境的抗争，特别是与绝对的孤独抗争，对人类而言绝对的孤独是多么恐怖。现代人谁也无法去体验鲁滨孙所处的洪荒时代的孤独。我们再看看笛福对鲁滨孙在绝对孤独下的心理描述："与当初上岛的时候相比，我已经很大程度上改善了自己的生活状况。现在的我，不仅生活舒适，而且心情也变得很安逸，我已经学会要常常想到自己的享受，而尽量不去想那些缺乏的东西。"这是看世界的眼光发生了变化。这与《羊皮卷全集》曼狄诺所辑拿破仑·希尔

（美国）所写的《积极心态的力量》是一样的，都属于人性本能的精神升华。

《格兰特船长的儿女》——一次次对危机描写，一次次化险为夷后心态的对比，所告诉人的是对所处优越环境应倍加珍惜，对所处环境恶劣要勇于抗争，与《鲁滨孙漂流记》叙述的"我们一般人总有这样一个致命的弱点，那就是只要没亲身经历更为糟糕的恶劣环境，就永远意识不到自己原来所处环境的优越性，不落到山穷水尽的地步，就不懂得珍惜自己原来享受的一切"，这种观点也与我国的古贤人所云"不上高山，不知平地""吃得苦中苦，方为人上人"如出一辙。人类虽然地域不同，所处时空不同，但人文观都有相通之处，这便是人类对待生活的态度。

《羊皮卷全集》有一个章节《最伟大的力量》，所叙述的一些成功人士的成功案例，告诉人们怎样去积极行动，探寻人生的真谛，去获得成功、财富与快乐。对鲁滨孙与格兰特的故事也是一个最好的诠释。我读后做了一些逆向的思考——假如鲁滨孙青年时满足于经过别人的引荐在社会安身立命，守着的自己的那片橡胶园，不下决心去航海冒险；假如格里那凡爵士发现了漂流瓶里的三封信只是一笑了之，而没有胆识和爱心去寻找格兰特船长。鲁滨孙就不会有二十八年的磨难，也就不会有独特的眼光去看世界，就不会有如此丰富和传奇的人生。格里那凡爵士与格兰特船长的儿女们，就不可能有传奇中的一次伟大航行，也就不可能有格兰特船长与儿女再度重逢的至极欢乐。这种由不安于现状的主观思维与憧憬，重逢喜悦所导致的行为选择，让他们自讨苦吃，险中求生，最终富有，最终如愿。这些故事向人们传递了一个深刻的哲理：人生存在的目的在于追求存在以外的东西。

《羊皮卷全集》的另一个章节《破解情绪密码》，在阐述如何破解情绪密码时辑录了一句名言："人最感到恐惧的事，就是恐惧本身。"鲁滨孙的灼见也与林肯一样伟大："对危险的恐惧，实在比我们肉眼看得见的危险本身，还要可怕万千倍。而焦虑不安所带来的思想负担，远大于我们所担忧做这件不幸本身。无论是谁，只要知道成天生活在被人算计的担心之中是什么滋味。"鲁滨孙在自己的经历感受中，悟出人性的真正弱点。他的信仰是坚定而极单纯的，从上帝的仁慈中寻求活下去的勇气和安宁的心境。在孤岛生存所想象的和实际面对的危险，一次次渡过危险。除信奉上帝的仁慈外，在过程中表现的是以顽强的心态面对危险，鲁滨孙真正破解了情绪密码，而且深于体验。

最后让我们再细心地看一看笛福对鲁滨孙的心理描写："在生活里，我们最想躲避也最害怕的坏事，往往能成为我们获得拯救的途径，我们一旦被某种目标，不管是看得见的目标，还是想象中的看不见的目标所吸引，就会以一种狂热的冲动驱使我们的灵魂朝着目标扑去，并且达不到那个目标，我们就会痛苦不堪。"是啊，在每个人的心灵深外，同样有一个无线电台，如果这无线电台始终矗立在你心中，捕着每一乐观向上的电波，你就永远年轻。"让目标达到沸点，但目标需要靠行动去实现。"

6　土地与岁月的壮美

——读《平凡的世界》

　　我的书架上有两册《平凡的世界》，一册是 1989 年人民文学出版社出版的，定价为人民币 2.75 元。一册是 2012 年北京出版集团出版的，定价为人民币 79.80 元。从 1989 年至今 30 多年的时间，我们经历了很多变化，就像《平凡的世界》这书的定价一样，就像"二师兄（猪八戒）"的单价由 0.75 元/斤涨到 28 元/斤一样。许多的物与事都在变，但也有不变的，比如人们对路遥的《平凡的世界》这部小说的喜爱。就我个人而言，20 世纪 90 年代初对《平凡的世界》的阅读就像青春之歌般的激情阅读，而今天再次阅读，便有点像交响乐般的丰富而且更富韵味，再次阅读时我好像在为自己有过一段与书中的孙少平相似的人生感受和现实处境，而去找一幅自画像。毫无疑问，一个过去的时代其实并没有过去，它和我们的今天重叠起来了，它的存在并不是为了让我们这些拥有着过去的人在回忆往事时增加一些甜蜜，或者勾起一些辛酸，而是继续影响我们，就像它在过去岁月里所做的那样，影响着我们的理解和判断。记得小说家毕飞宇在他的作品《小说课》里说过，"一本书，四十岁之前读和四十岁之后读是不一样的，它简直就不是同一本书"，此话不假。

　　路遥是人们所喜爱的中国当代作家，他和他的作品一样永存，这是不变的事实。由《平凡的世界》改编的四十集电视连续剧，没有让少平、少安心目中的伟大慈母出场，也省去了重情重义又性情的少平的发小金波这个可爱的角色，省去了他内心叹唱的"在那遥远的地方"，甚至为迎合潮流模式而让田福军辞去省委副书记兼省城市委书记之职，又到黄原地区来反腐。这样的改编尽管对小说叙述的整体性有所冲击，有些情节的删减可能有悖于英年早逝的路遥的创作初衷，但电视连续剧一经播出，收视率远比当下的许多肥皂剧要高得多。

亲爱的读者，让我们一起走进《平凡的世界》吧。

"一九七五年的二三月间，一个平平常常的日子，细蒙蒙的雨丝夹着一星半点的雪花，正纷纷淋淋地向大地飘洒着。时令已快到惊蛰，雪当然再不会存留，往往还没等落地就消失得无踪无影了。黄土高原严寒而漫长的冬天看来就要过去，但那真正温暖的春天还远远地没有到来……"到1975年的惊蛰，大地在盼着春，人们已预感到春的消息，但真正的暖春还在来的路上，暗喻历史转折前期的气候，乍暖犹寒。路遥开篇只是对黄土高原的气候描写，就让读小说的人从自然气候中感受到了是政治气候在变暖。久处寒冬的人，过了惊蛰，企盼的就是春分。路遥的构思太缜密了，这样寥寥数语，没有给百万字巨著做气势磅礴的铺垫，只是悄悄地将读者带入中国改革开放前，城乡社会生活和人们思想、情感、面貌发生巨大变化的环境中去，带到一个新的历史时代中去。用百余万字去展开土地和岁月的壮美叙述，他在告诉人们，中国大地的改革让普通人的思维在改革春风的吹拂下，前所未有地活跃起来了。

小说的情节与线索：

一部小说最能体现作者创作技巧的是情节的起点与线索的曲线美，我读雨果的《悲惨世界》，所感慨的是，如果说法国大文豪雨果的《悲惨世界》有着肖斯塔科维奇《第七交响曲》一样的"饥饿和死亡，悲伤和恐惧的阴影笼罩，生活艰难，无限悲伤，无数眼泪"的叙述，使他优美的抒情里时常出现恐怖的节奏和奇怪的音符；那么读路遥的《平凡的世界》，所叙述的故事、情节与线索的延伸，便犹如贝多芬的《田园交响曲》般自然流畅，乡间田园的涓涓溪流，芳香扑鼻的野山菊，弯弯的小路，"神仙山"的绵延，"双水河"的潺潺水流交织唱响。故事的线性结构十分明朗，情节与线索构成一道河床，叙述之水时而澎湃时而平静流淌。始终以孙少平、孙少安两兄弟的故事为主线，构成"双线结构"，线条时而相互交织，就像米沛的行书章法，行云流水、笔断意连，文笔细若巧妇针织，密密缝制无缝无隙。由线索串起的事件，在情节上关联互补，故事简单质朴，但引人入胜，耐人寻味。

关于孙少平的故事起点是从孙少平17岁在县城读高中开始，这个虽然饥饿但富有求知热望的农村青年，他当初的精神营养的摄取，首先是从初中同学母亲用于夹鞋垫样片的一本旧书《钢铁是怎样炼成的》阅读开始，上高中后又有机会去县图书馆借阅《卓娅和舒拉的故事》《创业史》《红岩》《热爱生命》等，从这些书里孙少平获得了许多的精神食粮，也许就是那本《红岩》让17岁的少平在维特式的骚动与烦恼中，第一次有了异性之间那点微妙的情感震动。与自己一样贫困的女同学郝红梅，也只能在学校食堂里被学生们分成三等分别称为"欧洲、亚洲、非洲"（白面馍、玉米面馍、黑高粱面馍）的主食中选取"非洲"充饥，而连食堂里分成甲、乙、丙三等的菜中5分钱的"丙"菜都不敢问津。虽然孙少平与郝红梅都因生活窘迫与精神上自尊的交织而痛苦，但由于同样爱好读小说，使他俩相互默契。郝红梅长得很好看，他俩由眼睛的"交谈"这一没有声音的语言开始，到一本《红岩》的借阅交流，孙少平的内心荡漾起了一种春水般的涌动的情思，在路遥富有实感和灵动的笔下跃然闪动。这一情节线索在起点就让读者与孙少平的故事有了情感上的共鸣（谁人没有经历过人之初少年的维特式的烦恼呢？），这让读者不得不将孙少平的故事读下去。

关于孙少安的故事，起点以孙少安读完小学因家里贫穷，缺乏劳动力而辍学，小小年纪在山圪崂跟父亲学农活，很快就成了有模有样的庄稼好手，受到邻里乡亲的赞扬，少安从生产队的集体劳动中感受到了劳动给小小年纪的他带来的荣耀，路遥由此塑造了一个朴实勤奋而有思想的农村娃的世界，塑造出一个与许多的农村娃不一样的个性形象。十分巧妙地通过写劳动，让少安的形象一点一点地建立起来，让读者自然而然地去关注少安日后的结果会有什么不一般。路遥很自信读者们肯定想读下去，路遥很擅长写劳动，他自己生活经历中务农、教书做工期间干过许多临时性的工作，这些对于一个作家而言，都不是白干的，有了生活的沉淀，他不需要刻意去虚构，他的创作灵感来源于理性的经验。

这部百万字长篇小说，始终从时代变革过程引起人们的情感变化、思想变化和精神面貌变化上去延伸、去叙述。没有去虚构创造曲折离奇的故事，更没有用大咖的姿态去叙述一些高深的人生哲理。纯粹用感性而朴实独特的语言去讲述十分通俗而平凡的故事，这更能让广大读者从自己的思考中进入一个与自己似曾相识的世界，平平凡凡、平平常常即是真，真处才最易见不平常的情感。线索串起的故事虽小但题材却宏大，所反映和揭示的是中国社会巨大变化的深刻主题。一个个小故事仿佛是建筑材料，构起了一座桥梁，让读者的思想随之进入一个开放的新奇世界，从新奇世界透析社会变革给亿万普通人带来的变化。由孙少平、孙少安这两个普通的青年农民的人生和情感变化来展示历史转折期人们产生的新观念、新变化。即便是未曾经历者也同样会由此共鸣，由此找到自己心灵的家园。我读此书时，就被路遥带回了曾经的那段岁月，当年身处其境不禁有些厌烦和想逃离，而今回味却又是那般美好。

　　孙少平的故事，让许多人，特别是许多 50 后、60 后的城乡知识分子（一大批上山下乡、回乡知青）读起来，就像是回忆自己的昨天，孙少平高中毕业回乡务农，当过村小学戴帽初中老师，由于村小学教师减员，而又当了农民。1977 年国家恢复高考，一阵惊喜，但高中两年的读报纸、学工、学农，功课底子太薄了，高考自然名落孙山。但像他哥哥少安那样整日在山圪崂劳作他又不甘心，更不愿去做一名生产队会计。孙少平的苦恼首先发自一个自立意识的巨大觉醒，发自他心里有着另一世界，作为那个年代知识性青年农民的典型代表，在他平凡的生活中凸显出的是一种精神上的闪光——敢于离开落后、贫穷，甚至对自己而言是消极的土地，去外面的世界打拼，哪怕是做苦工，先离开消极的环境，救出自己，走出山圪崂，来到城里，来到他的"耶路撒冷"。不论是作为城市揽工汉，还是后来有机会到煤矿成为"挖煤黑子"的少平，始终带着一种悲壮的激情，在一条最为艰难的道路上进行人生的搏斗。年轻的热血是如此沸腾和激荡。繁重的苦工体力劳动，熬苦不说，也没有多少闲的时间，一天只能看一二十页书，一本书常常得一个星期才能看完。但无论如何，这使他无比艰辛的生活有了一个安慰，书把他从沉重的生活中拉出来，使他的精神不至于被劳动压得麻木不仁。独自一人闯世界、生活的磨炼、看书，使孙少平对世界了解得更广大，对人性看得更深刻，对自己所处的艰难和困苦有了更高意义的理解，甚至能平心静气地对待痛苦和不幸。他自嘲地将自己对苦难的骄傲概括为"关于苦难的学说"。真正树立了牢固的积极心态，用积极的心态去获取度过每一段艰苦历程的力量。"一个平凡人吃苦算得了什么呢？他的一生不可能做出什么惊人业绩，但他要学习伟人们对待生活的态度。"这就是他从做苦工、从看书中获得的最大精神收获。

孙少安，一个贫困山村的农民娃，集中国传统文化熏陶出的"勤劳、善良、孝顺、责任感、爱心"等种种美德于一身。更难能可贵的是，18岁的他就被村里人推选为生产队长。在黄土高原处于历史转折初的特殊敏感期，孙少安听了朱家镇一安徽籍的铁匠师傅说他们老家村里在搞生产承包，孙少安开始心动了，开始在生产队里秘密策划生产分组包干，一份双水村大队第一生产小队作业组生产合同——黄土高原农村第一次改革尝试，震惊了石屹节公社，惊动了整个原西县。为此，孙少安被公社"革委会"关了几天禁闭。孙少安冒着个人危险去打破出工不出力、劳动效率低下的现状，大胆而缜密，最终得到原西县高层改革派田福军的认可和支持，由此推动原西县的农村生产责任制改革的进程。再后来的孙少安由一名生产队长，成长为一名致富典型、农民创办企业的带头人，以至成了双水村的能人。虽然后来孙少安创办的砖瓦厂在扩大生产的过程中砖烧砸了，导致欠信用社的贷款、欠村里乡邻的工钱，负债累累，陷入困境。那一场景，孙少安仰天呐喊："老天哪，你还让不让人活呀？"谁都为他着急，但这条汉子没有倒下，逆境中的少安，面对破产的打击，没有去抱怨任何一个人，而是坚信自己能东山再起，在冷静思考后，去寻找重振砖厂的可行之计。这种精神，小处看是拯救自己的一种本能，大处看是一个人流动着的生命，是从一个人的思想中剥离孵化出来的、引起无数共鸣和传唱的民族发展的脊梁。通过不懈的努力，孙少安的砖厂终于起死回生。有了经验和技术，孙少安又大胆承包了公社的砖厂，在城乡大搞建设的机遇期越办越红火，有了钱的孙少安，他想到了自己村里的娃娃们还在破窑里读书，"想给村里的娃娃们一个好的学校"，在路遥的笔下，孙少安的这个想法的启蒙，源自在外面揽工的弟弟孙少平，一个思想影响着另一个思想，兄弟俩一个看得更远，一个做得更实。这样写，多么具备小说的逻辑力。当双水村新建的"双水村小学"落成庆典的喜炮声响彻整个村庄上空，当双水村的娃娃们脸上涂着红纸润红的红脸蛋，露出粉红的笑脸那一刻，人们似乎看到了一种伟大的精神在孙少安这个普通人身上闪光，孙少安这个形象是让人肃然起敬的。

小说最能引起广泛读者共鸣之处是"世俗生活和诗意并存"，孙少平、孙少安两兄弟各自的爱情故事，并不离奇，但让许多人为之动容。这一对很平凡而又富有内在精神的兄弟，有着说不清道不明的男性吸引力，有着男子汉的气质，这种吸引力自然会得到好女孩的青睐与爱恋。这方面，双水村的政治家田福堂支书十分纳闷："我家吃公家饭的润叶和在省城当大记者的侄女晓霞，怎么都和玉厚家的泥腿子少安和煤黑子少平两兄弟麻缠上了呢？"是的，孙少平之于郝红梅、田晓霞、金秀、惠英嫂子，孙少安之于田润叶、贺秀莲，都是能够激起情感火花的。但是由于所处的光景和各自的命运出现的偶然，"有情人终成眷属"那令人着迷的结局总是难以落到有情人的头上。爱的情感与现实的矛盾、意外的打击，往往对有思想的青年是一种无法言语的痛苦，两兄弟各自都经历了爱情的甜蜜与痛苦、贫困饥饿和青春爱情悲剧的折磨，而这些甜蜜与痛苦的交织，恰恰又磨砺出了他们坚忍的意志，使他们能有更丰富而强大的内心世界，使他们的人生平凡而耐人寻味，令人感叹。

孙少平与田晓霞演绎的青春爱情、孙少安对田润叶的放弃，都是一种埋藏于内心的爱的修行。孙少安与妻子贺秀莲是古典式的结合，粗茶淡饭式的夫妻恩爱，相濡以沫。贺秀莲对孙少安说过："你哭俺跟着你流泪，你笑俺跟着你笑。"平凡人的平凡爱情总是那么质朴感人，在路遥的笔下写的是那么令人着迷。田晓霞在抗洪抢险中为抢救一名小女孩而壮烈牺牲、贺秀莲为少安及少安一家劳累成疾而英年早逝，让原本拥有美好爱情和姻缘的兄弟俩，凄然只身。命运将原本的甜蜜憧憬、美好未来打成碎片，这一幕，路遥在叙述时用了一段陕北信天游："山挡不住，挡不住，挡不住云彩，树哟，挡不住风，神仙哟，挡不住，挡不住人想人……"撕心裂肺的高原民歌震撼得叫人心碎。命运的玩笑和捉弄，让少安、少平各自承受着情感的巨大打击和痛苦，每读到此处，让我也潸然泪下。难遇知音而珍贵，最终佳人再难得，情深缘浅的结局，叫人为之惋惜，嘘叹不已。曾经的情投意笃，却不能善终相守，凡尘种种，无可奈何。然而，问世间情为何物，又有几人能一生只爱心仪的那一个？真正是"伤心桥下春波绿，曾是惊鸿照影来"。田晓霞之于孙少平、贺秀莲之于孙少安，都是可遇不可求的佳人。佳人西去，留给少平、少安的只剩隐藏于心的隐痛和怀恋，只剩风与树的恋语留声。别无他法，"人有悲欢离合，月有阴晴圆缺，此事古难全"。

唉！如果不是佳人离去，那将是多么美好的爱情，但是，世事没有如果，如果有那么多"如果"就不会有那么多令人悲叹的故事。

田晓霞牺牲后，晓霞父亲田福军整理她的遗物时，才从她的日记里发现晓霞与孙少平相恋已久，在田书记的办公室里，田书记将晓霞的日记交与孙少平，两眼含满泪水，"孩子，我感到欣慰的是在她活着的时候，你曾给过她爱情的满足，从她的日记里知道了这一点，是的，没有什么比这更能安慰我的痛苦了，孩子，我深深地感激你！……她留给我们的主要纪念就是十几本日记。这三本是记述你们之间感情的，就由你去保存。读她的日记，会感到她还和我们生活在一起。"作为一个省委副书记、一个父亲，在那样的年代所说的这些，让人所思所感的是不平凡的人在情感上、在父爱上也是一个普通人。但这又与他的哥哥——双水村的政治家田福堂支书，所看到的"麻缠"有着天壤之别。"少平接过这三本彩色塑料皮日记本，随手打开了一页。那熟悉的像男子一样刚健的字便跳入眼帘——"时时想念我那'掏炭'的男人，这想念像甘甜的美酒一样令人沉醉，是的，真正的爱情不应该是利己的，而应该是利他的，是心甘情愿地与爱人一起奋斗并不断自我更新的过程，是融合在一起，完全融合在一起的共同斗争，你有没有决心为他（她）而付出自己的最大牺牲，这是衡量是不是真正爱情的标准，否则就是被自己的感情所欺骗。"读到此，我释然了。孙少平与田晓霞，一个是那个时代被人称为"天之骄女"的女大学生、省报记者、省委副书记的女儿；一个是煤矿井下挖煤工，农民孙玉厚的二小子。以世俗之眼观之，社会地位天壤之别，甚至会认为路遥是因为自己年轻时爱情的创伤而像古典小说里所臆造的"天方夜谭""牛郎织女"那样，虚构出这种新时代的"天仙配"。但仔细读路遥的叙述，用心去体会，用心去读田晓霞的日记，用心去观察孙少平这样在那个年代处于幸福与不幸交织、矛盾与痛苦中的一代年轻人的思想情感，会发现孙少平所代表的是当代有着保尔精神、心里有另一个世界的年轻一代，而田晓霞所代表的是改革开放时期新一代知识女性。他们在渴求心灵上的相互感应，渴求真心属于自己的爱情，他们的爱情不只是一种罗曼蒂克式的情调，田晓霞也绝非俄国革命时的冬妮娅所能比得上的。其实，类似的爱情故事常有常在，更何况在中国社会改革开放时代，人们思想情感发生巨大变化的这么一个伟大时代呢！

孙少平和田晓霞有一段时间生活在幸福的初恋情感之中，这样的状态，也许可称为一个灵魂对另一个灵魂的赞美吧，那是两颗炽热的心在理想境界中无可名状的初次燃烧，是燕子飞向春天的古塔山杜梨树下。

路遥对普通人思想情感的细腻描写，着墨深蕴，语言感性而极富感染力。他是"用手写自己的心"，他着眼于描写芸芸众生中普通人的思想、气质、感情、优点和不足，为读者构建出一个平凡的世界。恰恰是对普通人的故事的叙述，让许多的普通读者对些许片段感同身受，这也许是质朴真实的共鸣吧。其实，与出类拔萃的人一样，普通人也有自己的欢乐与痛苦、奋斗与失落，只不过普通人的这些情感不为多数人所了解。当下，许多人宁愿去关心一些名人明星的吃喝拉撒与鸡毛蒜皮，也不愿去了解一个普通人波涛汹涌的内心和情感世界；当下一些作家和影视编导往往热衷于去虚构一些曲折离奇的故事，追踪名人的逸事，或虚构一些都市青年浪漫失真的爱情故事，或将古典名著注入一些现代元素，或用烘制的肥皂剧以猎奇去取悦一些人的猎奇心态，目的只是票房价值。由此可见，我们的时代多么需要路遥这样的文化传播者。

《平凡的世界》不只是给人看看，还应当发人深思。因为艺术不一定要辞藻华丽、气势恢宏，艺术也可以是平凡人的纯粹歌谣，表达人心中最真切的思想才能够真正感动人、感染人、启发人。

7 再次邂逅《老人与海》

1980 年在师范专科学校（以下简称师专）读书时，我去学校图书馆借了一本海明威在 1954 年获诺贝尔文学奖的小说《老人与海》。那年我 19 岁，只是凭着对诺贝尔文学奖作品的崇拜，想看看获国际最高奖项的小说会写得如何精彩。我在师专学的是化学，文学的鉴赏水平还停留在高中阶段所接触到地从"时代背景""段落大意""中心思想"对文学作品进行的常规性剖析上。读《老人与海》，我知道了这本小说写了一个打鱼的老人，独自出远海捕鱼时钓到一条比他的小船还要长两米的大马林鱼，但由于老人将鱼绑在船边拖着返回时，引来了一条、两条乃至一群鲨鱼轮番抢吃大马林鱼肉，最后大马林鱼被鲨鱼抢吃得只剩骨头架子了，老人仍顽强地与凶横的鲨鱼搏斗的故事。海明威这样一写，竟获得诺贝尔奖。那时也想成为一个文学青年的我，由此像现在许多追星族一样，萌发了写作的念头。但我懂得的写作如同冰山一角，如果要想了解到更多写作的相关知识，就必须打下坚实的基础。我不懂得海明威的"冰山理论"的深刻寓意，也不可能从性格、智商、经历、直觉与逻辑的构成上去理解海明威这位大师所具备的写作特质，更不可能从社会人生阅历与理性上去读懂《老人与海》这本书对人生的伟大意义，"一千个读者眼中就有一千个哈姆雷特"，此话不假。后来，我又看了中国作家毕飞宇的几本书，毕飞宇在他的《小说课》那本书里，谈到自己的读书感悟，他说他一辈子都会看《红楼梦》，他说，"我在年轻时读过的那些书，到底能不能算作读过，骨子里是可疑的。"他还说"同一本书，四十岁之前读与四十岁之后再读感觉是不一样的"。这些话我觉得很实在，因为每一个读者都会带着自己的经历和感受去阅读，即便是同一本书，在阅读细节、情节故事时，能与你产生共鸣，也往往是由于作品原意与你不同时期的联想叠加在了一起。

促使我再次读《老人与海》的是董卿主持《朗读者》节目中的一名朗读者朗读了《老人与海》节选。我听后心灵为之一震，便从书架上找到了这本书再读。《老人与海》篇幅不足 100 页，我一口气便读完了。我与老人在海上两天两夜发生的故事再次邂逅，让我内心产生了对老人桑提阿果由衷的敬佩……

再次邂逅《老人与海》，我从中感悟的是桑提阿果老人对大自然和生活充满热爱，海明威所塑造的是"可以把他消灭，但就是打不败他"这么一个硬汉形象。老人独自一人出远海捕鱼，一叶扁舟在茫茫海域，如鲁滨孙漂流。在只有思想而没有语言的世界里，他用自言自语，用思想与大海及海洋生物进行"交流"。他把大海中的生物看成自己的朋友，它们把他看成隐性的，看成是个竞争对手，是个水域，甚至是个敌人。但是老人始终把它看成隐性的，看成一股一时大开恩典，一时不肯开恩的力量。老人认为，要是它胡来、使坏，那都是因为它不自主地爱使性子。鸟儿落到船艄上歇会儿，然后它绕着老人的头打个旋儿歇在钓绳上觉得舒服些。"你多大啦？"老人问鸟，"这是你头一回出远门吗？"这是老人对大海，对大自然的热爱和崇敬，对大海的一切都表现出爱意，老人把大鱼称作他的兄弟："鱼啊，我喜欢你"，他爱飞鱼，他为小海鸥伤心，他喜欢海龟，欣赏它们优雅的动作，一对鼠海豚游到船边翻腾喷水，他说："它们都是咱们的兄弟。"这是一个对大自然富有多么深厚情感的老人啊。可老人崇敬大自然、热爱生命所表现得更为崇高的一面是与大海的较量和与鲨鱼搏斗时的不屈不挠，与海上的黑暗、大海的狂暴，与象征着自然威力的大马林鱼的较量时的坚强与自信。"鱼啊，我喜欢你、佩服你，可是不等今儿天黑，我就要你命喽。"一群鲨鱼来袭他的猎物大马林鱼时，老人说："跟它们拼，我要跟它们拼到我死。"老人是在以战胜自然威力的方式来确认自己的能力。他捕获大马林鱼，战胜凶狠的鲨鱼，忍受饥饿，挑战身体的极限。这是确立自身作为经验丰富的老渔民的价值，证明自身的顽强能力和高超的驾驭大海的能力与经验。老人对待大海，对待大自然，既热爱又与之抗争的复杂心态，告诉了我们，人在充满暴力与死亡的现实世界中所表现出来的勇气是最崇高的信仰。

在老人与鱼的殊死斗争中，老人充满了骄傲的感觉，他把与自然的抗争，视为人维护尊严的必然和必需。老人杀死鱼是为了自尊心，是为了让人们和他自己相信"你永远行的"，也是让大自然知道"人有多少能耐，人能忍受多少磨难"。海明威字字珠玑，让我读懂了他塑造老人与海的形象所诠释的人与自然的尊严与和谐的意义所在，他所诠释的是人性中压倒命运的、永恒的、超时空的力量存在。桑提阿果是海明威所崇尚的完美男子汉的象征，坚强、宽厚、仁慈、充满爱心，即使在人生的角斗场上失败了，面对不可逆转的命运，他仍然在精神上是强者，是硬汉。

海明威同时也揭示了老人柔弱的一面，在绝对孤独的环境里所遭遇的无助心态，"他是孤身一人摇小船在湾流打鱼的老人，已经84天没打着一条鱼了，头40天，有个男孩子跟他一块儿，可40天一条鱼都没捞着。"老人认为自己运气不好，所以出远海，他不让那个"跟他学捕鱼的男孩子一同去"。但是，小说中有5个段落都重复写了这句话："孩子跟我来了就好了"。我们知道，人，在绝对孤独无助的境况下，多么渴望哪怕是微弱的援助。关于小孩的描写，关于老人无助心态的描写更丰富了硬汉充满爱心的形象内涵。

再次邂逅这部小说，我被一次次触及了内心的一些隐痛。在步入老年的过程中，由职业生活进入非职业生活，我总是感到孤独、失落、无助，甚至百无聊赖、无所事事。感觉像在坐吃等死，我也想着去寻求一点衣暖腹饱之外的精神寄托，去追寻一种老年的优雅与淡然。在这种被刺痛灵魂的状态下，这部小说，就像给我注入了一剂激素，让我因感悟到了一点什么而兴奋。读到小说的尾声"在路那头的窝棚里，老人正梦见那些狮子"，合上书页，我将以往关于海明威的书的一些阅读，以及海明威自己的故事进行了一些联想，我想到了他著名的"冰山理论"，也想到了自己也许仅剩八分之一时间的老年生活。构思这篇文稿已到了深夜，洗个热水澡，上床关灯入睡，这个晚上我做了一个梦，梦里没有狮子，而是梦到了桑提阿果老人。"他这人处处显老，唯独两只眼睛跟海水一个颜色，透出挺开朗，打不垮的神气。"

8　情在诗中，醉在酒里
——读李白的诗

"李白斗酒诗百篇，长安市上酒家眠。
天子呼来不上船，自称臣是酒中仙。"

翻开泛黄的诗页，侃侃而来的是独自驰骋于天地之间，衣衫飘飘、神采飞扬、把酒作乐、前无古人后无来者的诗人李白。

天子是谁？李白醉了。醉了的李白是幸运的，他有幸生于盛世大唐这样一个诗的王国，一个自由的世界，什么天子，什么王侯贵胄都淹没在李白的酒里，幻化出这样一个诗仙。李白又是不幸的，他的不幸在于不得在这个盛世里经邦济国，秉承儒家教诲。李白原本是有政治抱负的，"天生我材必有用，千金散尽还复来""出则以平交王侯，遁则以俯视巢许"。可他那"长风破浪会有时，直挂云帆济沧海"的梦想却一次次破灭。尽管稀里糊涂做了权力斗争的俘虏，但在被释放后心情却十分愉悦，"千日江陵一日还"不知是豁达，还是不懂政治。李白的一生总是积极的，尽管仕途失意，他没有哀叹，没有悲吟，在浩浩唐风中，李白将自己对理想的讴歌，对未来的向往，对人生的礼赞都融到酒里、飘荡在诗中。他不屑阿谀逢迎，不甘心受世俗摆布，他那不会被动接受沉浮的秉性决定了他与许多的礼教格格不入。他要自由、要理想，"安能摧眉折腰事权贵，使我不得开心颜"体现了他只想对酒当歌，不问人生几何的态度。李白又是单纯的，他因不懂政治方向就涉足政治致使自己不明不白地做了囚徒，看透了世事的李白便毅然决然抽身而出，醉心于山林与江河，四海为家。因此，他只能是诗仙李白，而不是政客李白。也许只有在酒里，只有在醉中，他的人生才有诗意。"手持一枝菊，调笑三千石。""一唱督护歌，心催泪如雨。"清醒时所见的世界，只是混浊，只有醉里蒙眬看世界，世界才显得清澈。李白只好醉了，醉中的李白是那么夸张与豪放，"我本楚狂人，凤歌笑孔丘""烹羊宰牛且为乐，会须一饮三百杯""拔剑击前柱，悲歌难重论"。醉中的李白却又是专情与纯真的，"花间一壶酒，独酌无相亲。举杯邀明月，对影成三人"。月之洒脱，月之圆融都成了他咏之不尽的意象，这些意象从李白的心里流出，使他凡心顿释，俗念全消。"两人对酌山花开，一杯一杯复一杯。""我醉欲眠君且去，明朝有意抱琴来。"也许，只有诗才能诠释他的心灵。

李白的一生把自己整个释放在天地之间，辗转而不停歇，走了很久的路，却始终未能达到初心的彼岸。他一直在现实与理想中徘徊，兜兜转转，始终找不到二者的桥梁，最终醉后独乘一叶扁舟行至江心，醉眼蒙眬中拥抱水中月，落入现实的水中而亡。

这一醉，竟成了千年的酩酊；这一醉，竟成了万世的传奇。可人们眼中的李白，他那"总为浮云能蔽日，长安不见使人愁"的愁是眼中的江水和群山，还是心中的长安与帝王？

9 忠诚、罪恶、宽恕
——读《德伯家的苔丝》

英国作家托马斯·哈代的《德伯家的苔丝》，我先后读过两次，第一次是刚入大学时在学校露天放映场看同名小说改编的电影《苔丝》，苔丝与克莱尔的爱情故事，给我留下极深的印象。苔丝太美了，美得让青春萌动期的我在梦境中又见到她，于是我对哈代的这部小说有了一睹为快的渴望。青春期读爱情小说，有点像青蛙捕虫子，哪里有爱情描写就跳到哪里，而四十几年后，我想到再去读托马斯·哈代的《德伯家的苔丝》这本书，是因为看了毕飞宇的《小说课》，毕先生说哈代小说的《德伯家的苔丝》他一直在读。毕先生洋洋洒洒向听课的男女学生们吹了一通，不仅忽悠了当下的大学生们，竟然将我这个老头子也忽悠了。

再次读这部小说，勾起了青年时读小说和看电影的一些美好记忆，也产生了一些新的思考。回忆的当然还是青春的一些爱情初心，像鲁迅先生的一篇散文里所写"蜜蜂也唱起春词来了"。记得那时我信手将哈代小说描写性与爱最精彩的词句——克莱尔对苔丝的爱情表白，记录在自己的日记里，为日后写情书备用。有一次我斗胆地用过一次，摘录了克莱尔对苔丝的一段内心独白，炮制了一发情书炮弹，发向了同年级的一位漂亮的"苔丝"，可是若石沉大海。

这次再一次走入哈代小说的迷宫，我不像青蛙捕虫了，苔丝之所以让我激动，吊起我的胃口，并非仅仅在于她的美，而是她的复杂性和短暂人生决定性的事件所揭示的主题。从迷宫走出（读完小说）我在我老年的日记里，认真地写下这几个方块字：忠诚、罪恶、宽恕。

我迄今为止也读了一些外国小说和中国小说。有时候会将中外小说的人物进行对比。哈代笔下的苔丝，有点像中国文学作品中的两个女性，一个是小说《红楼梦》里的尤二姐，另一个是芭蕾舞剧《白毛女》中的喜儿。毕飞宇说《德伯家的苔丝》其实是英国版的《白毛女》，但我联想到曾看过的芭蕾舞剧《白毛女》，与《苔丝》一做对比，觉得反映的社会政治主题是不同的，《白毛女》的政治主题和逻辑是：旧社会让美女变成"鬼"，新社会又将"鬼"（白毛女）还原成了人，主题鲜明、通俗易懂。看《白毛女》只带着朴素的革命感情去同情喜儿，痛恨万恶的旧社会。喜儿的失贞，绝不是喜儿个人的问题，是黄世仁的恶，是阶级问题，是社会问题，黄世仁要喜儿抵债，喜儿不甘屈辱，逃到山上，过着野人般的生活，成了白毛女。喜儿钟爱的大春哥参加了八路军，成了一名军官，回家为喜儿报了仇，"盼哥回村报冤仇"喜儿很兴奋，电影的最后，喜儿用芭蕾舞的动作——直起双腿劈了几个叉后，在黄世仁被镇压的喜庆中结束了。

而哈代写的《德伯家的苔丝》似乎并没有你死我活的阶级性，只有穷人和富人的差别。截然不同的是，白毛女是被强奸的，而苔丝是被诱奸，这对于苔丝是"小淫妇"还是"一个纯洁的女人"争议肯定是很大的。哈代的视觉恰恰是要揭示关于人性的忠诚、罪恶、宽恕这样一个深刻的主题，到底应以怎样的观点去看待女性贞洁？哈代由苔丝的"恶"（苔丝亲手杀死了亚雷克）去诠释人性中爱的力量，诠释女性与男性之间因爱而产生的忠诚与相互宽恕。生活所迫可以逼良为娼，但人性中的真爱却可以达到以生命为代价的境界与高度。中国古诗词"问世间情为何物，直教人生死相许"也是这个意思。

哈代写的《德伯家的苔丝》，与中国曹雪芹写的《红楼梦》的年代相距不远，在人物形象与个性描写上，他可望曹雪芹项背，曹雪芹笔下的贾宝玉、林黛玉、尤二姐与哈代笔下的苔丝、克莱尔、亚雷克，在写作意图上都在于通过塑造自己心目中的理想人物形象，来体现自己渴望一个合乎人性发展的社会环境，对世俗的贞节观、门第观进行无情的鞭笞与批判。同时也满含对底层社会悲苦女性的同情，在这一点上我认为哈代的《德伯家的苔丝》倒是有点像英国版的《红楼梦》。

苔丝的形象引发当时英国社会各阶层的激烈争议，也正是这种争议让哈代的书十分畅销。关于女性的贞洁一直是人们关注的问题，哈代没有以浅显的题材去展开叙述，而是从人性的角度去揭示这个深刻的主题。苔丝对克莱尔是忠诚的，把克莱尔看成是心中的男神与天使。在与克莱尔的新婚之夜，善良美丽的苔丝没有遮掩自己的失贞，坦诚地说出了自己遭少爷德伯维尔·亚雷克诱奸的事实，但克莱尔还是痛苦地抛下苔丝去了巴西，苔丝撕心裂肺地说道："我原谅了你（克莱尔也说了自己曾经的失贞），为什么你就不能原谅我呢？"哈代用了一个标题"女人总是吃亏的"，其用意显而易见。此后的苔丝，默默承受了自己的痛苦、社会的歧视、人们的冷眼，随后又因父母的虚荣与家庭的窘境无奈再次与亚雷克同居。克莱尔回国后，四处寻找苔丝，向苔丝忏悔，希望得到苔丝的宽恕。善良的苔丝，再次见到克莱尔，陷入了无法忏悔的痛苦，只觉得没有脸面重新回到克莱尔的怀抱。她懊恼、愤怒到了极点，因而走极端，杀死了毁掉她一生幸福的亚雷克。在与克莱尔一起度过了幸福但短暂的几天潜逃生活后，被捕前她对克莱尔说："他们来了，克莱尔，你让我跟他们走吧！"视死如归，上绞刑架的那一刻她脸上挂着笑容。

克莱尔当初不肯宽恕苔丝，原因是他太爱苔丝而受到了太重的伤害；克莱尔受到太重的伤害，是因为起初苔丝在他的心目中是那么圣洁无瑕，苔丝太美、太迷人了。苔丝为什么太迷人呢？仔细去读哈代这部小说你就知道了。如果我是克莱尔，我也会爱上苔丝，我也会向她忏悔。

对苔丝的惋惜，必然会想到造成悲剧的罪恶之源，这便是代表着一个阶级的亚雷克。三个人物：苔丝、克莱尔、亚雷克交织在忠诚、罪恶、宽恕的人性里，看后会让人去思考人性与社会性的主题。表象上看是苔丝一怒之下杀死罪恶的亚雷克，其实是克莱尔杀了亚雷克，我多么希望是克莱尔亲手杀死亚雷克，而让苔丝这个美丽的形象不上绞刑架，可哈代没有这样去写，如果这样去写，他就不是哈代。

第五辑

游记与小说尝试

1 芝山的秋夜

有钱就上庐山，

无钱就上芝山。

芝山的四级风，

抵得上庐山的仙人洞。

这是过去鄱阳街上的人写的打油诗，将自己举足可及的芝山写得可以与天下名山媲美。美不美家乡水，即便是一座普通的山它只要与家乡连在一起，总是美的。现在的芝山被冠以"芝山公园"美称，历任饶州知州都将芝山这块城市"肺叶"、城市森林，细心呵护。斥资改造后新建的鄱阳楼耸立于芝山山岭，鸟瞰烟波浩渺的鄱阳湖，与饶洲古塔遥遥相对，气势恢宏，彰显饶州古郡特色。而今，芝山公园已是外地游客来鄱阳观光与城区居民休闲健身首选的去处。

我喜欢芝山，但我更喜欢秋夜的芝山。

晚霞消失，暮色苍然时候的芝山公园，止水池（古时鄱阳历史名人杨万里全家投水之池，现已扩建、改造并装了喷泉）喷泉欢跳，公园广场上，休闲行人、健身舞者、约会情侣，络绎不绝，比比皆是。绕过人流，避开撞击耳膜的广场舞音乐，驻足一旁听听几个老先生、老太太集在一处唱的卡拉OK情歌……移步沿着李新汉烈士纪念碑前的台阶拾级而上，缓步向芝山山岭走去，来到山岭平台，夜幕已降临。

秋夜的山岭，云层遮掩着月色，朦胧的苍穹空朗而幽暗。凉风习习，吹在身上，拂在脸上，拾级而上时身体产生的热能瞬时被吹散。感到反差性的丝丝凉意包裹在身体四周，让人觉得凉爽而舒服。不远处，鄱阳楼顶夜灯的光束，辉映着芝山丛林，树枝与沉甸甸的绿叶在风中摇曳。借着光束的映照，隐约可见远处的湖水波光粼粼，像美女多情的眼波给眼目带来微微动感。这时候，没有一声虫鸣，听不到半点波浪声，清幽、神秘、朦胧。而西面山背半山的块块墓碑，肃立于翠柏之中，更衬托此时的幽静。山岭凉亭地沿上、路旁的休息石椅上，时不时有一对对情侣，情意缠绵、细语喃喃。突然，传来一阵阵嬉笑声，几对少男少女，相约健步登上了山顶。他们站在山顶平台上，抒发登高的快意和青春的激情"嗬，嗬嗬……"放声高亢，声音里散发出青春男女丰富的雄雌激素，声音击破了眼前秋夜的宁静，惊得附近树丛里夜栖的鹭鸟振翅飞离树梢，在树林上空短暂盘桓复而栖息于树梢上。看着这群少男少女，我此刻觉得，这静美的山岭，应该属于他们，是他们的"伊甸园"。"树林荫翳，鸣声上下，游人去而禽鸟乐也"，此刻的少男少女们之于歇息的鹭鸟，我之于这群少男少女，无异皆是不当打扰他人的恶客。

　　沿着山岭通向山下永福寺和范仲淹雕像的林间曲折石阶小径逐级而下，偶尔身体或头部会被滴上"滴嘟"一滴，这可不是露珠，而是栖在树梢高处的鹭鸟拉下的"亲善"，只当是人与自然的和谐吧。因为我不是生客，对鹭鸟的献礼，曾领受过多次。树丛中，微风吹荡着桂花的香味，闻着花香，迎面一对挽臂漫步的情侣中的女孩说："真香。"也许是香味的诱惑，我在这几株没考证年轮的桂花树旁伫立许久，深呼吸着尽情地让花香沁入心脾。我不由记起林语堂先生《人生自然的节奏》里关于秋与桂花树叶的优美词句来："我爱春天，但是太年轻，我爱夏天，但是太气傲，所以我爱秋天，秋天看那刚刚孕育出桂花的桂树叶，褪去了年少的青涩和轻狂，静美和安详微笑的脸，犹如蒙娜丽莎般安静、唯美、温婉不动声色。初秋的风发出一声沉重的叹息，变作瑟瑟秋风，让桂树叶变了颜色……"此刻，我只闻到桂花的香味，却无法看清桂花树叶蒙娜丽莎般的脸，只能独自在静谧里，在粗壮的桂花树旁，呼吸着空气中香味的清和、安静、唯美。

　　山下永福寺旁，一棵被列为重点古木被保护的数百年前的银杏树与一尊曾任饶州知州的历史名人范仲淹的雕像相邻并立。这时候芝山公园的休闲行人和健身舞者早已散去。落叶飘零，秋夜的宁静已是主题，芝山公园这棵六百余年的银杏树，不知曾引来过多少人的膜拜。我常来它面前，看着它的株干粗壮而端直，叶子从深绿慢慢地变成金黄色，深秋落叶像蝴蝶飞舞。果实成熟的季节，还时不时有饱满熟透的银杏果落于地下，捡起塞入口中，感觉果实有流动的活力，也许这是大自然赐予的最好食物，在一颗成形的种子里，它包含多少关于芝山的信息与记忆。这一寺、一树、一尊皆是芝山公园特有之景。

　　静静地，我伫立在昔日的知州雕像前，静思中，凝望范知州，想起鄱阳关于范知州的传说，鄱阳人津津乐道，主观独撰的故事，话说范仲淹压根儿就没到过洞庭湖，他的名篇《岳阳楼记》是站在芝山岭上，遥望浩瀚烟波的鄱阳湖的壮美，有感而赋的"先天下之忧而忧，后天下之乐而乐"。登此山，若观彼楼，感同身受，"不以物喜，不以己悲""尝求古仁人之心，或异二者之为"。我萌发一个奇思，若范知州任上作《登芝山记》，发出"先天下之忧而忧"之千古绝唱，那他曾经一度的"根据地"饶州也许由此而名扬天下了。不少文人就是有如此的魔力，一支竹管笔偶尔描摹的在外人看来只是生僻的角落，却变成人人心中的故乡。

　　走出芝山公园大门，坐上一辆黄包车，回到家，美美地洗个热水澡，洗掉头发丝里残留的鹭鸟给予的"亲善"，此刻却难有睡意，扭开床头灯，随手翻到余华的一本长篇小说《活着》，续看完那篇名篇，直读到它的尾声："老人和牛渐渐远去，我听到老人粗哑的令人感动的嗓音在远处传来，他的歌声在空旷的傍晚像风一样飘扬，老人唱道：少年去游荡，中年想掘藏，老年做和尚……

　　我知道黄昏正在转瞬即逝，黑夜从天而降了。我看到广阔的土地袒露着结实的胸膛，那是召唤的姿态。就像妇女召唤着她们的儿女，土地召唤着黑夜的来临。"

　　芝山秋夜的静美，缕缕桂花幽香的回味，卧床品味着书香，再度唤起秋的思绪，我曾读过一些中国文人学士颂秋的文字，如欧阳子的《秋声赋》、苏东坡的《青壁赋》、姜夔的《翠楼吟》、郁达夫的《故都的秋》等。比之于文人们写的秋，芝山的四级秋风、湖光山色和鹭鸟盘桓，对于我，更为亲切而真实。

2 醉人的夏夜（微小说）

"自来水公司吗？我是白天鹅小区 4 栋二单元 403 住户。我家水龙头拧不出水来，不知是什么原因，能派人帮我修一下吗？"夜，已近 11 点了，陈静怀着忐忑的心情，试探着打了自来水公司的服务热线。

今天服装厂为赶货期，大家都在车间加班，忙到 10 点多，加班结束后，浑身汗淋淋的她骑着电瓶车从芦田工业园区匆匆往回赶。一路上，陈静无心欣赏芦田工业园县城发展大道两边的灯景与夜景，只感觉到骑车时整个白天都在吸收夏日骄阳热能的柏油公路还在散发阵阵热浪。骑在车上，陈静的第一个想法就是回到家美滋滋地冲个澡，解解乏。可回到家，一拧水龙头，停水了。"唉，这时候没水，真倒霉。"陈静内心发出无奈的喟叹。"不对呀，刚才进小区大门，大门内的景观喷泉，明明还欢快地喷着水柱，莫不是我家的水管哪儿坏了？""老公出差要到后天才能回来。"她无助地想："这么晚了，自来水公司还会有维修工来吗？"

"嘟，嘟——"楼下传来一阵摩托车的声音，不一会听到单元楼梯上快节奏的脚步声。

"叮咚、叮咚"门铃响了。

陈静打开门，一个小伙子拎着一个帆布工具包站在门口，"水管坏了，为何不早点打热线电话。"小伙子道。

"晚上我在园区加班刚到家，发现没水，才打了自来水公司的服务热线。"陈静一手抵着门沿，矜持和防范的心理占了上风。

"没关系，我现在就帮你查一下原因。"小伙子说着，一脚跨进了室内，从工具包里拿出小工具，便在厨房拧扭洗菜池的水龙头。拧不出水来，随后又打开卫生间的门，进入忙活着。陈静一人坐在客厅沙发上，隐约听到小伙子在跟谁打电话，"4 栋二单元 403……阀杆……快点来哈……"

"就你一个人在家啊?"小伙子问。

"不,我老公睡了。"陈静望着小伙子一双细长的眼睛,不觉心里有些发怵。

"你家进水管的阀门坏了,我已经打电话问我同事工具包里还有没有新接头的配件了,如果没有,今晚我就爱莫能助了,只能等明天8点钟以后,去公司仓库领到配件再来帮你修了。"小伙子说。

陈静有点后悔今晚打热线电话了,但此时又不好叫小伙子马上走,只好倒了一杯水,递了一支烟。

片刻,楼梯响起"咯噔,咯噔"轻快的脚步声,一位姑娘闯了进来,"嗨,有自来水公司维修工在你家吗?"姑娘大声问。

"有,有!"陈静看进来一个姑娘,觉得眼睛一亮,沮丧、害怕一股脑全没了。

"徐虎大哥,这么晚了,还火急火燎地把我叫来,说是少一个配件,你们管线维修所这么干,也算扰民了哟。"姑娘看到蹲在水管进水口接头处,掰弄着什么的小伙子,说话快言快语,嗓门也高,像放机枪似的。

"一个姑娘夜闯民宅,不害怕吗?"小伙子抬头狡黠地眨了眨细长的眼睛,倒是说得陈静怪难为情的。

会者不难,小伙子和姑娘没用多久就弄好了阀门和接头,小伙子拧开水龙头,水滋滋地喷了出来,小伙子就着喷出的水搓洗着双手。

"多少钱?"陈静打心里高兴地问。

"钱?"小伙子一愣,随即笑了:"给500元吧。"他一只大手还存留着洗后的水滴,伸到了陈静的面前。

500元!敲诈!陈静心里一惊,却又无可奈何地掏出钱包。

"徐虎哥——"姑娘拉长了声说道,"这么晚了你还开玩笑。"她娇嗔地把那只大手打下去,转头对陈静说:"同志您别理他。他这人就这样,跟谁说话都瞎逗,我们公司管线维修服务是不收费的。你家的水管进口阀门脱落,又没有换材料,他是怕你一个人在家会害怕'引狼入室'才急火火地骗我拿什么配件来,其实是叫我来给你壮胆的,可能是你胆子小,我到人家抄水表时就从不怕,老城区一大批水表都装在人家院内、室内,我就不怕,只是有时碰上人家院内养了狗,才真有点心发慌、腿发抖。"姑娘快言快语，说话又像放机枪，说得陈静又有点不好意思了。

"好了，不开玩笑。"小伙子搓了搓手上的水珠，咧开嘴笑着，露出两排洁白整齐的牙齿。

陈静洗浴冲凉后，站在阳台上，夏夜的凉风吹着她那洗后的长发，拂到脸上、脖颈上痒痒的，又很舒服。她站在阳台上，看着小区柔和的路灯格外的温柔。此时的深夜空气中已没有了汗渍味，仿佛闻到的是醇美的甜味。

啊！这醉人的夏夜！

2008 年 8 月

3　进京赶考

关于中国人的家庭教育，"望子成龙"这个成语，在许多父母观念中有着深深的烙印。儿子去南京参加自学考试前，从省城回了一趟家。去南京的前一天晚上，母亲对儿子说："要不，还是我和你爸也同去南京？当当后勤，你第一次参加自学考试，我们就当再陪一次考。"有过高中陪读经验的母亲竟然创意性地用上了"陪考"这个名词。

"我都这么大了，还让你和老爸去陪考，让同学们见了多没自立感。等我各科目过了，论文答辩那次，你和老爸一起去，就当一家三口的一次家庭游吧。"儿子语气稚嫩，态度却很坚决。语气里有着 90 后的自律与自信。父亲没有发表意见，只是淡淡地对儿子说："那就早点睡吧，明天得赶早。"

第二天，一家三口都起得比往日要早，夫妇俩送儿子去车站。临上车前，对于母亲"这样带好没有，那样要注意"的叮嘱，儿子只是简洁地回答："知道，知道啦！老妈！"就乘上大巴往南京去了。

深夜，母亲放在床头柜上的手机骤然响起，夫妇俩都被惊醒了，母亲一看，是儿子打来的，赶忙接听。"老妈，我睡前才发现，我的准考证随手放在家里我房间的床头柜里没带来。"母亲听罢，从床上一跃而起，跑到儿子房里去找。果然，准考证在床头柜里。回儿子的电话后，自言自语道："这可怎么办？这可怎么办？这小子还是那么丢三落四的，没准考证连考场都进不了，考个鬼。"她披起衣服，在房里打转。过不多时，儿子又打来电话，说了一个应急方案："老妈，你用手机拍一下准考证的正反两面，发到我的手机上，我明天一早去找一家影印部复制一个，9 点可以混进考场，反正身份证我是带了，应该问题不大。"母亲当即拍好发了过去。

这一晚，这一折腾，夫妇俩已没了一丝睡意，都觉得儿子的应急预案不可靠。但凡在儿子的琐碎事情上，母亲的决策都比父亲来得细致而果断。

她说："我俩现在就出发，开车去南京能在9点之前将准考证送到。"

"不行，你的开车技术，上下班，跑跑短途，'一停二看三等'，还勉强行，跑长途高速夜行不安全。"父亲说道。

"那就打电话叫你司机小陈开车去。"母亲又说。

"怎么好用公车呢？"父亲犹豫着说。

就如何火速赶往南京，夫妇俩争执起来，习惯性地又免不了相互埋怨。父亲想到了老朋友王总的那台奔驰车，立即打电话："老弟，我儿子去南京考试，这臭小子回了一趟家竟将准考证丢在家里了，没准考证怕是连考场都进不了。我想帮他送去，你的车跑起来快，你马上起来帮我跑一趟。要快，9点前得赶到南京大学。快点，快点！"父亲急中生出一计。

不一会儿，奔驰车由高速口驶入了济广高速……

秋夜的雾，在瑟瑟秋风中搅动、升腾、缥缈在高速公路的上空，车胎摩擦路面的吱吱声急促而单调，奔驰车向前疾行。深夜的高速路没有了白天车辆如梭的繁忙，只见少数车辆在行驶着。车窗外，时不时看到沿途的高速服务区内成群的大型长途货运车停歇在那里。沿途车灯的照射反衬出的路旁标识的荧光点，一串串向后快速移动，与天空的点点繁星遥相呼应，车辆仿佛行进在静静的银河里。只有发动机和车胎摩擦路面的吱吱声在为车辆的疾行伴奏着，疾行的车内，显得静谧而让人产生倦意。

"6个小时能跑到南京吗？"父亲为驱逐王老弟的瞌睡，一边一支接一支递烟点烟，一边打开了话匣。

"来得及的，超点速也没交警逮着，大不了被'猫眼'看到，记点罚款。"王总微笑而答。又道："都差不多1点了，被你手机吵醒，我心里一紧，昨天外地几个哥们来玩，晚饭后去KTV练了阵嗓子好像没有把手机静音。你弟妹也被手机铃声吵醒了，问我，这么晚，谁的电话？一听是老哥你打来的，我又报告了紧急情况，就催促我快点，别耽误孩子的考试。"王总说笑着，开车精神了许多。

"12点多了，你嫂子的手机骤响，我瞬间也有点纳闷，这么晚了，竟能接到骚扰电话？这老婆子也时尚了？老弟，看来手机信息与安全还是要时刻引起注意哟。"两个老朋友一边抽烟，一边聊着男人们常常相互笑谑的话题，睡意也就没有了。

　　启明星在东方露出的鱼肚白中逐渐暗淡隐匿。惯于早起停歇在服务区过夜的长途货运车，在缓缓蠕动，高速路上车流的声响开始打破黎明前的静寂，高速又迎来了一天车水马龙的繁忙。奔驰车驶过一个大型跨路广告宣传牌"马鞍山精神，聚山纳川，一马当先"，驶过马鞍山市，不一会儿就到南京高速口，过收费站，向南京市区驶去。

　　曾经的金粉之地，六朝帝都，昔日的蒋家王朝总统驻地金陵。鼓楼区保存与修缮完好的古式灰砖城墙，在高耸矗立的现代建筑群中，引人注目，别具一格，保留与彰显的是古都的历史韵味。地铁施工，虎踞路设了施工防护栏，仅留一条窄窄的单行车道。"请右行"，车子右行紧接着又听见导航仪叫着"左行 200 米，再右拐"，近乎瞎指挥。时间分秒飞逝。"不行，我下去打一出租车，在前面引路，你车子跟在后面。"父亲对王老弟说。车子在路边停下，父亲立即下车，一招手叫停一辆出租车，迅速拉开车门坐上去。

　　"师傅，去南京大学北校门，快点，我有急事。"父亲向的哥道。"地铁施工，得绕道走，不塞车，有 20 分钟便能赶到。"的哥说。父亲无心留意王总是否跟上了出租车，一看表，才 8 点 20 分，应该来得及的，赶考赶上了。父亲拿起手机打了儿子的电话："儿子，老爸已到了南京，你在北校门等我。"

　　紧张的心情松下来了，父亲竟然悠闲地听起了出租车上交通广播台的广播，女播音员圆润而娇甜的声音："同志，您到过美丽的鄱阳湖吗？鄱阳湖是我国第一大淡水湖，烟波浩渺，匡庐奇秀，是候鸟的天堂。冬季，鄱阳湖以其博大的胸怀，接纳西伯利亚及世界各地的候鸟来这里越冬，有大量的天鹅、无数的灰雁、白鹤等珍稀鸟类。美丽的鄱阳湖，冬季观鸟，鸟群有多少呢？关于鸟群的数量素有'飞不见日月，落不见水草'之说……"说巧也真巧，在南京的出租车上，听到这段关于鄱阳湖的广告，让父亲这个从小在鄱阳湖畔长大的鄱阳湖人精神一振，作为鄱阳湖人倍感骄傲与自豪。是啊，冬季候鸟年复一年飞向鄱阳湖，而今，鄱阳湖人开始走出来，鄱阳湖也已名扬在外了。他情不自禁地向的哥递了一支中华烟，自己叼上一支点燃起来，深吸了一大口。

　　不到一刻钟，北校门到了。

周末的校门口，出入校门的人流，熙熙攘攘。年轻的大学生们，三五一群，成双成对，结伴出入。父亲很快从人流中看到了站在校门口翘首以盼的儿子。

"老爸，辛苦了！跑了一个晚上，快去宾馆补个觉吧。"儿子接过父亲递给他的准考证，将宾馆的房卡递给了父亲便转身匆匆向校园内考场走去。父亲望着儿子的背影心里骂了句"臭小子"。随即拿起手机，来了个长途加漫游："老婆子，儿子已拿到准考证，进了考场。"

车子开到虎踞北路莫泰酒店停车场，父亲与王总匆匆洗漱后在酒店旁边一家早点店美美地吃了碗南京有名的鸭血红薯粉条便回房补觉去了。

儿子的第一场考试结束后，到了酒店，没有敲门，也没有打电话，而是叫服务员悄悄开了门。

12点刚过，父亲的手机铃声侵扰了他的补觉："老公你今天回来吗？要不，还是陪儿子考完吧。"接听手机时父亲看到儿子默默地坐在床头。手里拿着他应考的资料……

中午，三个人简单吃了中饭，下午2点30分，儿子去参加第二科目的考试。父亲和王总开车离开了酒店。

车子在返程的高速路上，不紧不慢地行驶着。5点多，父亲手机的信息栏跳出一行短信："老爸，儿子的一个低级失误，害得您千里走单骑，进京（南京）赶考，老爸辛苦了。回家代我向老妈道歉，考试结束后，我直接乘高铁回去上班了，敬礼！"

父亲知道，儿子的第二科考试也结束了。

4　莲花山之行

柿子红了，恋根；人老了，怀旧。

我时常想去老家住上几天，常去看看黄龙禅寺山间葱翠欲滴的翠竹，去看看帽尖山松涛阵阵的松树林，到做梦也忘不掉的有着西边河罗家山青山倒影的河湾垂钓。

有一天，堂弟锦华建议我去邻乡的军民水库莲花山，去赶一趟柿子节的热闹，并说那里有好多好吃的山珍。

1983 年我毕业后被分配到军民水库中学，我是因为知道有一个军民水库，才知道有这么一所学校。申请到军民水库中学当老师，与一位同乡同事，一人一辆自行车，每星期往返于学校与家里。那时拥有一辆自行车，不亚于现在有一台普桑。有点像《平凡的世界》里路遥笔下的金波与孙少平，骑车往返县城高中与双水村一样。一路痛快、惬意，年轻，便什么都新鲜，做什么都有激情，有的是力气。

从石门出发，特意叮嘱堂弟开车沿军民水库渠道走，大路不走走小路，故地重游，这是我的一个念想。想重走青春期常走的渠道小路，去寻找一些青春的记忆。魔剑湾、白扬、下莲须、上莲须……这些熟悉的小村庄，现在是一栋栋小洋楼，背依青山、面朝干渠。原先去学生家家访，砖瓦木结构的三柱屋、四柱屋，大都不见踪迹。颠颠簸簸的土坯路已被不算宽但很平坦的水泥路取代。沿途看着一栋栋小洋楼，我脑子里将海子的诗"面朝大海，春暖花开"改成了"面朝干渠，春暖花开"。三十余年的时差迅速调整，我只感觉一个字"变"，日新月异，何况已过几十年。忽而又感慨于时间如斯，岁月长河总催人老，又想起苏轼的词"谁道人生无再少，门前流水尚能西，休将白发唱黄鸡"，上了年纪也可以有所作为。

到了水库中学门口，我让车停下来，堂弟媳在这所初中读完了她的最高学历。她对我说："曹老师，你的老根据地到了。"这是当年"小学不出村，初中不出乡"年代的一所微型初中。我带的那届毕业班仅 11 名学生。眼下我已找不到当年讲台与教室的具体位置。几栋小巧的小楼取代了当年的平房教室，水泥球场钢架球架取代了当年带学生打篮球的木篮架，我记忆中的"微型初中"变年轻了，新潮了。

从水库电站脚下，水产场门前驶向大坝。弟媳像导游一样介绍："左边沿山的水泥路已经通到了横河村。"横河村当年被水库隔成了一个孤岛，横河的村民与水库中学的学生要来一趟管理局和学校，起初是船夫摇橹摆渡船，后来水产场有了机动帆船，平日当渡船使用。那时星期六的第四节课结束时，我总忍不住要对横河村的学生们叮嘱一番："搭机动帆船要小心，落水了，曹老师可赶不上去救你噢！"班上的学生们总会报之一阵哄笑，那是像青涩的梅子一样青涩的年龄。而今的沿山公路让横河村民出行可以以车代步了。

我在水库中学当老师时，早晚两趟，沿大坝底层的水泥台阶拾级跑上大坝坝顶。若像现在用微信运动记步，恐怕我每天都在朋友圈里占这首页被点赞。但最畅快的还应是夏天的傍晚，光膀子、短裤衩，跳进清凉干净的水库里，尽情游一番。这水清得可让你潜入水里时看清自己身体的汗毛，当然这要你水性好。深深下潜会感受丝丝凉意，浮在水面，四肢平行，仰在水面上看着蓝天白云，这山、这水，会让你觉得一切都是那么平静，那么美。这时候，你感觉世界是那么大，也是那么小。说大，它是那么横无际涯；说小，小得只有这一池清水。

自水库大坝建成后，从莲花山中档村到大坝，蜿蜒的山凹、连绵的群山，蕴藏着一种不可思议的温醇。这里曾有我青春的梦想，那是我唯一想要找寻的东西。因为在我年少时曾随父亲一起看过那十万民工挑水库的壮观场景。沿水库一条公路，人们算了算到水库大坝共有九十九道弯。过去莲花山盛产木材，可是外地，特别是城里最富经验的司机，要从莲花山九流村拖一车木材出来，开车时也心发慌手发抖，不得不请当地代驾。

"哥，现在路面硬化拓宽，有许多处弯道拉直了，可没九十九道弯了，比城里开车还要轻松。"弟媳告诉我。车由水库大坝向莲花山乡政府所在地——中档村驶去，一路宽敞、平坦，路标标识新颖醒目，临水库、临山弯道的护栏，银灰色的厚厚的铝合金板，荧光反射灯，足可与高速公路媲美。即便是上海大都市组团而来的游客都再也无须请代驾了，妻子也主动要求堂弟让她开一程，过过瘾。据说，莲花山军民水库居民驾照的普及率和人均储蓄率均排到全县乡镇前列，鄱阳县的第一所驾校莲花山驾校就是莲花山农机站始创的。这足以见得这山里人的开明、开放、富裕与大胆，有着走出大山的气度。这些又得益于一座大型水库与连绵的群山，天时、地利、人和，形成一个庞大的产业链——水力发电、农业灌溉、生态养殖，无穷无尽的山珍水鲜，不断地送往山外，还有森林公园拉动当地旅游产业。早年毛主席的诗词"高峡出平湖"，在这里大坝让山中峡谷变成了平湖，历史的朵朵浪花，奏响了山里人富裕的凯歌。

水库宽宽的水面与沿山水泥路，平行并行，犹如两条等距的一粗一细的九曲宽带，同向中档村延伸着。路上空气的清香随着阵阵凉风从车窗吹入，沁人心脾，使人精神爽朗。我无心再去数车驶过了几道弯，坐在车内，左顾右盼，视线大部分聚焦在水库水面的清澈和山上植被的茂密葱郁上。这个季节山上的植被由春夏单调的绿而现出红、橙、黄、绿、青、蓝、紫，七彩缤纷。黄的枫叶，偶尔只是一点点，忽而又见一大片；红红的柿子在山沿、山顶点缀；一株株苍劲、繁盛的杉木像一把把大伞，浓荫匝地，主干笔直，枝叶摇曳，沉甸甸的绿仍然是它的主旋律。而山的七彩缤纷，倒映在水的碧绿清澈里，构成一幅水灵灵的双景画。偶尔一条鱼儿跃出水面，打破水面的平静，击起逐渐放大的涟漪，倒映在水面的树影也在颤动，5A级景区九寨沟的神奇也不过如此。几个垂钓爱好者，头戴太阳帽，竿指水面，悠然自得。几处精巧玲珑的小木屋，聚集在大型门拱招牌的后面，依山傍水、绿荫环抱，那是农家乐小餐馆。在山与水的映衬下，是那般古朴别致，在生态环境和谐中，显露清新自然的气息。一辆辆小车停放在旁边，想必是远道而来的食客。我是因为有人约好了在中档村请吃饭，否则这农家乐小餐馆会是首选。

置身偌大的"莲花山森林公园"处处是景。到此游览踏访自然景致，让人不知道何处是观景目的地，又似乎处处是目的地。先后三个路旁指示牌制造的导游效应，为我们此行不自觉地导入了三个景点。"千年红豆杉，见证白云寺。"潘村山顶的白云寺，水泥路修上了山顶，一群外地游客，在虔诚烧香拜谒白云寺后，走出寺庙，仰视着古朴苍劲的红豆杉。这里的几棵红豆杉和罗汉松都挂上名贵树木的小牌子，标着树的年轮和拉丁学名，像公园里那样。我感慨红豆杉的年轮和它的珍稀名贵，深吸着葱绿的潘村山顶的清新养分，惊叹道："这里真是天然氧吧。"寺旁小屋有人在忙碌地卖着香纸；寺外地摊上，几个跑山的农妇，在兜售推介潘村的山货：野生猕猴桃、柿子、柿饼、山顶红辣椒酱、干乌腌菜、山顶绿茶……

"雷石山登高由此进"。通往雷石山的路两旁，插有各色彩旗，既当路标又渲染气氛。据说几天前"重阳节"县城几个单位联合在这里举行登高比赛，人流车流，一时将这里闹腾得近处找不到停车位，山下餐馆找不到席位。

徒步登上雷石山山顶，眺望远处的古松，我即兴唱起了吉日格楞的那首《天边》，"天边有一棵大树，那是我心中的绿荫……"没有音响没有伴奏，悠然清唱，抒发初恋初心。雷石山山顶，极目远眺，一览众山小，诗意浓浓、山脉连绵、群山逶迤、浮梁城郭、昌江飘带，沃野阡陌尽收眼底。可雷石山脚一堆堆采萤石矿废弃的山石堆积，似乎有点煞风景，与环境极不和谐，但据说莲花山被定为国家森林公园后，萤石矿已停止开采，这里的植被正在着手修复。

"鲁村，柿子节欢迎您的到来。"小车沿着蜿蜒的盘山水泥路，跃上葱茏几十旋，海拔最高的鲁村到了。山顶上的鲁村，最让我感兴趣的是修缮完好的青砖黛瓦的老式结构的平房住宅，保持着山里特有的民俗风格。这里的房舍没有让钢筋水泥制造太大的动静，只是村口和村道路两旁站立的太阳能路灯、宅间或屋顶仰头向天的电视接收器，给人以现代气息。古朴与原生态风格和移动转播铁塔共存，这里有着难得的独特风格。几栋标有"民宿"字样，可供游客食宿的民宅点缀村中，一个不算新潮的名词——旅游度假，在这秀美的山村已悄然落户。山是美的，但是有村落的点缀，有柿子红了的季节的点缀就更美了。村子的四周、漫山遍野、屋前房后、庭院四周，一株株、一片片、一块块都是柿子树，树上挂着红红点点的柿子，所见挂果并不甚多。我问一位村民是不是柿子节树上的柿子遭扫荡了，村民笑答："柿子基本是隔年盛果，去年结得满树都是。今年挂果少了许多，结得少，可柿子节来摘的人照样多，树上所剩自然少了。"听他一说，我有点惋惜，去年没来今年又迟到。虽然又是一年柿子红，却不是依然柿子满枝头。不饱眼福应饱口福吧，这位村民很客气地拿着一根长长的竹竿，走到院墙边的一棵柿子树下，敲打着顶端挂着的红红的柿子。柿子三三两两坠落到树脚下落叶铺垫着的地面上，并没有摔破或裂开。我一时兴起，想爬上柿子树亲手摘几个。旁边村民的妻子阻拦说："要摘的，让我家里的上树去摘。"这位好心的农妇是担心我不小心从树上摔下来。她丈夫摘柿子爬树自然是熟练于我，而我想的却是体会采摘的乐趣。我只好帮忙捡起落在地面的一个个柿子，没问价钱就买了一袋。这位村民又领我们到他家院内铺晒干柿的架子旁，推介说："这干柿饼，摊晒在户外，日晒夜露，怪甜的。"他信手拿起一人发了一个，请我们品尝。我尝了一个柿饼，确实甜而爽口，每个人都尝了，一是想买，二是不买点也有些不好意思，于是我们又称了几斤柿饼。

鲁村的气候、日照、温湿度最适宜柿子的生长。这里的柿子形状酷似初乳的奶牛的乳房，故称"牛奶柿"。熟透的柿子红了的，用一根短竹签在蒂旁一签，山里人叫"阉"，放过几天，又软又甜又爽口，益智增神。八成熟的柿子，金黄灿灿，去皮晒干，更有嚼劲。鲁村人晒柿子，确是有讲究，去皮利索，用竹片架起一摊架子，上下透气，齐摆摆地放于竹片与竹片的缝隙处，日晒夜露，这吸纳白天阳光照射、晚上露珠侵浸的柿子，一尘不染，易于久存。你若到鲁村来，捎上些许，馈赠亲朋好友，实为佳品。

从鲁村返回中档村的路上，我想起了首古诗，即兴改成了一首歪诗："鲁村人家作一池，不载桃李载柿子。柿熟红红满枝栖，落叶遍地君始知"。

到中档村，已是晌午过后。石门儿时邻居的外甥仁敏，早已等候在中档村的一家农家餐馆门口。

外甥笑容可掬道："母舅、舅妈光临，没去给你们当导游，中午陪母舅把酒喝好。"

邻居大姐，年轻时嫁到中档村，她崇尚"深山凹里读书，不如十字街口听话"的古语，将儿子仁敏从小送到石门镇子上外婆家读小学初中。时隔多年，我未曾见过仁敏，这次见到，仁敏虽有着山里人的质朴憨厚，但开的小车和穿着打扮，完全"城市范儿"。他说："母舅、舅妈真是稀客，我从家里翻出来一箱珍藏多年的全良液，陪母舅多喝几杯。"

餐桌上，莲花的山石鸡、香菇焖土鸡、年糕、米粑、干辣椒炒兔子肉、乌珠豆腐等特色佳肴满满一桌，仁敏的一帮好友也来作陪助兴，一顿饱食，酒酣耳热。酒足饭饱离开时，小车后备厢里，塞满鲁村的柿子、柿饼、潘村的猕猴桃、山顶绿茶、中档村的年糕……

返回石门街的路上，酒未醒，迷迷糊糊，曾经的水库大坝、曾经的水库中学，似乎又在忘却，又似乎在更清晰地浮现在记忆里。

车开到龙泉镇香炉山脚下，已近黄昏，夕阳在香炉山远处的群山边沿舞动最后的绚丽，散发不算鲜艳的橙色，送去即将日落的日光缓缓下坠，冉冉渐翳的金光像不忍一日的暂别。这时，接到我的发小小黑的电话："差不多到了吗？我们在百毛饭店等你喝酒。"晚餐，家乡的几个发小又小聚在一块儿。又是一饭局，我拿出今天收获的山珍与大家一同分享。

5　广州三日

10 月 11 日

GZ13 南昌—广州的高铁，启程向南，加速向广州飞奔，洪都瞬间被抛向身后。坐在舒适的座位上侧目窗外，沿途的景观——山麓、湖泊、村庄、城市都被抛向车尾，像一卷长长展开的水彩画，又像抖音里的快闪美景图，一闪而过。我忽然想起了钱锺书老先生的散文《窗》里的一句话："春天的美景最适合的是在窗里看。"钱先生所感是临窗观静景，心静才能看得细，视角集中方可细品。但钱先生的年代是没有高铁的，若高铁窗内观动景，不知有何诗情，我的感受是不一会便眼花缭乱，视角开始疲惫。

我呷了一口茶，心很快静下来，闭目养神。

这次的广州之行，是受儿子的鼓动："老爸，你该多出去走走，感受感受现代旅行的一些方式，增加旅行的乐趣与常识，老是待在家里，会变成老古董的。"

儿子网上订票，自驾到高铁地下停车场 B 区停车，入站上车所经历的身份验证、过安检、乘一层电梯到站台，这些对于习惯旅行的人来说常态而又洒脱的一些常规动作，我却是那么生疏，甚至显得木讷，一上车，竟然就感觉有点累了。

儿子为我倒了一杯茶，将我的西服外套挂在列车窗边的挂钩上。此刻我在想，以往公事出差，随行的司机与工作人员的这些照顾，我总习以为常，而自己儿子这种将父母当成领导的细微举动，平时在家是少见的，这让我欣慰之中又不免惆怅："儿子长大了，成熟了，而我也渐渐变老了，真是岁月不饶人啊。"

"各位旅客郴州站快到了，在郴州下车的旅客，请您带好行李物品准备下车，本站停靠五分钟。"列车广播将我从思绪中拉回，我知道列车由湖南快要进入广东境内了。一想，竟有点飘飘然。"坐地日行八万里，巡天遥看一千河。"三维空间让诗人的四维想象幻化得如此壮美，而现代的地球空间，被21世纪的高铁速度带给人"日行可及数万里，瞬间已过数座城"的真实体验。

傍晚，暮色苍然中，高铁减速，驶入广州市区。车窗外无数蓝的、红的、白的、绿的灯光拖着辉煌的影子在浮动，灯光稠密，简直像是灿烂的星河。

广州南站到了。儿子网约了一辆出租车，在番禺区香润酒店门口停下。香润酒店大厅，此刻已是年轻人的天下，参加AT145团队家庭活动日的一些小伙子、小姑娘们："欢迎叔叔阿姨远道而来参加我们的家庭日活动。"这些话语满含着对长辈的尊敬，让我心里暖暖的。

10 月 12 日

AT145团队上午的班级活动我和老伴没有参加，我俩从番禺区的酒店打车直奔了小蛮腰。

小蛮腰，坐落在广州城市之韵——珠江曲线的美点上，是广州市城市标高建筑。来广州的外地游客，就像去上海看东方明珠一样，对小蛮腰趋之若鹜，想要一睹为快。"小蛮腰"这个古朴而又优雅的名字是否因"楚王好细腰，宫中多饿死"故事中楚国的美丽宫女小蛮而激发的创作灵感与创意，我们不得而知。但如果我们将古老而文明、现代而发达的广州比作一首诗，小蛮腰便是这首诗在古韵与开放节奏合拍时的诗眼。它有着独特而赏心悦目的韵味，我不禁感叹，小蛮腰！你让广州更广州了。

站在登塔大厅大门对面的大道另一侧，驻足仰望小蛮腰，高耸入云，整体外形设计成网格状，窈窕婀娜，亭亭玉立。塔顶四周上空云雾缥缈，云与雾在微风中摇曳，感觉好像塔顶在晃动，若恐高者怕是不敢登塔顶了。我正为遇到雾重而有点惋惜，老伴说："干脆到江边去走走，或许等一会儿太阳出来雾就会散去，我们再乘电梯登塔。""好主意，先去江边溜达溜达吧。"我说。

　　一江两岸风格各异的现代建筑群，华丽、新颖、清新、别致。漫步在江边的人行道上，最入眼也最让我惊叹的是现代城市文明中显得十分难得的几个细节：观景大道路面清净清爽，一尘不染，保洁人员有点像星级宾馆大堂的保洁员，不时地来回用宽大湿润的大拖把给人行道、车行道的斑马线除尘清积，他们不放过每一张纸屑、每一个烟蒂。这让我这个"瘾君子"忍了许久才没拿出香烟和打火机。一台洒水车还在依次给各类花草"擦身洗澡"，这人为的温润让南国城市中原本律动于温润气候的花木更显得妩媚。地面上的公共交通车、小车虽然川流不息，但秩序井然，少有鸣笛，有轨电车无声地在轨道滑动，动与静结合得是那般和谐。江面，又是一番令人赏心悦目的景致：观景游轮，推浪穿梭，碧波阵阵，一群白色鹭鸟，时而歇息近水平台，时而展翅江面。走在浓荫遮天的林荫道上，偌大的榕树，枝叶下挂着褐红色长须，微风拂来须袂飘摆，一株株高耸挺拔的芭蕉树，在眼下的季节脱去了孕育果实时的雍容，就像一个个刚生过孩子的少妇，恬静、幸福、慵懒而自豪。还有不少我叫不来名字的阔叶树，树杈上参差挂着小小的、形状酷似北京奥运村鸟巢一样的人造鸟巢。一群群既像画眉又像麻雀的银灰色小鸟，小巧玲珑十分可爱，叽叽喳喳像蓬间雀，轻盈欢快地跳跃在鸟巢与树枝树叶之间，时不时落在园林或环卫工人为它们配送食物的餐盘上，边啄谷物边抬眼望望游人，自由自在，不受游人的侵扰。"始知锁向金笼听，不及林间自在啼。"这些置身于南国都市丛林的小鸟，比养在北京大爷笼子里的小鸟要幸福自由万倍。啊！这是一幅多么让人乐见的人、鸟、城市，自然和谐的美景画呀。我欣喜地伫立在一棵树的一个鸟巢下，看着几只小灰鸟，它们忍不住站立在近旁的枝头上，悠扬鸣叫。我心喜鸟儿的亲善，直到有一只飞到鸟巢底下的餐盘上，边啄边用眼睛瞧瞧我，我才意识到此刻我是侵扰它们用餐的恶客，于是移步走开，回头瞧见，餐盘上即刻飞来了不少啄食的灰鸟……

　　从林荫道休息平台旁边走过，一群大哥、大姐，也有阿妹佳丽，在悠扬低音的舞曲伴奏下，有的轻盈优雅地扭动腰身慢舞着，有的身穿白色太极拳服饰，摸着空气，刚劲而润韧，动作慢而有力度与韵味。这不像我们鄱阳街边或公园广场的某些舞者，音量大到刺耳，舞姿张扬得让人看着有点激情过度而感到不舒服。小蛮腰，位于市中心，就连播放的那首熟悉的《春天的故事》音量也不张扬。细微之处，处处彰显广州的都市文明。

登塔了。乘上电梯，状如凌空，极速云霄，十几秒便莅临488米观景台，登高的快感与领略到的广州城市的无限风光，让我兴致盎然。老伴却有点恐高，为分散她的注意力，我给老伴讲了陶行知第一次带他太太乘飞机时说的一首打油诗，他太太听后打趣他："飞机屁股在冒烟，你也在放屁。"

登高望远，我也即兴放了一个"诗屁"：

世界之巅，
一塔倾城。
会当凌塔顶，
一览众楼小。
俯瞰珠江若飘带，
远眺黄浦中山舰。
只缘雾重云遮日，
夜借灯光复来登。

据导游介绍，夜间登塔，看天空群星闪烁，看城市灯火的海洋，别有一番风味。

那只待下一次再来广州了。

从塔顶回到大厅，我们向大厅工作人员咨询去黄埔军校该走哪条线最好，一位小姑娘很热情地在手机上查询后，当即在一张"广州塔观光指南图"的留白处写下了几个字：广州塔--珠江新线—鱼珠码头—军校旧址。她十分客气地对我们说："叔叔、阿姨，如果打个车去，当然方便。可是军校在近郊的黄埔岛上。出租车过大桥要绕一段路程，我觉得按我写给您的这线路，比打出租还省时，并且还可以感受一下坐船观光的乐趣。"我连声谢了这位小姑娘，然后去了珠江新线乘车。由鱼珠码头上船，在大城市乘船对于我这个从小城来的游客，是一次难得的体验，尤其在美丽的广州。黄埔军校，从一些历史故事题材的影视剧里，早已在我心中搭建起一个抽象的轮廓。这次的观光，就像是还了自己多年来负上的一笔心理宿债，终于在有生之年，到此一游。军校旧址不像我想象中的参观者如云，倒觉得出乎意料地静寂。走走看看，给我留下深刻印象的是孙中山雕像、黄埔教官与学员墙，还有中山旧舰。

历史记载的广州，从古代到现代，都有闪光的一面，唐贞观时期穆罕默德乘一艘贸易船从阿拉伯沿印度海岸航行来广州，唐太宗礼貌接纳并帮助他在广州建了一座世界上现存最古老的清真寺，这可作为广州在民族外交史上一个辉煌的见证。近代广州农民运动讲习所是毛泽东初级理论与日后以农村包围城市最后夺取城市的伟大实践的发源地，是关于农村改革推向城市改革开放的赞歌《春天的故事》的唱响地。孙中山、毛泽东、邓小平三位改写中国历史的伟人，在广州踏上了深深的足印，镌刻下永久的纪念。

回到校门口，我思忖着到此一游，该留下一丁点儿纪念，于是想花点钱租一套旧军装，站在校门口拍个萌照，老伴调笑道："别照了，这么大把年纪，穿上旧军装，让人一看，倒有点像国民党的火头军。"我悻悻然，打消此念。

校门口路边倒是有些小摊小贩在向游客兜售土特产和旅游纪念品。一对年轻夫妇摆的小书摊吸引了我光顾。书摊上摆的书并不多，可招揽顾客的价目牌却是新潮别致，"经典名著 20 元/斤，普通书籍 10 元/斤"，我一看这广告牌心里不免酸酸的，我非学者与文人，但对书籍如此掉价也有些许惆怅。翻了翻几本书后的标价，拿了《蒋介石与黄埔"八大金刚"》《蒋介石与黄埔"三杰"》放在称上一称，才 1.1 斤，这书页里走动的枭雄也好，金刚也罢，是否在天之灵感到分量跌到了谷底。我花 22 元钱买下了这两本书，管他正版盗版，反正便宜。

走到军校停车场，才感觉饥肠辘辘，在对面一家小饭馆要了两份木桶饭，每份除炒肉片外，加了个"黄埔蛋"，"黄埔蛋"煮出来，不焦不起泡，好像嫩豆腐，吃起来不油不腻，味美可口。据一本书里记载蒋介石在黄埔时很喜欢吃"黄埔蛋"，以后还常记起，让厨师做，可惜怎么做都不及黄埔的好吃。我们狼吞虎咽地吃完了木桶饭，吃完了"黄埔蛋"。

出租车将我们送到了大学城地铁站。年轻的司机很热心地告诉我们：

"从这里乘两站地铁就过了珠江隧道，那儿打车去番禺挺方便的。老师傅记住了，坐两站，别坐过头了。"

地铁车厢内，几乎90%都是男女学生，没见他们挂校徽。估计是中山大学、冼星海音乐学院、华南师范大学或其他不知名大学的学生们周末去市区游玩。两个青年给我和老伴让了座位。我将手上拎着的那两本书的白色塑料袋放在大腿上，看了看一车厢的青年学生，除少数一对喃喃细语，大都在看着手机，我在心里想着一个笑话：若我和老伴俩人是当年来广州的地下党，用两本书或一份《广州日报》作为与联络员的接头暗号，在这样的氛围里，可能因为太显眼而早被军统盯上了。纸媒年代好像已成了过去式。这就像现在坐公交，大家都在刷卡或靠微信支付。你老先生却挤在人群中，伸手从口袋里拿出钱包找硬币，一看就知是"土老帽"，或是扒手们窥视的第一目标，好在当下扒手们基本失业，像一小段子所言："消灭扒手的不是警察而是微信支付宝。"

出了地铁站，我和老伴商量，索性乘公交，体验体验一线城市的公交，也省去几十元打车钱，番禺的酒店位于广州市郊，沿途历经数个城中村。广州城市的面貌特色，从风雅别致的城中村可见一斑。都市里的乡村在工业经济的浪潮冲撞下仍存留历史人文古迹，这便使这里更具异域风情。城中村既现代又典雅，改革开放时人们曾经担心工业的浪潮会淹没广州历史文化的特有情调。但我从车窗所见城中村中一座座被修复的门楼和保留的许多古式建筑，足以相信，广州，在现代文明与历史文化传承的和谐共存上是值得称道的。它是一种珍惜、一种保护，是一种文化历史与现实未来的混合体。

在酒店门口下车，已是下午6：00，稍许休息后，我们参加了儿子他们集会的晚宴，看到那么多的年轻人，我感觉年轻真好！

10 月 13 日

在离酒店不远的一个叫云水谣的山庄，我们参加了儿子他们 AT145 团队组织的"家庭日活动"。每个家庭的结构不一，有一对对年轻夫妻、有一对小夫妻加一个小把戏、有一对小夫妻加两个小把戏，也有三代同堂和父母、小孩、岳父、岳母一大帮人组团的大家庭。欢歌笑语、亲情互动，家庭才艺表演、蒙眼协作、全家越障碍等各种活动，精彩有趣。

　　活动在下午 4：30 结束，按儿子的提议，我们一家三口网约了一台车去广州有点名气的云中天喝下午茶，品尝特色小吃，而后去高铁站，乘高铁返回了南昌。

6　老屋旧事

一　生命的逻辑

孩子仰望，
是因为生命之囷满得冒尖。
老人弯腰，
是看囷中已经见底。

这便是生命的逻辑。人，从剪断与母体相连的脐带成为独立生命起，生命便开始做加法，逐年加一；而当年龄的吃水线快要接近临界点时，便又是在做减法。通俗的说法是"活一年少一年"，要不然，先哲们怎么会问人为什么觉得一年比一年过得快呢？生命的逻辑与生命的规律是紧密联系的，而规律对一切人都是公平的，这便是生命的终极意义。但是，生命在形式与内容（或者存在于无形）的统一上，又不仅仅在于年龄的增加与减少这一范畴，长短只是一种形式，快慢只是一种感觉与节奏，我们在考量生命逻辑时还应该有一个更好的命题——生命的厚度，它表现在内涵上为少年、中年、白头这三个人生的境界，就如逻辑的三段论。因人而异，在厚度上，每个人都会有一个不断地被自己重新发现、重新理解的一个阶段或一段历程，这段历程会在大脑里不断改变模样，不断地出现，比如青春期，比如恋爱的罗曼蒂克期，比如事业的如日中天（或艰难）期，这个阶段或历程，在内涵上显得极其丰富，总会让你叠加记起，不断出现或定格在你变化了的心情里。打个比方说吧，你的二十岁，你对它有多少新的发现和理解，你就有多少个二十岁。

二　一个标志

二十岁那年，我从老屋离开，奔向新的生活，于是，这二十岁和这幢老屋便定格在我的记忆里。

这幢有六间厢房和一间灶屋的老屋，现在已无人居住了，原因是太破旧了，可它在我的心里，已不再是住宅，而是一个纪念物、一个标志。它空置在邻居的新楼中间，风烛残年，老屋四周的旧式三柱屋、四柱屋都先后被拆除，被新楼取代。四周的房子都长高了、年轻新潮了，只有它夹在中间显得老残破旧，大门是闭着的，连包在两扇大门板上的生铁皮都色若青铅，斑驳脱落了几块，耳门（侧面）的木板已朽烂，合拢的门缝仍横着那条生锈的铁条，扣环孔里挂着一把锈蚀的铜锁，标志着老屋还有它的主人。靠北灶屋的一扇门被风吹雨淋，歪斜倚挂在门柱上，等于是风吹开了一扇门，让我不需去向现在的主人讨要钥匙便可私自闯入，我从这儿进入灶屋，再进入老屋的厅堂，香几上方过去每年除夕贴了又换、换了又贴的"天地国亲师位"几个字斑驳可见，香几贴上方，燕子衔泥垒巢的泥痕也还在，这让我想到了刘禹锡的《乌衣巷》里的诗句："旧时王谢堂前燕，飞入寻常百姓家。"萌生出"紫燕不再寻老屋，择栖筑巢邻里家"的感伤。站在老屋厅内，睹物思情，重复着每每回老家都有的一种情绪——杏花春雨已不再，牧童遥指亦不再。只是这老屋还在，种种遥远的记忆，慢慢地一个一个回到我心上来，9~20岁的一幕幕回忆与这老屋重叠起来……

三　徙向老屋

九岁，像初春槐树上崭新的枝条，对槐树、对阳光、对雨丝充满着依赖与好奇，这年，父亲买下了这老屋的半边，另半边住着两户人家，我们一家从我9岁那年成了老屋这个"联合国"的一员，直到我20岁外出投奔新的生活时才离开了老屋。11年，这我没有记错，我是我，老屋是老屋，合乎逻辑的每年加一，也合乎逻辑的老屋里会有人死亡或搬迁走出，从老屋消逝，如那旧时堂前檐下似曾相识的燕子不再归来。那11年，它已消逝，留下来的是我逐年改变了的心情和每每回乡总想去看它一眼的那种情结，还有那些岁月、那些人、那些事的回忆。

贾岛七绝所言：

客舍并州已十霜，归心日夜忆咸阳。

无端更渡桑干水，却望并州是故乡。

如果"十霜"已成故乡，那么我的11年，从少不更事到芳华绽放的多情，又何逊唐朝一孤僧？

初秋的天很蓝，阳光洒满牌楼屋（村名）我家的院内，挂在枣子树的枝叶上的枣子，一粒一粒像闪着光，落尽了果子但披着满树绿叶的另一棵李子树上，一只斑鸠与我家屋顶瓦片上站着的另一只斑鸠相对"咕咕、咕、咕咕、咕"地对唱，一对勤劳的燕子忙碌地衔着泥由屋内到空中飞来飞去，忙碌地筑它们和它们即将出生的雏儿的温暖的巢。可是，我却要离开这儿时的家，离开我童年的"百草园"去另一个陌生的屋子居住，"再见，我的李子们，再见，我的枣子们。"大叔、二叔、大婶、二婶都依依不舍，大婶和我最亲，她视我为己出，搂着我哭了一阵子："夭，常回来看娘啊。"（夭，家乡方言，对小孩的爱称；娘，即婶）我不停地点头，不觉眼泪也流了下来。父亲和三叔借来两辆板车，将一些锅盆碗盏、木箱床板之类的家什搬上板车，父亲兄弟四人，两人一辆，一推一拉，板车在前面缓行，奶奶的小脚走不快，也踏不出一点声响，像模特在舞台上走的猫步，只是慢慢的。我和姐姐相跟着走向了老屋，板车在老屋的大门口停下来，我便头一回走进这陌生的世界，头一回看到几张陌生、日后又因久处而亲的面孔：个头矮矮的长连叔、精瘦而嘴快的金兰婶、体胖而面善的叶谷大妈、比我姐姐要大些的秋林哥、同年的响林和喜祥、尖尖下巴瘦弱的贵林……

一屋子人都来帮忙，卸下板车上的家什，一一摆放到该摆放的位置，金兰婶边帮忙张罗着边说："俗话说，生的亲不如住的亲，不是一家人，不进一家门，从今往后，我们就算是一家人啦。"只是贵林总跟在他妈妈的身后，对我们这些新来的陌生老小，这个看看，那个瞧瞧。"你有几岁了？"奶奶问他，他伸出一只手，钩起其他三指，只跷起大拇指和小指，我当然能看得懂，他六岁了。

"去担两担井水来。"金兰婶这是没有主语的指令，可她的目光刚一与长连叔的目光撞到一处，长连叔立即就去挑起自家的担钩和水桶，担来两桶井水，倒进我家刚刚放在水缸架下的水缸里，三叔要接过担钩自己担，长连叔不让，"你忙别的，再担两桶缸就满了。"我觉得金兰婶和长连叔人真好。

四　洋房子奶奶

徙向老屋，是奶奶的决定，奶奶像《平凡的世界》里的孙玉厚老汉那样，让大叔、二叔单立门户，家里的房子，大叔、二叔各分一半，奶奶说："树大分丫，子大分家。"我爷爷早年就丢下奶奶和四个未成年的儿子去了天国，奶奶的一双"三寸金莲"和病弱的身体支撑着拉扯大四个儿子，我父亲一直扮演长子如父的角色，帮衬着家，可奶奶直到老年也享不了清福。奶奶的伟大，常体现在公平中，一大堆儿子儿媳、孙子孙女从不偏袒哪一个。

老屋坐落的地方，有一个很不雅的名字，叫"火烧坦"，而老屋在镇子上却有一个雅称，叫"洋房子"。邻里大人小孩和街上的许多人都叫我奶奶"洋房子奶奶"，那年月，我总是觉得在我奶奶前面加座房名，房子前又加一个"洋"字，有点资本主义味儿，心里总是怪怪的，可奶奶对这一称呼从不介意，总乐呵地应着。有几次我终于忍不住了，问奶奶："奶奶，这破旧的老房子，怎么叫洋房子呢？"

相传这里紧挨着的几幢木结构的三柱、四柱屋，曾因一户弹棉花的弹匠家里着火了，三家连四屋全烧了，人们就将这里叫作"火烧坦"，被烧的人家都认为这里不吉利，另找地再建房子。可这弹匠一家盘下这些土地重建了家业，他家真是越烧越发，后人有钱了，建起了"福星棉行"，雕梁画栋，跑马楼、靠天井的二厢房都镶上了玻璃采光，玻璃框雕刻着漂亮的花边，煞是好看，早年是镇子上首屈一指的洋气房子。抗日那时，国民党某部十七师师长看中这房子，师部就放在这房子里办公。这些都是奶奶后来对我说的。

时光流逝，岁月变迁，家乡的西河古往今来一派亮丽景色，岁月激起的浪花朵朵，古镇的历史，总逃脱不了一次次重大的社会变革。日军侵华，生灵涂炭、百业萧条、棉行停业。大军南下，十七师仓皇南逃。土地革命，分地分房，这幢老屋体量大，于是就分割给了三户贫下中农，从此，三户人家入住了"洋房子"。

奶奶在这个"联合国"，辈分最高，年纪最长，俨然像"联合国"的秘书长、各国大事总指导。叶谷大妈、金兰婶、我的三婶，三个各家的当家女人，有时家长里短，免不了因一些小事磕磕碰碰，生气时互相拉长着脸，有时甚至恶言相骂，一次一次总是奶奶劝和。大人外出劳作，上学的小孩去了学校，三家的三个婴幼儿摇篮摆成一排，这是老屋一独特景象，奶奶义务看护着三个婴幼儿，奶奶说："放一头牛是放，放三头牛也是放。"三个婴儿躺在摇篮里，奶奶哼着没有什么含义的儿歌（或是半唱着，或是吟诵着），一会儿脚踏踏这个摇篮，一会儿手摇摇那个摇篮，这些我那时无法用文字描述的重复性动作，让三个婴儿各自得到人际互动和交流技巧的经验，三个婴儿都安静下来，除非哪个又要尿尿了。老屋的小孩长大了，都和奶奶特别亲，"洋房子奶奶"这份殊荣，奶奶当之无愧。

由于中国多子多福的传统生育观，造成中国旧式家庭结构大都是金字塔形，而我家百年家史，有了一个含辛茹苦的奶奶，在我家的金字塔顶端如星星般照亮她的子孙。三婶先后生了两个女儿，还想要个儿子，几次委婉试探地表露出想分家独立门户、相夫教子的想法，从未与三婶红过脸的奶奶，开诚布公、语重心长："金枝，自你大嫂丢下这一双儿女，我年年劝你大哥寻个伴，这么多年，因为一双儿女和他几个弟弟的拖累，你大哥眼光又高，总是高不成低不就的，我也不知哪个仙女下凡，当你大哥的媳妇，哪天我脚一伸，这一双儿女总不能不寻思着有个浆洗燎吃的吧，人要良心树要根呐，这家要分也要等到你大哥娶了个伴再分。"奶奶去世那年，父亲和三叔才分了家，后来，我又有了我的继母，这老屋又多了一个慈祥的面容。

五 "张飞矮子"

长坂桥头杀气生，横枪立马眼圆睁，
一声好似轰雷震，独退曹家百万兵。

老屋时常传出长连叔粗犷的赣剧饶河调，有时唱上一段，有时哼几句，不是那么有板有眼，由于两颗缺掉的门牙处漏风，唱到"震"字总变成"竟"字。那年月，没有电视，电影也少，地方戏曲、说书是乡村单调的娱乐生活里人们喜闻乐见的文化节目。《水浒传》《三国演义》《西游记》里鲜活的历史人物被搬上乡村舞台，张飞、包文正、李逵等历史人物常常被乡村人古冠新戴，以身边某个人的某个特征或某个事件而给某个人冠上某个历史人物的绰号。比如村子里就有"李逵""包文正"，老屋就有"张飞矮子"，"张飞矮子"是人们给长连叔取的绰号。

长连叔早年是牌楼屋队的队长。

"早年，我和你爸爸一块儿干过农会呢。"他常对我说。牌楼屋队与团山下队因一座山场樵牧纠纷，剑拔弩张，好事者纠集一队人于西边河下杠桥两头要械斗。

"两边谁都不许过桥，哪个敢过来先吃我一打柱。"长连叔手持一打柱，用打柱一端重重击着桥梁的麻石条，咚咚作响，厉声大喝，声如洪钟。

长连叔身为一队之长素有威信。一场险发的械斗被制止，团山下一位老教书先生笑说："张翼德倒竖虎须，独立长坂桥，张长连一夫之勇，独立下杠桥，和为贵也。"从此，两村人将长连叔叫成了"张飞矮子"。

天下有情人终成眷属。人民公社那年月的生产队长，却是上管方针政策，下管柴米油盐。金兰婶早年丧夫，拖带着三个未成年的孩子，长连叔40未娶，人却乐善好施，对金兰婶母子尽心尽力，担水砍柴，事事关照。"三国张飞"其情商不及"现代张飞"一二，长连叔同情孤儿寡母，同情便产生了属于长连叔与金兰婶之间的爱情，长连叔征得母许，牌楼屋的队长嫁到了井弄队，"张飞矮子"上门当了金兰婶三个儿子的继父。

六　新生儿

那一年，老屋的三个女人，像春天的桃花、杏花、梨花赶春天的趟儿似的都忙着生孩子。三婶女儿刚落地，金兰婶又生下一个女儿，叶谷大妈也不示弱，又得一老来子。三个婴儿时而"合唱"，时而轮番"独唱"，一阵阵的哭啼让老屋生机满满，活力再现，特别是长连叔老来得千金，他好像也年轻了许多，总是乐得嘴巴都合不拢。"这房子，发人哩。"他说。

长连叔给女儿取名水荣。水荣出生，金兰婶迟迟没有奶水，鲫鱼炖汤、黄豆焖猪蹄都激发不出几滴奶水。水荣嗷嗷待哺，长连叔急得在厅堂团团转，金兰婶只能浸泡两把米，用菜刀刀柄碾轧成米浆，再用开水冲泡，放点糖喂水荣。

奶粉，那年月可是个奢侈食品，尤对贫困人家而言，秋林、响林（金兰婶的两个儿子）拾蘑菇、钓石鸡、捉泥鳅、砍窑柴凑齐2元钱才能买得来一罐奶粉。2元钱可是个不小的数字啊。每逢获悉哪座砖瓦窑收窑柴，秋林就一阵高兴，扛着枪担、钩索、柴刀就上山，肩膀总是压得紫红紫红。辛苦之所得，力气变成钱，钱变成奶粉，奶粉能让小小水荣少一些哭嗷，让母亲少一些哀叹。《许三观卖血记》（余华小说）中的许三观卖血是为了情，为了全家能吃顿好的，为了小儿子的命，许秋林卖劳力，是为了妹妹能有奶粉。砖瓦窑闭窑了，捉泥鳅、钓石鸡、拾蘑菇又不在季节，全家就会为了奶粉犯愁，奶奶每逢见状，会让在镇上门市部工作的三叔带回一罐奶粉应金兰婶一家之急。

"孩子出生了，就没有养不活的理。"奶奶说。金兰婶感激地说："水荣长大了要不忘记奶奶的恩。""说什么话，秋林、响林这俩小子钩的石鸡、拾的蘑菇，我也没少吃，难不成要我这老棺材感这俩小子的恩？"奶奶说。

水荣长大了，刚刚懂事，金兰婶总是说："妹丫，你小时吃了奶奶好多的奶哟。"

"别听你姆妈乱嚼，奶奶哪里来的奶？你吃你大哥的奶，吃了好多。"奶奶笑道。

"可我大哥也没有奶呀！"水荣天真。

"你大哥有力气，肩膀上压出了奶。"奶奶一说，一屋的老小都听着笑了。

时间过得真快！一转眼，老屋的三个小孩都活蹦乱跳，满屋乱跑了，笑脸盈盈，像三只百灵鸟啾啾叫个不停，"毓华哥哥、秋林哥哥、响林哥哥、喜祥哥哥……"那么多哥哥、姐姐，百灵们感到很幸福，长连叔总是看着他们，咧开嘴笑着，露出残缺的牙。

七　样板戏

走过老屋旁一条麻石条铺就的巷弄，便是老街，老街标志着古镇历史的悠久，麻石条和鹅卵石铺成的主道与人行道，整洁而典雅，街两旁商铺栉比，木板店铺青砖砌成的货台，整齐划一，古色古香。人民公社合作化后商业归供销社集体所有，不允许私人经营，白天街上倒是人来人往，显得繁华，可晚上店铺人家都早早关上大门，街道便是少年的王国，上街头、中街、下街头成群结队的小孩，在他们的街道王国，时不时展开街道"战争"，上街头一伙，中街头一伙，各自自命司令、参谋长，向对方部队投掷小土块（双方开战前往往议定"武器和约"，不许用"核武器"——石块，以免头破血流），以"尚书桥"为界向对方阵地投掷。"人要好伴，树要好林。"奶奶从不允许我与街上野蛮孩子玩"打游击""打仗"的游戏，故我不曾有当"参谋长"更无当"司令"的份。老屋的大门前有一块半米多高的土坦，紧挨着老屋的门槛，这里也就成了火烧坦周围孩子们的戏台，那年月，电影和八大样板戏轮番着放，《智取威虎山》《沙家浜》《红色娘子军》《红灯记》《地道战》《地雷战》等。大家都看过四五遍，能记住许多的台词和部分唱腔，一帮小孩集在土坦，自编、自导、自演革命样板戏，大门一关上，那条青石条门槛就成了威虎山坐山雕威虎厅的第一把交椅，两边分别站上四个小孩（有时人手少，便一边站俩）就是八大金刚（或四大金刚），木水是我们的"鬼王头"（奶奶说的），他自然演坐山雕，我大多演杨子荣、郭建光之类的主角。"穿林海、跨雪原、气冲霄汉……"我挥着旧皮带当马鞭，在土坦上转一圈，"誓把坐山雕，埋葬！在山间。"精瘦精瘦的贵林总演栾平，有一次我用力过猛，我代表"人民"将栾平摔下土坦拔枪枪毙时，贵林被摔下土坦一米多远，摔痛了，贵林哭起来了，"不带，不带的，杨子荣叭的一声枪响，栾平就死了，怎么能哭呢？"直到将坐山雕拖下交椅，一场《智取威虎山》便结束，第二天晚上，这里上演的也许就是《沙家浜》。可这样的演出，都是一帮男孩子，女孩不会也不敢和我们一起玩。以免有"×××是×××的老婆"之嫌。"再来探望您这革命的老妈妈。"郭建光双手握住的也只能是另一个男孩扮演的男奶奶的手。

八　过大年

　　盼望着，盼望着，东风来了，春天的脚步近了……山朗润起来了，太阳的脸红起来了。（朱自清《春》）

　　我奶奶每逢春节临近时，看到老屋的小孩子盼着熬糖、蒸年糕。总笑着调侃我们："大人盼栽田，小孩盼过年。"有一年的腊月，老屋屋顶瓦头上，时不时一只喜鹊站在那儿叽叽喳喳叫个不停。这一年，我父亲落实政策当上了公社粮站的站长，喜祥的父亲从山里一个偏僻的小门市部调回镇上供销社的门市部当了经理。金兰婶早年病故的丈夫原是粮站的职工，一天，父亲回家时欣喜地告诉金兰婶："金兰姐，政府有政策哩，已故或退休的职工可让一个小孩顶替到粮站上班，你看三个小孩让哪个顶替？"

"家有长子，国有大臣，当然是让老大秋林去。"金兰婶不假思索地说道。

"我又没念过两年书，打不来算盘记不来账。到时还不跌了昌茂叔的股。"（跌股就是丢脸的意思）

"贵林身子弱，但好歹念了个初中，响林高中就要毕业了，得让他把高中念完，还是让贵林顶替吧。"

秋林一口气说出一大堆理由，这理由与主意实质是一个长子的自我牺牲和兄弟手足情深。于是"栾平"（贵林）高高兴兴地去粮站上班了。

这一年的春节，对老屋的三家人来说真是一难得的欢乐年。除夕的年夜饭，奶奶说："今年我们三家都有好事，得好好乐一乐，三家把桌子摆在一起，过个热闹年。"奶奶太有创意了，三张八仙桌摆成一字长蛇阵，摆上碗筷、酒杯，像"联合国"的长桌宴席。三家的大锅都滋滋地煮着腊肉、猪肝和鸡，香气从木锅盖与锅沿的缝隙溢出，飘满整个厨房，飘向厅堂。三个小孩更是围着长桌跑着、嬉戏闹着。我闻着扑鼻的肉香，不断吞咽着唾沫，盼着鞭炮一响，饱尝年夜饭。三家都将最好的年夜菜端上桌，摆得满满的，大家按长尊老幼围坐在长桌四周，举杯互贺，真是喜气洋洋的、特别的年味。初一开门的爆竹，更是在老屋的大门口噼里啪啦地响。

九　响林的诗

应该有一首平缓、沉稳而又简单的诗来配老屋的许多时光，来配它的冬暖与夏凉，来配它清晨灶房锅盆碗盏的交响曲和灶笼腾起的炊烟满屋。

老屋的四个中学生都不喜欢学校大灶的稀饭，"桶内照见碗，碗里照见人，天将午，饥肠响如鼓"。早晨各自在灶台上炒一碗头晚预留下的干饭，吃完便步行去1.5公里外的学校。"一屋几伙夫，吃完去学校。"芳桂大伯常调侃我们。芳桂大伯读过几年私塾，他干净的上衣口袋总挂着一支钢笔，算盘拨得噼啪快响，可又不像个商人，倒像个过去的教书先生。对响林，他常常赞许有加，有时也对喜祥和我说："拳要打，字要写，书要放声读。"响林起得最早，炒饭之前都要读一阵子诗，响林的嗓音并不亮，读起来沉沉的，有些沙哑，而读课文、读诗总是情绪饱满激昂：

斯是陋室，惟吾德馨。（《陋室铭》）
滚滚长江东逝水，浪花淘尽英雄。（《三国演义》）

有时响林边烧柴火炒饭，边借着灶火的火苗映出的光，大声地朗诵《将进酒》："黄河之水天上来，奔流到海不复回。"厨房边角上围着的猪圈里的两头猪被惊吓得"吼，吼"地叫，叫出它们的厌烦。金兰婶这时会说他一两句："你看喜祥、毓华都比你要斯文，就你一清早吵得三家四屋睡不好觉。"

"母亲啊，其实是一种岁月。"响林用《岁月》里的话回道。

"我多少岁我记得，我是1943年出生的，哪一月我也记得，是5月。"金兰婶不解又有点不高兴地嘟囔道。我在厨房里一边炒饭，一边掩嘴窃笑。

响林不光喜欢朗诵诗，我们看过的外国电影也逐渐多了，外国电影插曲和一些台词也让有诗情的响林着迷：

……啦吧啦咕、啦吧啦咕……《大篷车》
面包会有的，一切都会有的。（《列宁在一九一八》）

"瓦子角包围了下沙窝。"（应该是《瓦尔特保卫萨拉热窝》）响林没记住，将瓦尔特念成了"瓦子角"。

数九寒冬，刺骨的北风裹挟着漫舞的雪花，纷纷孤零零地飘洒着，从老屋的天井飘入堂前阳沟，阳沟一屋薄薄的积水，雪花落水即化。"一片一片又一片，三片四片连五片，飞入阳沟都不见。"响林又在即兴改编着古人的咏雪诗。

十　谢师宴

由老屋往西，走上一条机耕道，过了西河电站桥，穿过西边坂田野，就到团山下中学，1.5 公里的路程，不在学校寄宿的集镇上的"通学生"们，每天清晨、中午、傍晚来回四趟步行去学校，不管刮风下雨，还是雪花飘飘，每逢放学，机耕道上尽是熙熙攘攘的中学生。

1977 年的冬季好像比往年要短些，春风早早度过玉门关，冬春之交的日子，国家恢复高考的喜讯，如一声春雷，震惊了莘莘学子，我们老屋的三个中学生也欣喜激昂，可是第一次高考，老屋的三名高中生都名落孙山。去学校复读再考，老屋的几盏煤油灯，深夜彻亮，清晨书声琅琅。喜祥和响林报考了中专，我不知量力而行坚持报考大学。

我再次落榜。

响林和喜祥，一个考取了师范，一个考取了农校，通知书一到，老屋先后摆了两回谢师宴。

老屋堂前摆满了八仙桌，亲朋好友前来祝贺，热热闹闹。长连叔每次都喝得面若关公，举起酒杯，舌头在嘴里不听使唤地转动。"这洋房子，有书卷气，今年两秀才，明年不一定还中一举人。"我知道，长连叔是在鼓励我，绝不会是嘲讽我的落榜。

长连叔酒后的话语，再次在我心里灌满对高考的希冀。

柳树的枝条枯长弯曲，在秋日挂满了焦虑的卷叶，重摆在柳树主干的四周。我沿着西河河岸小径独自一人，无目的地来回走着，直走到电站桥的桥栏边停下，这时路上没有了行人和车辆。我倚栏看着桥涵闸口哗哗的水流，冲入桥下水潭，冲激起层层水浪，水花四溅，望着翻腾的水花和白色的泡沫，心里却是空荒的寂寥。

"我还能挤过高考这一独木桥吗？"

"我还能实现我的梦想吗？"

"这梦想如果终于还是梦想，那我该在现实中怎样去调整方向？去参军？然后去报考军校？"

夕阳早西下，暮霭已照着桥面，暮色苍茫里，我看到一个身影扛着一把锄头朝我走来，是长连叔给队里的晚稻田放水，回家路过电站桥，他在我身旁收住脚步，愕然地看着我，那表情让我不自觉脸红，我感觉他好像是在默问我，"崽呐，你不会是想不通吧？"

"一个人在这里发愣？"他问我。

"我出来荡荡步，想一个人静会儿，就回家。"我道。

"走，一起走，一起回家，你奶奶肯定在等你吃晚饭呢。"他催着我，我默默地随他一同回家了。

第二年，我考取了师专。

我家的谢师宴，长连叔像去年的谢师宴一样高兴。

"我说嘛，又出一举人，这洋房子有书卷气呢！这孩子，本来就会念书，又尊老爱幼，日后当干部准是个好干部。"

我始终记住了长连叔的这句话，毕业后，从教、从政，一直努力去做一名好老师，一个好干部。

语言，对人的心灵的撞击与烙印，并非需要华丽的辞藻或高谈与阔论。普通人诚挚朴素的话语，只要它是真切的，会胜过许多的教授、公知之类的阔论。长连叔朴实无华的话语，比我听过的许多的教授、讲师的侃侃而谈更能让我铭记，他激励了我的青春，在一定程度上影响了我的一段人生。

十一　尾声

人总在有意或无意间忽略了一些什么，在有意或无意间忘却了一些什么。多少值得珍惜的痕迹都消逝在岁月里，消逝在风里和云里。我常常由此做一些心灵的对白，老屋的陈年旧事，总在有意与无意间忽略了许多细节，在有意或无意间又再记起了一些细节，多少值得珍惜的痕迹都已消逝，但又印记在心里，恰如家乡的街巷、黄龙尖的翠竹、冒尖山的笋尖、团山下的"碉堡"。黄龙尖，是家乡最高的一座山，也是最家乡的一座山；老屋，是家乡现存最老的一幢房子，也是我心中最家乡的一幢房子。它是我儿时快乐的"联合国"，是我心中难以忘却的"巴比伦王国"。

在我追逐梦想的岁月，有时候会想，长连叔和金兰婶他俩有梦想吗？肯定有的，但他们又有着什么样的梦想呢？

离开老屋，乃至走出家乡许多年后的一天，我回家，我来到老屋，去看望长连叔和金兰婶。

偌大的老屋，此时已只剩下这一对老人留守，"奕呐，你来了。"长连叔推着坐在轮椅上的金兰婶，来回地在老屋的厅堂里走动，金兰婶的下肢已瘫痪。她慈爱地用早年的爱称招呼着我，我不觉眼眶有些湿润起来了。

此情此景，让我在想，也许，相濡以沫，就属于他们的梦想！是啊，他俩像我奶奶、像芳桂大伯、像叶谷大妈一样，70多岁，不算活得太长，但也不算短。老人辞别老屋，后人送别老人，这一幕曾先后在老屋重演。在我写这篇文章时，他们的身影反复在我的脑海里走动，我仿佛觉得他们的生命很长、很长。

辛丑年夏日初稿于石门
寅虎年初春改稿于南昌

第六辑

闲或时尚的杂文

1　"过去"与"昨天"

（写在团山下中学 50 周年校庆日）

家乡的中学坐落在距集镇三华里一个叫团山的山脚下。从建校伊始，乡里乡亲都亲切地称它"团山下中学"，它的学名，曾是"石门公社五七中学"。1980 年高中拆了后改为"石门街初级中学"，新建石门二中后，它自然成了"石门一中"。二中并入后，它的"一"字取消了，现为石门街镇初级中学。团山下，这个外人知之不多的地名，它对于一年一年从团山下走出去的学子而言，成了母校的代名词。再兴老弟拉了一个微信群，取名"情系团山下"，这个群，应者如云、交谈甚欢。

我为这个群点赞，一个"系"字用得太好了。

现在累计起来，从团山下走出去的学生很多了，不夸张地说，遍及全国各地，甚至漂洋过海，如星闪烁，在不同的地点、不同的高度，交相辉映，发光发热。

以团山下这个小山岗为基点，50 个春秋，它曾吸引了多少在这里执教的恩师，像肖建亚、何伟慈、程曙宗、雷慈应、雷正朝、曹春明、李全生等；又留住了多少辛勤耕耘，初心不改的一代宗师，如李华春、李海软、孙光友、曹辅安、罗子荣、曹和贵等。他们如今都已是高龄，仍然健康豁达，洒脱的笔墨仍在《石门诗词》挥洒……

潜意识里，任何人对于家乡，总会在心里搭建一个标志，譬如家乡的一座山、一条河、一个古迹，甚至一道菜，都可称为一个标志。因为它标志着"我从哪里来，我又到哪里去"。团山下，在它送出去的学生心目中，就是家乡的一个标志。"情系团山下"一个普通的微信群，它能系起的，应该是大家曾经有过的"昨天"，当然，也可以说是过去，但说过去，这只是一个阶段词。譬如说"过去我曾在团山下读过书"。那只是一个过程，或是简历里的一份学历。但如果说，昨天我从团山下起步，这便意味着一种进步。我上面提到的，以及来不及提到的每一位老师，我想他们在这里执教，从年轻到年老乃至离去，最大的初心与执念，就在于让他们的学生进步！

　　"过去"与"昨天"，犹如"将来"与"明天"，都会有时光易逝的色彩，而"昨天"比"过去"更具诗情。昨天，仿佛是团山下那青葱的岁月，给人留下的深深烙印。就像《时间都去哪儿了》那首岁月之歌，在和着团山学子各自的节拍与历程向着未来，永久回应，我们都必得向历史表明一个态度。我相信历史是存在的，而其存在的意义又在于现在对过去、后人对前人的记忆，有了记忆，便有了传承。

2　交换青春记忆

上饶师专八〇级化学二班的同窗，30 年后第一次聚会。恰同学少年时唱着"青春啊，青春……"那首流行曲走向社会，今天的聚会，大家大都已是鬓发染霜。30 年，每个人在社会这个大容器里舞动翻腾，所起的化学反应，让我们的身体，乃至身上的分子结构都在发生变化，岁月河流激起的朵朵时间浪花起起落落，30 个 365 天，若将时间浪花用秒来微积分，那"秒"的集合便是一个天文数字了。然而，"年轻的朋友们，我们来相会"的青春激情仿佛尚存。

报到的宾馆大厅内，那首"久别的人儿盼重逢……"优美的歌声伴随着久别的同窗在今日见面重逢。

欢声笑语、激动、唏嘘、惊愕、喜悦、惆怅，交织在一起，让人思绪万千。"一起扛过枪，一起同过窗，一起……"同学毕竟是同学，天各一方也好，几十年来未曾谋面也罢，陌生与时差都不属于他们。

"老彭，头发所剩少矣，要注重顶层绿化哟。"

"姚明大老板，你已吃成了一个土豪肚！"

"老曹，《校园的早晨》那首口琴独奏还会吹吗？"

"嗨，许晓燕，1 块钱菜票换 6 斤饭票，女生还有人换吗？"

嘻嘻，哈哈，哈哈哈哈……

大厅里人越来越多，三五一伙，七八一群。握手、拥抱，还像当年一样相互调侃、笑闹。老班长老彭，高高的个头，已没有了当年"高仓健"那样的健美身姿，倒有些腰圆体胖了。他伸出一只手，并拢五指，像当年在寝室走廊里那样，将手掌放在身旁的"大毛孩"陈德永同学头顶上比画着，"看看大毛孩子长高了几厘米。"

一个班 56 名同学，国家恢复高考初，社会青年与应届高中毕业的"幸运儿"们一同挤"独木桥"，同学中有下乡知青、退伍军人、工人、民办教师、高中回炉生、应届生，可谓"工、农、商、学、兵"都有，由于各自青春期经历的不同，年龄差异也大。年龄差大致成等差数列，年龄最大的比次大的大三岁，次大的比再次大的大三岁。年龄最小的、我们称为"大毛孩"的陈德永同学比老班长老彭小九岁。也许是学科的原因，班上男女比例严重失调，51 个"阿黑哥"仅"5 朵金花"，这 5 朵金花都让男同学们各起了一个代号，"小辣椒""洋娃娃""蒙娜丽莎""铅球""标枪"。国家发的每月每人 36 斤饭票，17.5 元钱菜票，饭量大的男同学中自然有饭票不够的，肯定顾不上吃甲菜还是丙菜，就会用节省的 1 元钱菜票向女同学换取 6 斤饭票（当然这交易也存有跨年级跨系进行的）。生活委员"阿毛"那时候就尝试"市场经济"了，交易过程是否涉嫌赚收手续费不得而知。尽管交易价值不对等，但周瑜打黄盖，一个愿打，一个愿挨，何况是男女同学之间呢？

晚宴，欢聚一堂，非常热闹。我觉得这晚宴比我参加过的许多吃请都要温馨而让人陶醉。酒量小的在抖擞精神，酒量大的在显示着酒的豪情。"来，为'同学'两个字，干一杯。"觥筹交错，把盏问酒，饮不尽同窗三载的情谊；千言万语，妙语连珠，道不完三十年阔别之念。

班主任徐森老师来了个创意性的提议："同学们，每个同学轮番走上餐厅讲话台，控制在两分钟内做事业、家庭、经历主旨个人简介。"

此刻，大家都在听着每位同学的发言。30 年的人生简历，坎坷也好，平坦也罢，辉煌也好，感慨也罢。在老同学的眼里，这些简单具体的内容似乎明显地被忽视了，我坐在餐桌上，充满感慨地观察发现，与会的同学相互审视的仍然是从前的那个他，细细辨认的还是每个人当年的性格与模样。我们之间的关系仍然是从前的那种纯真淳朴。毕业后，各奔西东，每个人尽管都走过了属于自己的许多坎坷，发生了种种变化，但是在短暂的重逢时刻，大家虽然在互相体会别后岁月所含的一切，但这一切，在老同学的心目中显得不怎么重要。重要的是，相聚给大家提供了一个机会，让每个人都能以老同学的眼光来看自己，跳过一大截岁月，去找回已被自己淡忘的学生时代，找回青春的记忆！

一个同学介绍经历时自我调侃："这 30 年里，我一不小心换了一个老婆，又一不小心多生了一个儿子。"他的坦诚与诙谐引发了全场一阵欢笑。

同学中的诗人仍诗情不改，发言别具一格，诗意浓浓，即兴改写了舒婷的那首《最远距离》，他即兴朗诵道：

最远距离，

不是你坐前排，我坐最后一排的距离。而是你看着老师的板书，在做着笔记。我却在注视着你的长发，你的背影。

最远距离，

不是教室与室外走廊的距离，而是你从走廊走过，我在座位上向你行注目礼。

最远距离，

不是走出校门各奔东西的距离，而是三十年我们都未曾联系！

一位同学大声戏说："诗人，她是谁？干脆说出来吧。"全场又是一阵欢笑。

回眸母校时，少不了在校门口来一张合影。老彭别出心裁，拿出毕业合影的旧照，"我来点名，点到名的同学请到毕业合影的原位置上，咱们来个对号入站，好，从第一排左端开始。"

"杨思清！""到！"

"李智勇！""到！"

"吴克荣、陈相员、李侬、徐晓燕……""到，到……"

"徐河滨、吴雪琴！"泛黄的毕业合影中，两个位置现在永远定格在那里了。徐河滨、吴雪琴两名同学已不能再答"到"了。一阵沉默，这沉默，权当对已逝的两名同学的默哀吧。

相聚是那么温馨，这温馨的滋味在于彼此都将寄存着青春岁月的点滴证据。在久别重逢的时刻当作宝贵的礼物相互交换，相互交还。这种滋味是常常见面定会冲淡对早年同学生活记忆的人所无法体会的，也是抱着所谓渐行渐远的价值观、陈庸偏见的人所无法体会的。有了久别的重逢，便在短暂的时刻里，知道了我们原来彼此间还保存着如此珍贵的记忆，更会用短暂的重逢去加热彼此难忘的友谊。何况，此刻还有浓浓的美酒，动人的情歌。

相聚，真好！

写于 2014 年元旦

3　麻将盛行时

生产力的革命，首先是带来物质的丰盈，劳动效率的提高会让人们劳动之余的空闲多起来，因而对休闲娱乐期望上的追求更为广泛。在当下，客观地讲，我国普通百姓的娱乐活动还不是很发达，所以传统文化娱乐里的麻将成了大家喜爱的一种娱乐工具，麻将与现代技术的结合——麻将机的问世，更给忙碌与焦虑的现代人搓上一把带来便捷、省时，也更具乐趣。

社会对于麻将产生了不少的流行语——"砌长城""麻友""以赌会友""防老年痴呆""经济半小时"等，雅俗盛行。麻将，不停地跳动在麻将馆、餐馆餐桌旁、宾馆客房、普通家庭客厅、公司棋牌室、老干部活动中心。参与娱乐或参与赌博的比比皆是。许多人喜悦、急躁、惊奇、叹息，充满希冀、懊恼的表情，在各种不同的场合，各种不同的面庞上浮动。当下你要找一家书店，或许要跑几条街道，若要找一家麻将馆，踏脚便是。而由于网络的发达，许多人兴起"网络开房"。通过手机、电脑窗口，异地约玩麻将也成一种时尚，只要在微信群里一吆喝"开房了，打麻将噢"，总能喊来应友。

麻将之所以受喜爱，首先是游戏的组合方式、技巧与逻辑构成上的变幻莫测带给人思维上的吸引力。但也不可排除它给"好一口"的人们带来的赌博刺激。辩证和一分为二的观点看待任何事物都存在两面观，健康积极的社会舆论倾向、正确的时事价值取向，包括政府在建立准则规范以及道德倡导上，都会主张形成一种除弊兴利的氛围，对麻将也不例外。

方牧和石凡在《中国牌——麻将的打法与技巧》一书的前言部分叙述："麻将牌戏，亦俗亦雅，利弊兼有，重在人为……故但相交，忧烦尽忘，工余班下，相与甚惬。"溢美之词，见于言表。诚然，麻将作为娱乐之具，劳作之余摸上几圈，消疲解乏，只要不误入赌博歧途，实在有益于身心。

然而，麻将的"将"的一面，是让不少人"将"在了赌博的围城中。在很多地方，甚至在一些比较贫困落后的农村，轻则几百元、千余元，重则万以计数，甚至公款、家产都成为赌者的注物。两个骰子，百余张牌，往往涉及人格、职位乃至家庭与命运。也有乐此不疲者，通宵达旦，不思进取，堕入"玩物丧志"的境地。诚然，凡此种种，也只是少数人的一种极端与变态，并非是麻将本身的罪过。

有一首非常流行的歌曲的歌词，"我拿青春赌明天"唱出了一个最具浪漫的人性思考。每个人的一生，从青春到中年，甚至老年，无时不在生活博弈的存在中度过。但如果用"博弈理论"来看待"麻将赌博"，它只属于"零和博弈"——参与者一方获利，另一方损失，其间利益与损失之和为零，没有双赢的可能。而微观经济学看待"正""负"相等与"博弈论"的"零和博弈"所持的观点又不同，"正"与"负"相等并不构成整体经济的危害，不造成物质的直接损失。但从经济效用上看，其结果还是会降低社会的总效用值。通俗的比喻，搓麻将赢钱的人往往大手大脚地把钱花掉，输钱则省吃俭用才能还债，这便造成赢的十元钱所增加的效用比输掉的十元钱减少的效用低。所以，即便输赢的机会相等，效用却遭到了损失。如果你是一个微观经济学的忠实信徒，那么，请你不要玩麻将，努力去做实体经济，哪怕开一个小作坊。

我片面性的理解，麻将作为娱乐工具，在规则里若不带点物质刺激，麻将博弈也难以产生博弈中的快感。即使对"仓廪实而知礼节，衣食足而知荣辱"的谦谦君子而言，大约在心态上也是如此。在玩麻将的许多人中，有不少人，并不是想要赢钱，比如我所认识的许多退休老年人，他们都会怀揣几百元钱约在一桌，各自经历一下博弈时赢或输的兴奋与懊丧，等到"断索"或"赢余"，都觉得由此换来一天的刺激与放松。散伙时，各自盘算着自己一天的得与失，议论着已过的牌局——"原本我做成了一个四归三清一色的大牌，被老李一个南瓜，点了老王的炮，我的清一色变成了明日黄花。"总结着、归纳着消失的牌局，乐呵呵地将麻将获得的快乐带回了家。这些由职业生活进入了非职业生活的老顽童们，对麻将的爱好实际是对后辈的一种贡献。

至于以盈利为目的的麻将赌博，便另当别论了。其实，任何一种博弈都存在量与度的一个范畴。怎样取舍、把握，都因人而异，何况一个小小的麻将娱乐。

我继而说到一个很纠结的话题，网络上读到一篇文章，说是旅居上海的一名澳大利亚工程师写的，题为《令人忧虑的不阅读的中国人》，作者叫孟莎美。书中写道："在中国各地中小城镇最繁荣的娱乐就是麻将馆和网吧。一个万人的小镇，有几十个麻将馆、五六家网吧是常事……中老年人参与到麻将，青年人上网，少年儿童看电视。"这说法尽管有点夸张，但堪忧也不无道理。至于麻将是不是促成国人不能耐心坐下来安静地读几本书的原因，我觉得并不是麻将的过错，也不一定是麻将造就的公害。任何一种形态的存在都是文化生态的一种表象，麻将也如此。麻将在娱乐益智与赌博危害上，褒贬不一，重要的是参与者从修身养性的角度来正确对待这一娱乐方式。用经济学的观点看待任何一种形式的赌博都会使效用遭到损失，但又有哪一位经济学家会去否认经济发展过程中获利者"赌"的一面呢？至于量与度，也往往是哲学与经济学的两个范畴，而这两个范畴的把握，并没有《爱拼才会赢》那首歌那么浪漫。

4　情人节

　　中西文化，演绎出两个情人节。西式情人节，源自一个现实主义题材的感人故事：瓦伦丁因信仰入狱后邂逅监狱长的女儿——一个善良美丽的盲女，通过两人的交流，女孩喜欢上了瓦伦丁磁性的声音。瓦伦丁非常博学，反复告诉女孩，一个叫布拉丁的村庄生长着一种奇异黄可治眼病。女孩树立了重见光明的信心，但信心的根本在于，她一定要看见这辈子最想看见的人——瓦伦丁。女孩去布拉丁找到了奇异黄，奇迹发生了，她重见光明。可回来后，瓦伦丁却被处决了。这个充满了爱与绝望的女孩，在瓦伦丁坟前服毒自尽。这一天是 2 月 14 日，定为情人节。而中国的七夕节源自一个神话故事，无须多叙，这个故事妇孺皆知。

　　假如我有一个情人，在 2 月 14 这天，我拿什么作为礼物送给她呢？"麦琪的礼物"？情人节卡片？鲜花？真首饰？假首饰？去时尚地参与一次类似于"双 11""双 12"一样的集体消费？或者，送海誓山盟？可所有的海誓山盟又都是那样雷同。而我想送给情人的礼物必须是和别人不同的。送沉默的爱意？可这沉默的爱一开始就属于她，我又怎能把本属于她的东西在"2·14"当作礼物送她呢？去哪里娱乐娱乐？可这一天，歌厅、酒吧、游乐场、小餐馆都满满的，而这些聚集之处，只有娱乐者，圈子就那么大，或许碰上哪个花心的朋友，上次带着一位短头发的，"2·14"又带一个长发飘飘的，碰上了，朋友不尴尬，我却有点尴尬。可哪里才是恬静的去所呢？

　　假如我有一个情人，在七夕这天，我是否要约她呢？"两情若是久长时，又岂在朝朝暮暮。"七夕是纤云弄巧下苦命鸳鸯一年只迎来一次的久别重逢，正是久别重逢，才区别于平常日子，这个节日才存在。因此，我还是觉得在七夕这天选择不时尚的方式去传递相互的问候，情人节也同样会过得有意义，心有灵犀一点通，尽管不见面。我只觉得，西式的情人节，只不过是时尚者对西式习俗的效仿和扮演，而当下即便是情人，往往是鲜有离别，即便你在北国，我在南疆，仅一张机票便可一起到海边听大海的波涛，平常常常见面，在七夕这一天又何必见面呢?

5　度　日

度日这个词最通俗的解释是过日子，但是在汉语词典里，它的色彩与内涵极为丰富。

"子在川上曰：'逝者如斯夫！'"意指度过的日子就像流水一样，一去不复回。

西方一个哲人说："人不可能踏进同一条河流两次。"也是告诫人们且度且珍惜。

朱自清先生在他的散文诗《匆匆》里写道："我们的日子为什么一去不复返呢？是有人偷了他们吧，那是谁，又藏在何处呢？是他们逃去了吧，现在又到哪里呢？"这是对人类心声的独到描述，是对度日最好的诠释。

"少壮不努力，老大徒伤悲。"连我奶奶———一个只字不识的裹脚老太太，在我小时候都总用这句诗来勉励我要"惜少年时"。

积极的人生，看待度日，大概皆是如此。

当然也有人在落寞、惆怅、单调、乏味之时，会自我调侃自己的度日："日复一日，虚度光阴；今日复明日，明日何其多。"

亦有人在难"度"或难"熬"的日子发出"度日如年、如坐针毡"的喟叹。

《时间简史》的作者史蒂芬·霍金，揭秘探索时空的无边界性，很少有非专业人士读得懂他的科学语言。可许多人能从读他的著作悟到别的东西。这便是人类作为宇宙的一粒尘埃，在宇宙时间光年旅行，无以可计的一瞬。

许多流俗哲学家却将度日延伸到"百年三万六千日，不在愁中即病中"和"人生不如意十之八九"的漫长理性思考中，借以告诫人们度日便应该"珍惜一二，坦然八九""百年不过三万六千日，喜悲只在感觉中"。

一大批知识分子群体中，季羡林老先生算是长寿者之一。我读他的

《八十述怀》，才知他为何能比别人多活那么多年——修远、淡定、优雅、豁达，即使在十年浩劫被关进牛棚，精神和肉体备受折磨，他却说那是他最为充实的日子。雪夜闭门写禁文，译出长达 200 万字的印度大史诗《罗摩衍那》。在寒冬的岁月，仍然做着春天的梦，他度日算是度得洒脱，自然命长。

林语堂先生，又是另一番情调，他将度日与自然节奏联系起来，诗意和哲学气韵浓浓，请看他的《人生自然的节奏》。

春季——天色俱佳，春雨潇潇，风暖花开。人不是在"度"，而是在用激情，用爱情在甜蜜的季节播撒着秋实的希冀。

夏季——阳光炙热，汗流浃背，又是将"度"当成"汗滴禾下土"的身体力行，当成"衣带渐宽终不悔"的昂然向上。

秋季——金浪滔滔，果实累累，风和日丽，金黄季节。这时却不愿意去"度"了。而是慢慢赏玩，领略美好时光，成熟而优雅。

慢慢地冬季来临——四季里垂暮的季节，"度"便成了裹暖的回味，成了"众里寻他千百度，蓦然回首，那人却在灯火阑珊处"的感悟。

"度日""消磨时光"这些近义词，往往会让人联系起一些哲人的习气与姿态，他们认为生命的利用不外乎将它打发、消磨。而它存在的价值只能用其厚度来衡量，糊涂人的一生枯燥无味、躁动不安，却将全部希望寄托于下一代或寄托于来世；睿智而有趣的人，却在一个季节、一种生活状态中，始终"度"在"诗和远方"里。即使到了冬季，在随时准备告别人生时，也毫不惋惜。这倒不是因生之艰辛或苦恼所致，而是通过领悟了生之本质在于死，乐于生，才不感到死之苦恼。通过掌握了享受生活讲究的方法，而"度"得坦然，"度"得年轻，"度"得从容而有创意。如罗蒙所言："谁做到比别人多享受一些生活，谁就是属于那些理解生活乐趣的大小是随自己对生活的关心程度而定的人。"他始终比别人"度"得有趣，尤其在"冬季"，看生命的日子无多，就愈想着生命的分量和厚度，靠稳稳地把控时间去留住稍纵即逝的日子，坏日子飞快去"度"，好日子，停下来细细品尝。但是好与坏，对于善于理解生活和享受生活的人而言，对于能用"一个快乐的失败者，本身就是一个胜利者"这种视角去看待成败的智者而言，对度日的感悟是："生活有苦有甜，才叫完整；爱情有闹有和，才叫情趣；心情有悲有喜才叫体会；日子有阴有晴，才叫自然；联系时有时无才叫珍贵。"

　　"昨天的太阳，晒不干今天的地皮。""过去的美好是过去，珍惜今天的阳光，才是现实。"这应是度日应有的主观态度。可是人生往往就是这样，很多的道理早就知道，但非要在"度"过之后，才能明白。

6　体育竞技与道德悖论

视点一：2018 世界杯一场最无聊的足球赛

2018 世界杯小组赛，法国队 VS 丹麦队。从两队前几场的积分赛来看法国队不管输赢，出线无虞；而丹麦队，踢赢、踢平则与法国队双双出线，输则被淘汰。而从法丹两队的实力分析，法国队赢的可能性大。

于是，这场球赛便有了浓重的"商"味，丹麦队或许施用了外交手段（也不排除使用了经济手段），法国人妥协了（准确地说是法国队的主教练与领队妥协了）。法国队主教练一下便卖了两个人情——一个是丹麦队的大人情，一个是自己队的难得有机会上世界杯赛场的非主力队员的小人情，阵容调整，非主力队员上场。一场"表演赛"在 94 分钟的"花样动作"里，最终以 0：0 结束。

现场球迷气愤地离开看台，可以想象电视观众收看直播气愤地关闭电视的肯定也不少。这晚的直播，据说南昌一家酒吧的一台电视机被围着看比赛的一个球迷用酒杯砸破了屏幕。

四年一次的足球赛，本是空前激烈的足球盛况，而这场球赛所引入的"商"味，简直是大煞风景。看台的几万球迷，没有尖叫与呐喊，听不到惋惜、惊叹、助威声，温热的场馆，东方人、西方人、黄种人、白种人、黑种人表情淡漠，昏昏欲睡，裁判不时看腕上的手表，盼望时间到，哨子"嘘……"声响起，这场无聊的比赛宣告结束。

"法国队、丹麦队主教练笑容可掬地握手庆贺双赢。"这是央视五套的解说员的声音，更增添了这场无聊球赛的无聊气氛。央视 5 套花重金买下转播权独家直播，当然直播收费只能来自广告费。

何谓双赢？在"法丹"所谓的双赢的背后，谁是输家？球迷们买票去看球，机票与球票可不便宜，而看的是让自己昏昏欲睡的球赛，他们亏不亏？赌球者下注任何一队的赢票，都是平赌。平赌潜在的就是双输，电视机前的亿万观众浪费了时间而无视觉体验，无物质与经济的观赏乐趣，谁愿花钱、花时间去看你法国球员的花拳绣腿？不知购买了直播权的央视5套，在这94分钟插播的电视广告，能为商家带来多少广告效益。这双赢带来的是方方面面资源的浪费，当然砸坏电视机的那位球迷是要赔电视机钱的。

长期接受一项体育训练而成为最强竞技选手的运动员，他们的技艺在竞赛场乃至媒体转播中的价值在于首先是给予观赏者以愉悦，同时又能让观赏者从选手的示范中获得好的体育精神，让自己学会以优秀选手的灵魂去改善身体。收视率很高的这场足球赛，对球迷和普通观众是一种欺骗，这无疑与道德精神相悖，"法丹"两队协商的双赢其实是对体育竞技精神的亵渎与道德精神的污染。

视点二：国际自行车赛的精彩看点

刚刚在西班牙举办的国际自行车赛中，法国车手埃斯特万，在距离终点仅300米时，不幸遭遇爆胎，他只能扛起自行车向终点跑去，令在场观众惊讶的事情发生了，紧随在他身后的竞争对手西班牙车手纳瓦罗拒绝超越，慢慢地跟在爆胎的埃斯特万身后！这一扛车一慢骑的选手过终点线时，观众给予了不同凡响的掌声和呐喊声。后来取得冠军的埃斯特万想把奖牌送给纳瓦罗，但遭纳瓦罗婉拒，理由是：他不想在快到终点时超越一个爆胎的对手取胜，这样是不道德的。

这一赛事片段，在中国人的微信视频，被大量点击、转发、刷屏，这难道不在证明一种现象？证明在国人的意识里对道德传承存在焦虑与期盼，对视道德荣誉高于竞赛荣誉的高尚者点赞。有网友发出如下叩问：

叩问一：西班牙的国度，你会去思考这样的民族没有雷锋吗？
叩问二：我们的体育赛场能看到纳瓦罗吗？

　　E. 阿伦森（Elliot Aronson）在他的《社会性动物》一书里，揭示人性时说："人害怕的是一种竞争像古罗马的竞技，看起来够野蛮，但若以体育文明去看待一项竞技，即便是最养眼的，或看来最人性的一个团队，它需要的是必然尊重一个程序，哪怕是最审慎的个体或再优秀团队来实施这个结果，都可能对少数参与者（即便是观众）难以预料的影响，没有什么比得上道德，但道德的准则却预料不了一切问题。竞技与道德有点像两个难兄难弟，人们往往很难处理孰重孰轻，但这种选择是基于大多数心理学家所赞同但又冲突的一个价值取向，问题在于没有一套具体又普遍适用的规则（或准则）可以指导那个事例，所以最后只能调和。"E. 阿伦森的这段文字很长，但我朴素地理解这段文字与上文片段的联系在于：纳瓦罗迅速超越埃斯特万，摘得桂冠，从竞技规则上无可厚非，但纳瓦罗的所为在伦理道德上却是一种升华意义上的精彩壮举，观众的惊讶和鼓掌、国人的点赞便是人性价值取向上的共鸣，它不需要具体的规则来指导，而是竞技规则与道德精神的一种调和，是人性最大的闪光点。

　　我们小时候参加体运会，总会看到写在巨幅标语上的 8 个大字："友谊第一，比赛第二"。也曾读过鲁迅先生对于体育竞技的名言："我看运动会的长跑比赛，看到跑到最后而又坚持跑到终点的那名运动员，很让人敬佩，我认为此乃中国之脊梁。"可当下十分流行的诸如赛马、赌牛、赌球等元素穿插于体育赛事之中，每看体育赛事，国内一些新潮运动员，一看到与名次无望，便弃权或走出跑道，我不知是之前年代的人太老套了，还是当下年代的体育精神有点变了味儿。

　　一个好的价值取向，是需要倡导和建立一个好的规则（或准则）去引导的，而规则所无法涵盖的，只能依赖于弘扬典型示范去营造氛围，体育竞技的价值取向如此，其他社会事项的价值取向大都亦如此。譬如说，中国当下社会发展和竞争所引发的一些热门话题：大到环境破坏、土地资源浪费，小到节约水资源、制止乱丢垃圾等。大的问题在国家层面上早已或开始从政策法规条例上进行规范与约束，但又有哪项法则能约束住所有人、所有事呢？而像自觉节约水资源，抓治乱丢垃圾等文明规范的养成，对于大多数人来说，浪费一点自来水、乱丢一点垃圾似乎根本就不是什么大问题，可这本身就是问题的一部分。一些机构常常要求人们按照某种方式行事，但并不能绝对要求人们这么做，问题的关键是，你会在打肥皂时，为节约用水而关上水龙头，还是一直放开水龙头？你是将垃圾丢到地上，还是把它塞进兜里稍后再丢进垃圾箱里？答案往往是："其他人会怎么做?"这让我想起了早年的一个有趣的小故事。一次我带家乡农村的一批退休老教师去上海、杭州旅游，南京路上，一位老师对我说："毓华，几次我都将要吐出的痰又咽回到肚子里了，这里这么干净，没有一个人随地吐一口痰，丢一个烟头，我怎敢乱吐呢？罚款不说，被抓着了，多丢脸。"试想，如果这位老师迎面碰到一个"飞来客"，"呸"一吐抛空落地，他也许就不会将痰咽回肚里了，也随地一吐而畅快了。

纳瓦罗行为的示范意义引起现场观众的惊讶，我在想，如果西班牙的某个倡导自觉节约水资源或文明处理垃圾的机构，用纳瓦罗去当一个公益广告的代言人，人们的关注度和仿效面一定很广。这与我们当下的一些体育明星，拿到广告商优厚的报酬去当一个商品代言人，去推销一个体育产品或去推销一个不管是否为真品牌的牛奶之类的广告，意义与效应是截然不同的。

中国网友对纳瓦罗的点赞，证明中国社会在期盼纳瓦罗这样的体育精神，而不只是期望多产生几个世界冠军。

7 倚窗赏雪

下雪了。

现在南方的雪下得比往年少了，也小了。今年的春雪，姗姗来迟，我真是一阵喜欢！内心盼着这雪花飘到明天早晨，明天一早去野外踏雪。

第二天一早起床，第一件事便是拉开窗帘，一睹雪景，又怕寒气入室，不愿开窗。隔窗望着空中正在曼妙飞舞，伴随着风的节拍婀娜着地的雪花，又俯视着夹在高楼之间，显得低矮的小区景观树，树枝和叶片上积起了白雪，抬眼远眺，高楼高低错落的水泥斜面屋顶上也铺上了一层洁白的银装。眼前是难得的雪景，可它似乎又不及儿时家乡瓦屋上那般铺得均匀普遍，软弱的景观树，被白雪压抑得恻恻的枝条，望去虽然像开满了白色的山茶花，可这远比不上家乡原生林中的雪像开得漫无边际的白棉花那么壮观，更不要说家乡雪后青砖黛瓦屋檐下亮铮铮挂着的冰凌，在袅袅升腾的炊烟的缠绕中滴下如珍珠般的水滴，还有旷野里成群成阵飞来飞去觅食的鸟儿……

倚窗所见城里少有的清白光彩，触景生情，让我即兴诵读起那首有名的咏雪诗："忽如一夜春风来，千树万树梨花开。"

昨晚的雪可能是时断时续，地面积雪并不多。因此也无室外踏雪的兴致，足不出户。中午，雪又飘起，再次倚窗观之：小区地面上行人稀少，楼的西侧，小区唯一的一个小广场对面的楼下，湖城幼儿园已放假，可七八个少年穿着跆拳服，在"红风跆拳道"道馆门前嬉闹着。广场本来就小，四周又被各家的私家车暂时停放挤占不少地面，空地上一道道车轮碾融的积雪痕迹，大煞雪景。几个少年在停放的小车顶上抓起雪块，以小车为掩体，打起了雪仗，可不一会儿都被各自的家长唤回家去了。

近看方形不锈钢管制作的防盗窗的方格，不像汉字楷书书法口诀："横画等距"，上沿与下沿所积的雪的厚度不同，呈下宽上窄，外檐也似乎小些，再从方格向楼下望去，小区"山水天下居民委员会"的办公大门门檐雨罩上写的"党群服务中心"六个红漆涂成的立体字，在雨罩顶面覆盖的皑皑白雪和空中飘洒的雪花映衬下显得格外醒目。隔窗所观，感觉这时小区清寒却比往日旷达，除少数生意小店业主开着门，偶见送外卖的小哥外，平日在此间往来着的少男少女、老头老太太们，此时大概都藏在自己的空调寓中，或低斟浅酌，电锅美酒；或围在取暖器旁，陪伴家人或挚友无忧无虑地大谈闲天；或四友圈在麻将机旁，共同切磋，享受着自己的幸福时光，懒得去风吹雪舞的室外消受这雪天的寒冷。我拿起钟敬文的《西湖的雪景》，他写的踏雪去灵隐寺感受"四时烟景不同，而真赏者各能得其佳趣……若能高朗其怀，旷达其意，超尘脱俗，别具天眼，览景会心，便得真趣！"妙趣横生，看后我却真有点不好意思了，虽言盼雪，仅倚窗赏之，不去身临其境，此尤叶公好龙，"好似龙而非龙者也"。

中午，借酒暖身，又借杜甫《赠卫八处士》一诗，"今夕复何夕，共此灯烛光。少壮能几时，鬓发各已苍。"以自我解嘲，"廉颇老矣，尚能饭否？"惆然喟叹那《山窗听雪敲竹》云："飞雪有声，惟在竹间最雅。山窗寒夜，时听雪洒竹林，淅沥萧萧，联翩瑟瑟，声韵悠然，逸我清听。"这番况味，恐怕只有何时回家乡久候雪天，才可消受。

眼下，仅以倚窗赏雪为满足矣。

二月二十三日雪天

8　无法定义的恶类——小人

历史上，许多钢铁浇铸般的政治家、军事家，最终悲怆辞世的时候，最痛恨的不是明确的政敌和对手，而是曾经给过自己腻耳的佳言和突变的脸色，最终还说不清究竟是敌人还是朋友的那些人。处于弥留之际的政治家和军事家，死不瞑目，颤动的嘴唇艰难地吐出一个词语：小人……

——余秋雨《历史的暗角》

亲贤臣，远小人，此先汉所以兴隆也；亲小人，远贤臣，此后汉所以倾颓也。

——诸葛亮《前出师表》

可什么是小人呢？的的确确难以有一个确切的定义。

让我们取一个典型形象——史上臭名昭著的小人费无忌来剖析剖析小人吧！

司马迁《史记》里的费无忌，写的是发生在公元前527年的一件事，楚平王要为自己的儿子娶一门媳妇，选中的姑娘在秦国，派费无忌去迎娶，这姑娘的确太美了，费无忌一见就眼睛发绿，一路上对姑娘百般奉承，但并非世俗心态的有色心而无色胆，费无忌想得很远："这姑娘如此漂亮，日后必受厚爱，我设法将她献给正当权的楚平王，这不更有益于当下的我？""楚王爱细腰，宫中多饿死。"费无忌深知楚王好色，于是费无忌骑了一匹快马先一步进宫，向楚王描述了这位姑娘的美貌并献谋："反正太子也未与这姑娘见面，大王何不先娶了她，日后再为太子物色一个就成了。"楚王被说动了心，于是笑话便产生了——这位原想来做太子夫人的姑娘，转眼成了公公楚平王的妃子，真是啼笑姻缘。

这只是故事的一个开端，接下来的故事费无忌由此播下的恶果可大了。

本来楚王洞房花烛，事情过去也就过去了，可是费无忌办下这种事，必定既高兴又紧张，高兴的是，楚平王越来越宠幸他了；紧张的是，他知太子深受伤害，但在父王的权威下敢怒而不敢言，若日后太子掌权，他是不会有好果子吃的。费无忌费尽思量，开始在楚平王身边打太子的小报告，"那件事情之后，太子对我恨之入骨，那倒是我能够理解的，可问题是对大王您太子也怨恨起来，万望大王戒备，现在太子手握兵权，常与诸侯联络，内又有他的老师伍奢出谋划策，说不定哪一天要兵变呢？"

"楚平王令弑伍奢与长子伍尚，捕杀王子，太子与伍奢次子伍员逃离楚国。"

或许"一笑倾人城，二笑倾人国"用在这个故事上也是恰当的，此后楚国连年被兵火包围，逃离的太子是一个拥有兵权的人，太子的心头之恨，伍员的杀父之仇，这点燃战火之人是小人费无忌。你看这样的小人可不可恶？

费无忌仅仅是小人世界里典型的一个。

我们无须大量翻阅历史学家关于小人的记叙，仅仅从近中国现代史也会看到每一次大的政治运动背景下，都为许多生长在土壤暗角的小人释放能量、施展"武功"提供了机遇。

可在理论上谁又能给小人下一个准确的定义呢？很难。小人不是年龄小，也不是地位低，也不是广义上的小气，它与小人物是两码事，即便去翻阅《中华大辞典》也似乎仅将小人解释为君子的反义词。历史上的政治家与许多文人，对小人的刻画都很生动形象，但无人能够给小人下一个一目了然的定义，即便是画家对小人的素描大概也只是"画龙画虎难画骨"，即便是政治家对身边的小人也会陷入"知人知面不知心"的迷茫。我想楚平王在国破家亡之时，大概对费无忌也只能从内心冒出那两个字——小人，就连孔老夫子也仅能发出"唯女子与小人难养矣！"这种喟叹。

"近君子，远小人。"此话是渗透整个社会的一种观念。可往往难的是看清小人，又怎么个远法呢？这总是一个痛点。司马迁是中国最伟大的历史学家，《史记》对历史情节的取舍大刀阔斧，可他对费无忌这一个小小的历史人物的所作所为却实在是工笔细描，为什么？说明他不放过小人，他要让历史记住这样的小人，要让世人理解小人的思维定式与行为特征。倒回头来剖析剖析费无忌这种类型的小人的一些行为特征，我读余秋雨的《历史的暗角》对怎样认识小人得到了以下的一些启示：

特征一：见不得美好。小人从来不可能对美好抱有由衷的虔诚，尽管见到美好也眼光发绿，但只要有可能便会扰乱、转嫁或诋毁，我们现实生活中的"费无忌"，比如看到一个美女，眼光便时而发绿时而发红，苦于不能得手，便会鬼鬼祟祟，费尽心机去编制这位美女的丑闻，吃不到的葡萄，总会吐口水说成是酸的，这便是小人的第一个特征。

特征二：见不得权力。小人怪就怪在见不得权力但对权力本身并不迷醉，只迷醉权力背后自己有可能得到的利益，这是君子与小人的一个最明显的区别。君子爱财，取之有道，君子爱权坦荡争取，而小人只会缠绕在权力的天平旁安上一个砝码，乍一看，根本弄不清他们是在投靠谁、背叛谁、出卖谁、效忠谁。其实他们根本就没有固有的初心与使命，更无道德底线，"有奶便是娘"，只看重实际私利。

特征三：不怕麻烦。小人会想到麻烦，更会制造麻烦，从而在麻烦中成事。费无忌创造了"转嫁"一词。他也想到麻烦，但他不按正常逻辑出牌，当太子终于感受到与秦国姑娘结婚的麻烦而忍痛割爱，大臣中也有明确知道向楚平王阻谏的麻烦，这个时候，这件事也就办妥了。小人知道，只要自己不怕麻烦，总有怕麻烦的人，越麻烦越容易把事情搞浑，而且怕麻烦的人，总怕不怕麻烦的小人纠缠。这是小人的过人之处。

特征四：缺乏远见。小人只看重眼前的利益，费无忌虽想到了太子日后当权会带来自己的不利，可他急功近利想到的只是眼前在楚王面前得宠，今天有酒今天醉，哪管以后何如。

特征五：巧借东风。小人善于借力而成自己想成的事，急于事功，不讲规范，往往在当权者的荫庇下，巧借东风，或拉大旗做虎皮，这不能不显露小人的办事效率高。主子越缺乏深谋远虑，小人越易于办成自己想办

的事。

特征六：落井下石，这一成语似乎是为小人量身定制的。小人之恶是正人君子难以想象的，小人从不会放过被伤害者，这是因为本质上，小人是胆小的，这胆小并不是害怕具体操作上的失败，而是不能不害怕报复。不这样小人就没有安全感。费无忌十分害怕太子日后的报复，于是先下手为强，先是制造平王与太子父子裂痕，以达到太子不能接位之目的，这还不够，继而对太子落井下石。请注意，如果你曾被小人伤害了一次，切莫以君子之心度小人之腹，而要以小人之心度小人之腹，谨防小人的第二次、第三次伤害。

特征七：博取同情，小人惯于用此伎俩。你看费无忌向楚平王说的话吧："那件事情之后，太子对我恨之入骨，那倒罢了，我这么个人也算不得什么。"说得多么弱势，多么值得同情，小人往往反复向别人解释自己是天底下受损失最大的人，自己是弱者，弱得不能再弱了，在他们企图吞食别人产权、名誉乃至身家性命的时候，他们甚至会让低沉的喉音、含泪的双眼、颤抖的脸颊、欲说还休的语调一起上阵，甚至声泪俱下，逻辑说不通时便哽哽咽咽地糊弄过去，你还能不同情？可你在同情小人时，实质上你上当了，甚至惹祸上身了，请注意，不设防的职场官场，最佳演技奖，永远属于小人。

特征八：谎报"敌情"，这往往是小人的拿手戏。"说不定哪一天兵变呢？"费无忌谎报的敌情，让楚平王大开杀戒，下狠手。小人惯用谣言制造气氛，绘声绘色、熟练地把谎言和谣言编制得合乎情理，让人陷入谎言和谣言的迷宫找不到北。

特征九：不顾后果，小人不顾忌后果但最终控制不了局势，最后自己的结局都会惹祸上身。小人往往精明而短视，制造了恶果并没有想到这些恶果最终织接起来，将会给自己造成一个什么样的结局。当真相大白，当人们没有忘记全部灾难的责任者时，倒霉的便是始作俑者的小人。司马迁详细记载了费无忌最终的下场："当楚国陷于邻国攻伐而不得不长年以铁血为生的时候，费无忌束手无策。可人们并没有忘记这个战火点燃者，大家咬牙切齿地用极刑把这个小人处死了。"写得大快人心。

小人作为渗透整个社会生活的一类，并非所有小人都是九项全能，小人的鼻祖费无忌只是一个特例。生活中一般的小人也许仅具备几个特征，但小人又往往藏于暗角，既难排除又难以反击，对于小人，深受其害者，刻骨痛恨；鄙视小人者，敬而远之；局外旁观者，犹如吞了一只苍蝇般倒胃口，防不胜防。故此，还是记住老祖宗的名言"近君子，远小人"。

9　鄱阳传说里的范仲淹

最初认识范仲淹，是从初三课本里的《岳阳楼记》，初三语文老师读到"先天下之忧而忧，后天下之乐而乐"时，激动得眼眶都湿润了，我们也被感染得要掉眼泪。后来，知道了一些范仲淹在庆历新政改革失败之后，被贬饶州，任饶州知州时的一些与饶州有关的故事，鄱阳人（古饶州人）以自己的历史文化底蕴对范仲淹进行饶州文化的炒作：

"范仲淹压根就没有到过洞庭湖，他的《岳阳楼记》是站在饶州芝山山岭看浩渺烟波的鄱阳湖，应好友滕子京所约，有感而作。"

传说只是传说，不能当作历史来相信。

千年之后的今天，就在千年之后的古饶州（鄱阳），我在做一个奇怪的文化假设，假设范知州在饶州知州任上，作《鄱阳楼记》，同样用"先天下之忧而忧，后天下之乐而乐"千古名句，那么他曾经的根据地鄱阳，不也因此而名扬天下了吗？

范仲淹在饶州虽无传世之作，但他是一个好官，这是史实。用现在时髦用语——城市规划，历史遗留下了"七箭射东湖""一、二……九"条巷，"东湖轩福寺塔"。我们如用 21 世纪的匆匆脚步去度量饶州古韵，用冷寂风干的青史去联系今天的"环东湖五期改造""棚户区改造"及城内"五湖联通"打造中国湖城的大规划、大拆迁，是否保存了一些历史的粘连与韵味？

范仲淹京城做官时，是个直言敢谏的官员，他因多次上书批评宰相而二次遭贬，饶州政治历史对于范仲淹的传说与纪实，并非只是传说，鄱阳芝山公园那尊范仲淹雕像，就像杭州的苏堤，是对历史的一个祭奠。

"登斯楼也，则有去国怀乡，忧谗畏讥，满目萧然，感极而悲者矣！"

唯美的文章，能让现代人动情地传诵。

　　有个假日，理政忙碌了一天的范知州，黄昏登上树木葱郁的芝山岭上，举头遥望浩瀚的鄱阳湖，低头俯视秋日叶落满地的芝山山麓。这时，他思念自己的家乡，思念自己的老婆了。

>　　碧云天，
>
>　　黄叶地，
>
>　　秋色连波，波上寒烟翠。
>
>　　山映斜阳天接水，
>
>　　芳草无情，
>
>　　更在斜阳外。
>
>　　黯乡魂，
>
>　　追旅思。
>
>　　夜夜除非，
>
>　　好梦留人睡。
>
>　　明月楼高休独倚，
>
>　　酒入愁肠，
>
>　　化作相思泪。

　　范仲淹被贬的次数与苏东坡可画等号，但作为诗人的范仲淹与李白的经历与感受有所不同。李白怎么做了俘虏他自己都不清楚，被放时"千里江陵一日还"，动情时"长安不见使人愁"。但千年之后，读李白的这首诗时谁人知道诗仙李白愁的是高高在上的帝王，还是心中的长安？范仲淹倒是十分低调和质朴，"化作相思泪"所抒发的是男人的柔柔情怀。想老婆了，想就想呗有什么不好意思。

　　"中国古代，一为文人，便无足观，文官之显赫……在官而不在文，他们作为文人的一面，在官场也是无足观的。"（余秋雨《阳关雪》）从历史隧道走向今天的帝王太多了，历史学家列的帝王名单数不胜数，但历史记载的像苏东坡、李白、王维、范仲淹等文人，他们都不会是独立独行的，他们不管是峨冠博带或是被摘掉了乌纱帽，手持的一杆竹管笔，涂画的诗文，都能镌刻山河，雕镂人心，厚重的沧桑感，竟然将一些生僻的角落，描摹成人人心中的故乡，这便是古文人的魔力。

10　情为何物？

读《诗经·北史·击鼓》"死生契阔，与子成说，执子之手，与子偕老"，这可以影响人一生的好诗，在意境与情感上到底做何解？

初中老师讲述这首古诗，讲的是生死与共，并肩一生的战友情，是古代边塞疆场结下的"过命之交"的生动写照。

高中老师却向高中生们讲述另一种人性密码，这便是爱，说的是不离不弃、白头偕老的爱情。

走过春走过夏之后，自己再去读这首古诗，可谓五味杂陈，该诗通篇没有一个"情"字，却声声道情，因而自问情为何物？

江湖与仕途中结交的朋友，人在江湖，关于情，往往"看到，不等于看见"。只有永久的利益，难有永久的朋友，情，往往在金钱与地位的背后，故鲁迅先生曾感叹："人生得一知己足矣。"

市井凡人的相互交好，有的偶然做了邻居，或是集市上多碰了几面，只要相互还存一点利用价值，便说成是"故交"，这种交集对于情，往往是"看见，不等于看清"的态势。

初恋的男女，最优美的情词莫过于"一见钟情"，即便因偶然的因素而分手，最好的状态是，仍然留存美感，甚至时过境迁，久别邂逅，虽然彼此唯一早已不再，但朦胧美感乃藏于心，挥之不去，像吉日格楞写的歌词《天边》一样，"那是你昨夜的柔情"，三十年依旧，这种情则属于"看清，不等于看懂"。

读法国作家杜拉斯的《情人》。从开篇"我都老了"，一句沧桑开头，直至尾声。"他说他爱她将一直爱到他死。"悲凉而终，写出了情爱和性爱与生活中许多事件牵绊，一切皆因情而生，一个"情"字串起一对男女漫长的一生，细细考量，这也仅属于"看懂，不等于看透"。

只是古往今来的文人墨客所谓的知音，他们因艺术而惺惺相惜，因共同的抱负而相见恨晚，"高山流水，莫逆之交"，不似"商人重利轻别离"，分别时"劝君更尽一杯酒，西出阳关无故人"。谓之"君子之交淡如水"，这情，才可谓："看得透，也看得开。"

《摸鱼儿·雁丘词》元好问将情写到了极致，有问有答。

问世间情是何物，

直教生死相许？

天南地北双飞客，

老翅几回寒暑。

欢乐趣，离别苦，就中更有痴儿女。

世人演绎的美好爱情，就像莎士比亚说的"吃下的越多，它就越有，所以两者都是无穷无尽的了"。《罗密欧与朱丽叶》无穷无尽，该是何物？

当今社会，无战争硝烟，离别少，欢乐多，时尚之最，莫过于同学两个字，冠之以同窗，名目繁多的同学聚会，"我不知岁月后的你，你也不知岁月后的我"只凭青春的记忆偶尔聚之，却不知"渐行渐远的价值观"让彼此熟悉而陌生，这种情"看透，不等于看开"。易于逻辑说服的物种，又易于被"情"困扰，即便当年同窗，时过境迁确实难从当初同一个窗口去看情、看景，乃至看整个世界，那么情为何物？

关于情，有一首诗用于它或许很贴切：

看到，不等于看见，

看见，不等于看清，

看清，不等于看懂，

看懂，不等于看透，

看透，不等于看开。

现代诗人说："情是人性的密码！是生命的力量。"

190

11 乡村冬天之美

冬天很冷的季节，我常回想起家乡石门街的冬天，在县城居住，往往感觉缺乏山村冬景的天然律动，也不怎么理解现在城里一些市民的那种矫情，大凡寒冬的时候，公园里行人凋零，平常暖和季节的黄昏，时常让人感到厌烦的广场舞、街边舞，刺耳的伴奏音和张扬的舞者，此时都销声匿迹，街道与公园少了许多嘈杂。大部分城里人除忙于生计者，如快递小哥、桶装水送水工外，大都待在办公室或待在自己鸽子笼式的住宅，空调开得呼呼地冒着热气，空气燥闷，脑涨脸热地暖着。

在冬天，去野外呼吸清新的冷空气，接受大自然的邀请，或去乡村，体会围着火炉享天伦之乐的感受，去山川田野领略这个季节罕见的明朗阳光和小河流水的清澈，是多么有趣的事啊，这些都是早年在家乡时常领略的欣慰。

许多类同的小城市，由于车辆增加得太多，城市还来不及配置足够的停车位，乱行乱停乱放的小车碾碎人行道砖，掺和着泥水几乎永无干燥之日，泥水夹杂阵阵扑鼻而来的餐馆厨房飘出的气味，很让人不爽。

在乡下，一片阳光，或者刮几小时微风，就使空气变得清新，使地面干爽，这也许是在冬季常想回乡下老家待上一些日子的原因吧。

在老家，若遇上一场大雪，那可真是运气了。

虽然怕冷的百灵鸟不见踪影，但素裹银装下，有斑鸠、八哥成群结队地飞来飞去，一群群麻雀舞动着轻巧的身姿，在洁白的雪地上划起一道道爪痕。白茫茫的山麓和田野，在阳光照射下闪闪发光，走近树林，挂在树梢的冰凌，组成神奇的连拱及无法描绘的水晶花彩，有什么东西比白雪更加美丽呢？

再看见小河边河滩沙滩上一块一块的萝卜地，一个个萝卜还站在沙地上，头顶上还顶着躲过严寒而幸存的绿绿略带黄的叶子，负重地披着皑皑白雪，伸出土面的半截被白雪覆盖，昂然露出冻得紫红的脸蛋，像在雪中微笑。各种农作物大都见不到的时节，这雪天的萝卜和越冬大白菜，点缀于茫茫雪地，特别醒目。

曾记儿时，一天黄昏，下雪了，雪花一片一片增大，那一片一片连一片，落入地上都不见，片片让人惋惜。夜静了，我希望雪再下大点，激动得一个晚上不想睡，时不时会开门瞧瞧雪是不是还在下。奶奶说："晚上下雪早上床，明天开门白茫茫。"第二天，天一亮，急忙开门，啊！屋外果然一片白了。一群小伙伴，不约而同闯出家门欢呼雀跃，到雪地里疯跑一阵，鼻子冻得像红萝卜。回家，奶奶已薪好了炭火，坐在火桶上，腿上盖着我婴儿时睡的尿被，"来，来，暖暖。"我和姐姐一人搬来一条骨牌凳，放在圆形火桶旁，坐在凳上，脱掉鞋，将手和脚都放在火桶的铁栅上，奶奶的两只小裹脚，我和姐姐四只小脚，挤在一起暖和着，奶奶说："猫冷头，狗冷嘴，小孩冷从脚下起。"不一会儿，从脚底到下肢到全身都暖暖的，与奶奶围着火桶而坐，暖暖的，心里美美的，真是极大的乐事。可这已是遥远的过去了，仅留在我的回忆里。

12　战争与和平

到儿子的家里住了两个月。一回来，发现我家的阳台上的花盆里有四只八哥的雏儿，在临时搭建的草窝里"叽叽，叽叽"地鸣叫着。当我靠近它们时，它们就缩回脖子，可小眼睛瞅瞅我，可爱的鲜红而有黄边的嘴儿从花盆的绿叶丛中伸出来，张开嘴"叽叽，叽叽"待哺的样子，它们伸长脖子眼睛乌溜溜的。当我再靠近时，又缩回脖子，可小眼睛瞅着我，煞是可爱。

可是有一天我买菜回来，老伴气恼地对我说："你将花盆里的八哥窝弄走。"原因是她在阳台洗衣时，曾遭到八哥父母的轮番袭击，她说："我在阳台水池洗衣，两只八哥轮番来啄我，我只好随手拿起一件湿衣服挥向它们，将它们赶飞。"

我也经历了与八哥的战争。

老伴在阳台上洗衣，为了安全起见，戴了一顶太阳帽做防护，我毫无防备，在阳台上拖阳台地面。突然，对面屋檐上停栖的一只八哥，凶猛地向我俯冲而来要啄我，我慌忙将拖把挥向它，它敏捷地转弯飞去，栖在一根树枝上，眼睛还在瞧着我，我继续拖地面时，已心存戒备，不一会儿，另一只栖在对面屋檐上的八哥又以同样的攻势向我袭来，我重复着同样的动作再次将它挥走。我释然了，这定是草窝里雏儿的父母，它们是担心我夫妇在阳台劳作会伤害它们的儿女，它们因误解而仇视，主动攻击。

如何与八哥一家在我的领地和谐相处？我想了一个办法。我从小区的树荫下潮湿处，挖了几条蚯蚓，又拿了一点谷物和豆干分期分批放一点在阳台花盆旁边，观察八哥父母的一些新动态。

一只老八哥，从远处飞来，将嘴里含着的食物送到同时张开嘴，伸长脖子的几个儿女其中一个的嘴里，站在花盆边沿上，观察阳台上的最新情况，偶然发现花盆旁边的食物，啄起，一一喂给它的儿女们。老八哥飞离后，我又放了一些谷物。这样老八哥在它的儿女们享受了"曹氏快餐"后，似乎对我夫妇并不存有戒备和敌意了，停在对面屋檐上的八哥夫妇，只是一会儿瞧瞧我们，一会儿瞧瞧它们在花盆里的儿女们，不再对我和老伴发起攻击了。它们只是偶尔缓慢地在离阳台不远的空间飞来飞去，轻巧而欢快地叫几声，最终又大胆地落在花盆沿上，姿态优雅，眼含善意地看看我，看看老伴……

时间过了一个多月，我又惊奇地发现，八哥夫妇，在我的阳台上，训练雏儿的飞行技能。

可不久，它们带着它们的儿女们远走高飞了。

只留下那空空的草窝。

我保存着一个念想：八哥，这鸟巢，我还会给你们留着，当你再生下一胎时，我们不会借故打搅你，当你的又一代嗷嗷待哺时，我再提供"曹氏快餐"。

我为我的想法笑了。

窗外，总闻到八哥的鸣唱，这当然不一定是那八哥一家。我在书房写我的稿子，这时，我笔尖一动，流泻瞬间的感受：

信赖，往往创造和平与美好的境界。

13　盼　雪

北方人，对雪是一种习惯；

南方人，对雪是一种期盼。

12月26日，情系团山下群里的一个群友，朗诵毛主席的《沁园春·雪》：

北国风光，

千里冰封，万里雪飘……

激昂澎湃的朗诵，勾起我对雪的期盼。

许多的诗文都将雪勾勒出形态不同的姿容，然而雪景总是需要情境来映衬才美。如钟敬文的《西湖的雪景》，"'杂花生树，群莺乱飞'或'浴晴鸥鹭争飞，拂袂荷风荐爽'，都是要教人眷眷不易忘情的"。以此铺垫，再引出西湖的雪，世人皆知西湖若西子般美，淡妆浓抹总相宜，更何况雪天呢？由此而引出"断桥残雪，孤山霁雪"不可多得的意境。

梁实秋写《雪》则引经据典，"燕山雪花大如席"，李白这话靠不住，诗人太夸张，如"白发三千丈"之类。而"一片两片三四片……飞入梅花都不见"则过于写实，但这写实中却又蕴含着美感中的浪漫，只不过，"赏雪，须先肚中不饿……焉有闲情逸致去细数一片一片又一片。"据说有一位枭雄的咏雪诗：

黄狗身上白，

白狗身上肿。

出门一吆喝，

天下大一统。

粗犷而可笑。梁实秋评说：在汉末时期，踌躇满志，挥鞭天下的曹操，即便一首歪诗，也不是没有一点巧思，俗话说"官大好吟诗"。

对于雪，我在期盼中回想起早年下雪的一些难忘的情景……那是1975年的冬天，记不清的一个平平常常的日子，上午细蒙蒙的雨丝，夹着一星半点的雪花，纷纷扬扬地下着，这不是从路遥的《平凡的世界》中抄写的句子，是少年盼雪的场景，早年的雪趣图至今还印在我的心上。

团山下中学，树林、果园，飘洒着雪花，李老师拇指、无名指和中指搂住的粉笔停了板书，望着窗外："同学们，外面下雪了。"全班同学的目光顿时全部转向了窗外"啊……"一阵喜叹。下课了，细细的雨丝停了，漫天起舞的片片晶莹洁白的雪花，悠悠扬扬地飘落着，操场上，同学们欢舞雀跃，有许多的同学手托着落入掌中即融的雪花，盼着下大点、不融化，下吧，下吧，直下到覆盖校园、覆盖大地，校园操场上俨然一幅盼雪谐趣图。上午放学后，陆续走出学校的"通学生"们冒着雪花步行回家，吃罢中饭又从家里带着伞来到学校，红、黑、黄花的雨伞皆成白色。慢慢地，地面的雪越积越厚，下午第三节课时，老师说："同学们，由于大雪，学校决定明天放假，放到雪停，听通知来学校。"教室里"噢"的一阵欢呼。我内心兴奋，放假了，明天可以在雪地里尽情玩了。

这次的雪下得比较大，山麓和旷野像俄罗斯铅笔画家描的雪景画，可惜我对它只懂赏玩而无文字记叙的本领。

> 一场大雪过后，
> 冬天感冒了。
> 路过树林的时候，
> 鼻涕落在树枝上。
> 一根一根晶莹发亮。

鸭不冷，酒不冻，"冬天感冒了"，可冬天的少年在雪后是不怕感冒的，我们一群小伙伴，用一个最好的方法可以在雪天的野外去疯跑多时，用裤洞罩住套鞋，雪水冻结后裤洞与套鞋构成了一个在大腿下形成的屏障，雪水浸入不了套鞋内。就像系了半身的防水裤，自由地跑遍"西边坂"的田野，跑向西河的岸边，跑向山麓。

鲁迅的《故乡》写的闰土的父亲，在雪地捕鸟的技巧，对我们中学生而言已不算什么稀奇了。我们的玩法更野性，用稻草揉成鸟儿的窝形，用尼龙丝做成一个套套在鸟窝的口上，窝底放上谷物，大雪覆盖的旷野，银光闪闪，找不到食物而饿得头昏眼花的斑鸠、八哥、鸦雀、野鸡，看到茫茫雪地里醒目的草窝，成群地飞来觅食，用脚扒用嘴啄草窝里的谷物，走运的饱食了一顿后飞去，倒霉的便被设陷的尼龙绳套圈套着了。套到脖子的飞起即落下，挣扎几下便一命呜呼；套着脚丫的，飞起，拖着缠在爪子上的草窝，挣扎着，飞起又落下，在雪地里扑起再飞，飞不起来便拖。我们一阵子"欢呼"，在雪地里追赶着，这些倒霉的鸟儿，都成了我们的猎物。最终，我们均分了猎物回家。这些不幸的鸟儿，竟成了美食。现在回想起来，我们又是多么可耻的鸟儿的恶客。

1975年的那场大雪，是我记事以来最大的一场雪。奶奶也感慨地说："瑞雪兆丰年，明年定是个好年景。"可我那时对大雪有益于农事还不甚理解，仅觉得雪总是低调的，无论落到山脉、树浪、田野、地面，还是河滩，它总是悄悄的，不像雨那么淅淅沥沥的张扬，静悄悄地覆着整个大地。雪又是公平的，它对朱门与棚户同样施舍，万物平等地享受它的毡被，从无厚此薄彼。可是，现在专家们所讨论的环境影响地球气候变暖的话题，尤其在南方，雪下得少了，也小了，我之盼雪又不是听了专家们的灼见。其实，用文字去写盼雪的心情也不怎么好写，倒是殷秀梅同志唱的那首"我爱你塞北的雪"时常引发我的共鸣。

"我盼你，江南的雪！"以此做结吧。

14 古诗人与酒

纵观由历史隧道走来的古诗人，大都与酒有不解之缘。

首先走来的是三国曹操。他的《短歌行》，"对酒当歌，人生几何？""何以解忧，唯有杜康。"杜康作为酒的代名词，让世人沿用千古。曹操妻妾成群，儿孙满堂。作为江山继承候选人的两个儿子，一个是曹植，一个是曹丕。曹操酒的基因传给了先宠后弃的曹植，江山传给了不爱酒的曹丕。曹植在得意与失意之时，每天除了喝酒就是吟诗。但曹植的诗赋里，关于酒的文字却并不比不爱酒的曹丕多。曹植留下的过多的是酒后蒙眬。《洛神赋》"含辞未吐，气若幽兰。"于失意失态之中，曹丕继曹操《短歌行》而作《燕歌行》，"援琴鸣弦发清商，短歌微吟不能长。"早已是大志在胸，他借鉴曹植的奢华艳丽，能自砥砺，持重缜密得曹操真传。所以曹操的江山非曹丕莫属。曹植不及项背，只配发"煮豆燃豆萁"之喟叹。足以见得酒对人有益亦有害，因人而异而已。

再看李白。酒融入李白的血液，涌向大脑，再在他的文脉里涌动，在意境与情感里排列组合，于是有了恢宏之作《将进酒》。对于李白，世人有"李白斗酒诗百篇"之说。

我读过李白的许多诗，深知李白是好酒的。谁说"一人不饮酒，二人不赌钱"？李白《对月独酌》，"花间一壶酒，独酌无相亲"，其真性情也。独自一人把酒问月，带三分醉意，笑问苍天，"对影成三人"莫不是喝高了？可不知爱酒的李白，酒量几许？酒风何如？

"岑夫子，丹丘生，将进酒，杯莫停。"

人家岑夫子、丹丘生，真心请你喝酒，自己已不胜酒力了，你还叫人家杯莫停，还要趾高气扬，"请君为我倾耳听""主人何为言少钱，径须沽取对君酌。"人家请你喝酒，你又不用买单，却叨叨不停"钟鼓馔玉不足贵，但愿长醉不复醒""五花马、千金裘，呼儿将出换美酒，与尔同销万古愁"。下次谁还敢请你喝酒？李白同志，要知道请客酒贵哦。

但可千万别误会了李白，细嚼《将进酒》，能品出李白的酒醉心明。

　　　君不见黄河之水天上来，
　　　奔流到海不复回，
　　　君不见高堂明镜悲白发，
　　　朝如青丝暮成雪。

李白在酒席上喊出的话语，既浪漫豁达，又情感细腻，极富哲学气韵，他是在呼吁人们要珍惜时光，珍惜当下。

"天生我材必有用，千金散尽还复来。"更是字字珠玑，告诉人们坚信，只要有才，英雄总有用武之地。

相比于李白，他的好友知己白居易就显得斯文多了。"绿蚁新醅酒，红泥小火炉。晚来天欲雪，能饮一杯无？"向刘十九发出邀请，饮一杯共同消遣欲雪的黄昏。"来，走一个。"显得低调，绅士风度而又重情重义。

南朝梁萧统的《陶渊明集·序》记载："有疑陶渊明诗篇篇有酒，吾观其意不在酒，亦寄酒为迹者也。"可是陶渊明的"采菊东篱下，悠然见南山"，通篇没有一个酒字，但诗的题目却是《饮酒》。是不是饮酒即兴之作？难以考证。而他的《桃花源记》，"得欢当作乐，斗酒聚比邻。"他的理想社会世外桃源就有菊花酒，去桃园喝点菊花酒释放那羁鸟归旧林的雅趣与"此中有真意"。

唐宋八大家之一的欧阳修，酒量不大，"饮少辄醉，自号醉翁"。作《醉翁亭记》，然"醉翁之意不在酒，在乎山水之间也""山水之乐，得之心而寓之酒也"。欧阳大师习惯把酒言欢与民同乐。

至于大文豪苏东坡，"乌台诗案"多次遭贬。被贬黄州后，谨小慎微，"与客同游赤壁，饮酒赋诗"，排除政治失意之苦闷，"于是饮酒乐盛，扣舷而歌之"。"诵明月之诗，歌窈窕之章"抒发对大自然对人生的感悟，"此非孟德之困于周郎乎？"然而被贬黄州的苏东坡真正实现了他在人生逆境之中的精神突围，有了精神突围，有了赤壁饮酒赋诗，才唱响了前后《赤壁

赋》。

信手拿来《中华美文》，翻着目录，企图寻找品味目录里酒字的醇香，蓦然萌发一个脸红的念头，好酒的古诗人中，是否也有像当下的饮者，喜欢喝点花酒？"今夜不醉不还"？有的，极富浪漫情怀的杜牧，姗姗走来。他最有胆量的是《泊秦淮》，"烟笼寒水月笼沙，夜泊秦淮近酒家"。最坦荡率真的是《遣怀》，"落魄江湖载酒行，赢得青楼薄幸名"。酒肆青楼，唯杜牧之独行而直言不讳。

翻看目录，一个耀眼的女词人的名字——李清照，映入眼帘。"浓睡不消残酒，知否？知否？应是绿肥红瘦。"有可能，李清照此刻在回忆与赵明诚雪下对诗，齐眉对酌，思念至极，不觉得醉了，浓睡不消。"东篱把酒黄昏后……帘卷西风，人比黄花瘦。"

忆旧年，在泛黄的纸页上，有来自遥远亘古时的诗人的诗里，飘来阵阵酒的醇香。和着酒的香、诗的韵，时不时让我沉醉其中，读罢诗文，真想端起手中的酒杯，与诗人酣畅淋漓大醉一场，由此将一切不甘与执念，将对岁月芳华的留恋都化在酒中，就像温厚的王维那样，对于一个阳关，缠绵淡雅地举起酒杯，再来一杯吧：

"劝君更尽一杯酒，西出阳关无故人。"

15　面子与尊严

面子是什么？面子，它代表的是渗透整个社会生活的一种观念。

尊严是什么？尊严，是属于个人的，不可压缩的空间，这块空间要靠自己来捍卫。

人们总想在别人面前显得体面和优越些，能够做到这一点，也就是有"面子"，反之则是"丢面子"。

作家刘和平写的《大明王朝》，写了一个有趣的故事。说的是嘉靖皇帝发现了宰相严嵩父子收受了"江南织造局"送的很多的丝绸贿赂（丝绸在嘉靖执政时是国家财政的支柱产业），嘉靖不想责罚严嵩，因为很需要严嵩的辅佐，为了让严嵩改掉这个毛病，而又不伤严嵩的面子，嘉靖想了一个巧妙的办法。一天，他送给严嵩大量的丝绸为礼物，严嵩很惊讶，但老谋深算的"严阁老"，敏感地意识到自己收受贿赂的事情败露了，但见皇上用这样和善的方式来告诫自己，他知道，嘉靖这次是饶恕了自己，也保全了自己的面子。严嵩继续当他的"严阁老"，只是提醒自己的儿子"小阁老"严世蕃"伴君如伴虎"。其实，这个故事，早就被一个英国人写进了他的一本书《中国人生活的明与暗》里。

我早年的一位朋友原来有一个很好的差事，20世纪70年代末，在公社农机站开当时全公社唯一的一台解放牌汽车，可与站长关系没处好，站长时常给他小鞋穿，并有换掉他的想法。这位朋友便向站长提交了辞职报告，在他看来，与其等到站长换他，不如自己提出辞职，这样自己就不失面子，尽管美差丢了，但这位朋友告诉我这件事时就像自己是个胜利者一样，对面子看得也够重了。

西方人对中国人从平民百姓到皇帝都如此看重面子，是很疑惑的，若将面子一词，翻译给外国人，可能很难译得明白，"明与暗"便是意译了，否则这个英国人写的书也许会写成《中国人生活的面子》，这就像当年毛主席向一位美国记者说帝国主义都是"纸老虎"，翻译翻给那位记者听，那位记者半天都弄不懂，只在"纸做的老虎"这字面上去理解。

其实，许多中国人在好面子的背后，也都含有许多虚荣的成分在里面。西方有句俗语"绅士动拳头，小人动刀子"，中国人的俗语则有"君子动口不动手"之说，中西方人文在根源与传承上差别是很大的，中国的许多谦谦君子，只因特别好面子，譬如遇见流氓，乃至流氓型小人的刀子，也"动口不动手"，但这是否又有失于君子的尊严呢？这让我觉得中国的君子仪态与西方的绅士风度有近似的一面，又有差别。这差别在于绅士更注重捍卫自己的尊严，君子则看重面子，写《中国人生活的明与暗》的那个英国人，他是不可能从中国人好面子的性情去理解许多中国的君子在"面子与尊严"上所表现出的"先君子后小人"的气度的。

《水浒传》里的杨志卖刀，杨志落魄时，要卖掉心爱的刀，偏偏遇上牛二这样的市井小人与无赖，牛二纠缠不清后，杨志为捍卫自己的尊严而动了刀，一刀结束了牛二的性命，后被逼上梁山。其实，杨志这样的君子与西方的绅士血统不同，个性也不同。"绅士用拳头，小人动刀子"与"先君子，后小人"是东西方人表现得不同。

说到尊严，从一定的内涵上看，尊严包含在面子之内，但尊严在外延上又往往超乎面子的范畴。前面提到嘉靖与严嵩，嘉靖给了严嵩面子，严嵩父子只要规矩一些就能捍卫为人臣子的尊严，严氏父子并没有做到这一点。明朝的那些事让人不能不想到海瑞，嘉靖在中国历史上是不算好也不算坏的一个皇帝，韬光养晦，无为而治。嘉靖年代的海瑞，起初仅为一个小小的县令，也非举足轻重，但他无欲则刚，遵母训，对渗透于当时社会的观念——面子，也看得很重，但海瑞对于面子，所看重的是面子所包含的两种含义：第一是荣誉或声望，第二是自尊与尊严。最终，海瑞打破了嘉靖时期官场的一些潜规则，发起"倒严"。也许，历史记得嘉靖皇帝的不多，而深深记得海瑞。海瑞敢于罢官，敢于对严嵩父子这两只大老虎动手，他注重的并非个人的官位与面子，而是为官的一种尊严，大明江山的尊严。"为人臣者，在其位，不谋其政，失掉了这样的尊严，面子又何在？"

16　九龙湖之旅

历史拍着它强大的翅膀，飞越一个又一个世纪。

今天的豫章故郡（南昌），已不仅仅是唐代少年才俊王勃所描述的"落霞与孤鹜齐飞，秋水共长天一色"那样的自然美景，被阎都督视为最大政绩工程的"滕王阁"，已被后世更大政绩者多次重建，现在映入人们眼帘的是繁荣昌盛的英雄城南昌，"地铁、隧道与四桥同渡"，红谷滩高楼林立与老城区大厦隔江相对。"三十年河东，四十年河西"，诗意与远方里，赣江之水不停息地唱着豫章故郡的今与昔，一座现代都市崛起于赣江两岸。以赣江为轴，一江两岸，多区组团，老城区、经济开发区，红谷滩、九龙湖、象湖，板块整齐，两岸伸展，势头强劲，发展空前，英雄城正以辉煌态势，以文化、旅游、商业、高新几大板块迈向未来。

"十年红谷滩，五年九龙湖，三年万达茂。"这不只是广告词，而是实事的见证。

第一次九龙湖之旅。

我看到了一座座钢筋水泥耸立的森林，一条条黑色宽阔平坦的柏油马路网，彰显气派，但又显空荡而恬静，万达茂、国体中心、会展中心、行政中心，高楼栉比，国际酒店群、奥斯莱斯、万达乐园、万达海洋乐园、高端生活居住"A、B……M、K区"，集游、购、娱、住、商务交流和办公于一体的现代都市设施应有尽有。"若王勃俊赏，算而今，重到须惊……"必再次"一言均赋，四韵俱成，请洒潘江，各倾陆海云尔"。九龙湖，这是一个让人流连忘返之地，是一个令许多人向往与心动之地，可也是令一些人堪忧之地。如我之所见，新型业态或高科技含量业态并不多，商业模式形态不多，只是问我"买房子不？"的人太多了。

九龙湖，昔日的湖光山色、鱼藏之渊、鸟栖天堂，随着省府迁入，高铁建站，地铁终端，过去的冷僻乡间，成了今日的豪华新区，从穷乡僻壤变成了开发热土。我沿着生米镇（古镇）的泥石路，向湖边漫步，一个新的名词——旅游，伴我同行，市区和外地来的男人女人大概都如这一名词而至，佳丽无比、帅哥阵阵，太阳帽、耐克衫、花裙子、花阳伞，面对正在修葺的湖岸，挖掘机施工搅得浑黄的湖面，我唱着"不管是西北风，还是东南风，都是我的歌，我的歌……"另处的湖边，几个持竿垂钓者，竿指水面，眼盯浮标，像是对静谧湖面做最后的坚守与祭奠。

人是大自然之子，只可惜，过度的城市化，让能记起大自然母亲原貌的人越来越少了，走进城市远离土地而生活的人集成一堆。到各地走走，你会发现到处都在兴建雷同的城镇，千篇一律的商品房、水泥马路，取代了祖先们修筑的土墙和小街，田野和村庄正在逐步减少，一些留守者翘首以盼乡村振兴。

当下人们热议的如果房地产可以支撑社会经济，便有点像狼与羊的对话，狼说："我爱上了你。"羊说："我们繁衍已是不可能了。"土地正在哭泣，你看无论哪一座城市，新城都不难看到有构筑城市高端生活区，也不难看见空置的楼区甚至"鬼区"，空置的楼层在坐等涌入城市的外乡人来享受新打造的城市资源。遍布城市每一条街道，信息发布量最多，骚扰电话最多的一个城市业态是房产中介。即使在"房子是用来住的，不是用来炒的"强劲调控下，也温度不减。

经济之所以能增长，是基于人们信任经济能带给他们美好的未来，房地产的势头也取决于房价上涨的信心，这信心又源自土地资源的稀缺，尽管最后买单的是原本对土地有信心的普通百姓和他们的子孙。当下，生物性贫穷对人们的威胁，越来越小，但丢失对土地的珍重，会带来许多人的惋惜，也潜藏严重后果，许多城市边缘失地农民眼前并不会感受到生活的危艰，因为土地征收补偿的额度会让他们短期手上有几个钱，这也许是城郊的"得天独厚"，但一部分人在默默地怀念已失的土地，怀念生命之本，为今后生计担忧。一部分人所期望的并非自己住房的改善，而是儿孙们对未来城市资源的享有。可是，如果开发新区找不到创新的产业，带来好的利润，用以打平虚拟创造的繁华，如果新区没有打造就业空间，如果老百姓买单的步伐跟不上房地产制造的涨幅，那各地的调控、开发，其意义又何在？

第七辑
岁月片段

1　竞选教育局局长

县委决定，在全县科级干部中用"三票制"公开推选教育局局长。三票制——1 票：符合设定条件的正副科级干部均可报名填写 300 字以内的"我竞选教育局局长的理由"自荐，书面提交全县领导干部大会参会者审阅投票，选出 10 名候选人。2 票：10 名候选参加公开考试（参试评委由外请 10 名教育专家及本县 3 名评委组成 13 人小组，试场旁听人员有县四大班子领导、社会各界人士代表，阵容壮观）。在 10 名考试者中评委打分选出 3 名优胜者。3 票：3 名优胜者经组织部考察后在县四套班子会议上实施演讲，最后县委常委会议票决，确定教育局局长人选。

对一名教育局局长，采用如此缜密的组织程序选用，足以见得县委对教育工作的高度重视。

我参加了这次竞选

填写"竞争教育局局长的理由"时我写了以下这段文字：

在全县公开选拔教育局局长，这一举措表明县委县政府对教育的关注，同时我也认为这是县委县政府为新任教育局局长营造的一种特定的氛围。参与者一定不少，我作为其中一员，在填写理由时我所思所想并非觉得泱泱 160 万人口大县教育局局长职位的显赫与耀眼，而是觉得教育局局长责任重于泰山，因为一个地区的教育是这个地区的一种调节器，政府的"手"如何转动这个调节器，教育局局长充当的是具体的操作者，我想……我可以当这名操作者，理由是：一九七七年我高中毕业就在当时的石门街中学高中任民办教师，在讲台上当老师，在讲台下做学生，在恢复高考"千军万马挤独木桥"的年代，与自己的学生同场博弈高考。跨入大学门槛，毕业后，主动申请到偏远山区军民水库中学任教，而后我任了七年的乡镇教育办公室主任，算作乡里的教育局局长，以后任镇党委副书记、乡镇长，在分管乡镇党群教育工作及任乡镇长期间，以对当地事业的强烈责任心和对教育工作的特别情结，始终重视和热心支持当地的教育发展。为乡镇的基础教育，特别是碧山乡、谢家滩镇的移民学校建设做了一定的工作。当年的石门街镇被评为全国"三教统筹（指农、科、教）教育燎原计划"示范镇，碧山乡移民学校建设受到省表彰，谢家滩镇多次评为教育工作先进乡镇，我认为长期的基层工作磨炼，使我获得了较好的行政管理和组织协调能力，也具备一名教育局局长所必须具备的教育法规、政策水平和教育教学管理经验及能力，这就是我的自荐理由。

我感受了一场特别的考试过程

10名一票入围竞选者，进入考区，被"囚"一室，像提审一样，按抽签顺序，依次被传唤进入考场。

这一场考试，比我参加过的N次考试都别具一格。进入考试大厅，主席位13名专家评委一排正襟危坐，两侧坐满了四套班子领导，宣传部组织部干部，县直部门、乡镇、街道、社区干部代表，教育系统校长、教师代表，老干部代表，部分县人大代表、政协委员，参加旁听，一场考试像一次大会，评委对面，仅放一桌一椅，供答题者座椅而答。

当我西装革履步入大厅，这阵势让我感到自己像报名进入了CCTV《星光大道》舞台参加独唱比赛，许多我熟悉和不熟悉的脸孔在微笑着注视着我。一名该死的好友，见我今天打扮得像个新郎官，将头低在桌沿下笑，笑得我有点纳闷，不觉紧张起来。

五道试题，就放在桌面上，允许应试者答题前用5分钟时间审题，构思答案，然后主考官开始逐题提问。这种考试模式，我似乎在一个资料上看过，有点像美国西点军校选拔教官。前四道题我答得自我感觉还不错，可第五道让我失分惨重，但我对这道题的扣分内心不服。

考官问：一个县的一所重点高中，每年高考录取大学的人数都在全县榜首，遥遥领先。但今年，这所高中高考录取比去年下降了很多。为此，社会舆论一片哗然，一些家长到学校责问校领导。由此，该县县长向社会，向这所高中的学生家长表示公开道歉，你认为县长的做法对吗？你作为一名教育局局长，你是怎样看待教育的不公平现象的？

我的回答：这位县长这样做的动机是要唤起社会对重点高中的理解和重视，他是看重"升学率"而用心良苦。从这一侧面体现他对教育的重视，我觉得这位县长还算开明。

由于没有鲜明地说出这位县长的做法不对，评委每人扣了我20分。

一看到这样的题目，我觉得重点高中是否要追求升学率，这是值得讨论的社会热点，这道题本身就是有争议的。

下面是我表述观点时的实话实说。

"当今中国的高中教育，在现行的高考指挥棒下，每年考取多少大学生，这对于高中尤其是重点高中是一个晴雨表，追求升学率是重点高中必须面对的现状，无疑是重中之重，千军万马过独木桥，路宽桥窄，你不挤人家挤，怎样去反对追求升学率呢？目前我国社会教育的不公平现象仍然是社会热点话题。如高考录取指标上的地域分配不公，北京地区清华大学招300余人，而江西招40余名，这样的指标分配给各省特别是贫困地区的才子，带来的是，除非你是全县乃至全市的高考状元，否则清华北大难与你有缘，这样的指标分配导致教育移民，转移户口，有条件的家长将子女转向指标相对较多的城市或录取线低的省份，但普通家庭移民路在何方？钱在何处？教育的公平何在？还有，在教育资源的整体配置上且不说城里的小学像欧洲，农村小学像非洲，单一的农村师资缺失，大量农民出外务工，一大批农村初中、小学生随着一大批陪读的爷爷奶奶进城。县城小学教室爆满，校区房、校边房租金倍增，而农村小学特别是村小，原来的'三级办学、二级管理'已成过去时，'几名教师，一群留守儿童'又一番萧条景象，许多农村家庭的小孩在不公平的教育体制下，远离义务教育的阳光，失去受教育的权利。如果我是一名教育局局长，对待教育不公平现象，我将极力呼吁，并将身体力行对教育资源进行合理配置，从体制机制上着手促进本县基础教育的公平步伐。"

阐述时我信马由缰，竟有点激动。位卑未敢忘忧国式的激动，我的发言竟获得了掌声，但这掌声没有分值！

我终究与教育局局长职位无缘，折于这道题，未获得第3票。

考试散场时，一名我很熟悉的县领导调侃我："这些年光喝自来水（我当时职务是自来水公司经理），又不喝墨水！竟然还想当教育局局长。"

我笑答："一名自来水公司的经理报名参加教育局局长的竞选，我是想让全县人民知道，卖水的团队里也有文化人。"

其实，结果并不重要，过程才耐人回味。

顺便透露一个消息，那次竞选的第一名当然是当了教育局局长，前四的职务都做了一些调整，我当了城市管理局的党委书记，但仍然还卖水（兼任供排水公司经理）。

2006年5月

2　自身特色的企业文化

企业文化的内涵是什么？

企业文化是企业全体员工在长期的创业和发展过程中，培育形成共同遵守的最高目标、价值标准、基本语信条、行为规范，以及与之相系的物质载体的总称。在当今激烈的市场竞争条件下，企业的合理经济运营会带来企业的生命力，而企业文化会充当企业效益和企业发展战略之中的杠杆，这一杠杆会与企业的战略愿景相互很好地适应，由适应带来有形或无形的、经济和社会的一些效益。一个值得争议和探讨的话题，企业的经济效益是企业赖以生存的发动机，而企业文化是企业走向持续的助推器，这并非矛盾，而是矛盾的两个方面。

企业从哪个角度去体现自身文化的特色？

吉姆·柯林斯在他风靡全球的名著《基业长青》那本书里，叙述了《财富》杂志500强中的高瞻远瞩公司"教派般的文化"。如IBM公司的文化风范，浓缩在"注意，这就是我们做生意的方式……我们对做生意代表什么意义拥有特别的看法——如果你替我们工作，我们会教导你怎么对待顾客，如果我们对顾客和服务的看法跟你不同，我们就分手吧，而且越早越好"。教派般的文化，在成功的企业中始终表现得十分强烈。比如迪士尼的魔力：他们有一种相当标准的仪容，女孩通常都是金发蓝眼，不爱出风头的那一类型，全都好像刚刚从加州运动装广告里走出来，准备嫁到郊区做个好母亲的女孩；男孩一律都纯美国风格，喜爱户外运动，是妈妈总要你模仿的那种迷糊快乐的小孩。而全世界的"宝洁人"拥有共同锁链，虽然有文化和个性的差异，但长期灌输的信仰，严密契合和精英主义等方法努力保存公司的核心理念——文化，在这些卓越公司里亦庄亦谐、彰显特色。

平凡弱小的公司是否存在自身特色的企业文化？

鄱阳自来水公司，在多年开展企业文化建设的实践中，注重克服国有小型企业文化惯性上的弱点，针对员工整体文化层次不高，个性素质表现上的许多不足，从文化的现状环境中去提炼和熏陶有自身行业特色的企业文化。以企业文化的推动力去谋求自身在鄱阳社会的社会效益与经济效益的最佳结合点。

一、从垄断企业的惯性文化"水霸"的迷思中走出来

一个城市的供水企业，在《关于加快市政公用行业市场化进程的意见》还在路上的漫长阶段，固有体制和关系到民生的垄断行业的双重性，让行业在"特许经营权"下滋生出诸如"电老虎""水霸仔"的优越存在感，观念和文化惰性上的改变，很难"一洗了之"。怎样从"水霸仔"的迷思中走出来，对"水霸文化"弃之如敝屣。从平凡的事务中去寻求利润之上的追求，构想出长期维持不变的基本原则。这就要把服务鄱阳社会、服务市民的核心价值观与实务理得清楚明白。水费收入和利润固然重要，但不是自来水公司存在的原因，公司是为了更基本的原因而存在。"只要这座城市存在，供水企业便会存在。"但"铁饭碗"只是供水人自身认识的一个误区。存在只是对社会而言，并非任何一名员工都能依附于供水企业的存在而存在。从文化的层面、价值信条的取向显出务实而朴素，才是企业所应倡导的，即便是一种社会心理规范，都需要由此而长期磨砺。

二、由简单的迷思走向文化特色的跨越

这几句非常简单朴素的话语，我们讲了许多年。"水质不达标不出厂，管线维修学公安110""鄱阳城市发展到哪里，工业项目、旅游项目开工到哪里，将自来水送到哪里""立足城内求生存，跳出城墙促发展，逐步实施城乡供水、供水排水（含污水处理）一体化""拧开鄱湖水龙头，滤出净水益万家（在鄱阳湖建10万吨/日新水厂），为鄱阳水更清、城更美做出供水人的贡献"。这些新的理念与简单迷思旧观念发生冲撞，产生了投资与产出、效益与员工待遇改善的矛盾。城市扩张，工业园供水管道10万吨/日新

水厂的巨额投入，投资压力非常大，但持之以恒地服务社会、服务市民的诸多善行善举，也可以在企业社会效益上呈现，即使不单一追求利润，利润也逐年随之而来。

三、文化的"潜移默化"特色影显于无声处

从平凡小事，看自身特色：推行社会服务承诺、即事即办、一站式服务，行风服务热线快速畅通，一些制度文字述语形式上简洁又易懂易行。但打通"最后一公里"形成一种固有的文化模式，并非一蹴而就，细微处有许许多多的诸如"学雷锋""学徐虎"，争当"三八红旗手""社会主义劳动竞赛"技能比拼，"能者上、平者让、庸者下"等。旧调新声，守望若怡，着力建立一种人文环境，让员工能够靠坚强的团队合作精神团结在一起，全身心发挥自己的服务技能，给公司带来群体的快乐和利益，提升社会满意度。

四、致力于文化的适应，特色才显山露水

所有的企业都有其文化，而起作用的文化必体现于企业文化的三个要素之中："人工环境，价值观信条，基本假设。"在人工环境中去提炼价值信条，而价值信条的形成和固化便潜藏为基本假设中正确做事的行为方式，形成推动，弘扬特色，能够创造出三个要素的有机融合。中国特色之所以形成特色理论，基础是中国许许多多的传承宗旨保存核心与激励进步与厉行改革浓缩升华。大到一个国家，小到一个企业，都会让文化去推动一种理念和愿景。由理念和愿景转化成有形的机制，而且不停地发出持续加强理念的信号，去创造群众的共识。这就是文化的魔力，我们常议论要有文化的自信，若无文化的自信，何以保存核心与刺激进步？

2009 年 8 月，参与企业文化交流撰稿

3 拧开鄱湖水龙头，滤出净水益万家

县委、县政府深入贯彻落实科学发展观，推动鄱阳发展，为了在新的起点上谋划鄱阳经济社会又好又快发展，邀请中国城市运营专业机构总裁、广州鄱阳商会常务副会长张正启先生团队为鄱阳城市策划。张正启先生和他的工作团队经过反复的调研和论证，根据鄱阳的历史与现状、资源与优势，形成了《中国湖城——鄱阳城市品牌化发展战略构想》。这一构想的提出，在全县干群中引起强烈共鸣。县委、县政府审时度势从实现鄱阳在环鄱阳湖城市群快速崛起的战略高度做出了《关于实施中国湖城——鄱阳发展战略的决定》，使中国湖城战略构想从科学内涵重大意义上得到升华，从奋斗目标、工作重点、实施步骤上给予了科学定位。

打造中国湖城，需要全县上下各行各业的共同参与，形成合力，是持久的整体战、群力战、接力战。湖城战略也凸显了做好水文章的重要性和特殊意义所在。鄱阳县供排水公司作为城市供水企业在合理有效利用水资源，为鄱阳经济社会发展提供供水保障，为广大居民提供健康优质的生活饮用水等方面，担负着重要的责任。由于行业的特性，在打造中国湖城战略中更应该加入先头部队的行列。"三通一平，供水先行"，结合战略构想与实施，我们在着力谋划和实施我县 10 万吨/日新水厂项目建设，在逐步推进我县城乡供水一体化进程，为县城经济社会又快又好发展提供供水保障。

10 万吨/日新水厂项目概况和进展情况：

10 万吨/日新水厂，分两期建设。一期工程为 5 万吨/日，计划 2008 年年初投入建设，一年建成投产，一期工程投资 8870 余万元。二期工程预期在 2016 年投入建设。

新水厂取水水源为鄱阳湖内珠湖，取水一级泵房选址在湖边白沙洲乡礼恭脑自然村，沿西山景旅游公路（规划中的天鹅大道）路肩铺设 DN900

毫米源水管（约17公里）向县城输内湖好水。制水厂选址在县城城北一期工业园区内。鄱阳县供排水公司在上级有关部门和县政府的支持下，就兴建新水厂项目的前期工作进行了充分的准备，目前已完成项目科研、立项审批、项目初步设计和施工设计、项目选址、环评、地质勘查和水下地形测量、项目水资源论证、供电协调等。并对项目建设涉及的国民经济评价和项目财务评价进行反复论证，对项目融资做了最大的努力，可谓万事俱备，只欠东风（钱）。

新水厂的建成将对我县经济和社会发展发挥重要作用。

新水厂的建成将为我县书写中国湖城新篇章亮丽的一页。鄱湖"水龙头"的拧开将实现"净水益万家"的长久期盼，也将大力推动我县城乡供水一体化进程。保障城市、推动农村、拉动工业、促进旅游，将为可持续发展，发挥应有的作用。

从社会效益看，新水厂的取水水源在鄱阳湖内珠湖，"一湖清水"从大自然搬运到城市，水量充足、水质优良、天然无污染。将极大地改善饮用水水质，有利于人民群众的身体健康，使城市居民真正喝上健康水、优质水、放心水。从这个意义上看，新水厂的建设可谓"功在当下，利在千秋"。同时新水厂有充足的水量向城市周边乡镇辐射，改善城郊和农村集镇及部分村饮用水状况，改善农村及贫困人口饮水安全，促进新农村建设。

从企业经济角度看，供水企业能够不断做大做强。近年来，鄱阳供排水公司本着"立足城内求生存，跳出城墙促发展，逐步实施城乡供水、供水排水一体化"的发展思路，致力于推动城乡供水服务进程。近两年已投入大量资金解决县城周边岳庙前、邱家墩、叶谷下、茅屋下等城郊村、城中村农民吃水难问题，使之共享城市资源，为自己拓展市场。新水厂的建成有利于城市资源的有效利用，有利于促进供水企业实现社会效益和经济效益的统一，实现双赢。

该文曾载于《鄱阳湖新闻》。

2007年11月

4 "生产队长"的过年感慨

时下一首流行歌曲的一句词"时间都去哪儿了"很火。在我履职的乡、镇长，县直部门党委书记岗位上，每个年度，都有一个例行公事的工作报告。而在鄱阳供排水公司经理岗位上的2003—2013年，恍若一场梦，一晃便过了10个春夏秋冬。2013年的年度工作总结，感慨颇深，报告占用员工的时间是10年来最多的一次。

下列文字与其说是工作报告不如说是过年感慨。

公司40周年，10万吨/日新水厂建成投产暨供排水服务大楼落成庆典的喜悦场景似乎还依稀在目。2012年很快地载入了公司40周年又一个年轮的历史史册。如果我们将10万吨新水厂的建成看成是公司发展史上的一个重要里程碑，那么"过了黄洋界，险处仍须看"。回顾10个年头的发展历程，我们全体员工都是建设、经营、管理的参与者、受益者、见证者。过去10年，鄱阳县的经济、社会快速发展，在给我们企业带来重大发展机遇的同时，也带来了沉重的投资压力。我们曾经历了一次次重大挑战，芦田工业园区、城市规划区、旅游景区的快速扩张，让公司投入了大量的资金以满足"一城三区"供水需求，公司资产由2003年的不足千万元，膨胀到两亿余元，负债绝对值急增，投入与产出矛盾在当前乃至今后的几年，都会显得十分突出。

泱泱160余万人口的大县，在"大县要有大作为"以地级城市规模定位的鄱阳，在发展之年、打基础之年，就务必要有超前的发展意识、超常规的发展思路。压力和困难只是暂时的，我们要以"前人栽树后人乘凉"的质朴襟怀来面对压力，面对当前公司的发展态势。增强全体员工，特别是一批中青年员工的信心、责任和自豪感。应该坚信，我们这一任公司领导班子肩负的是创业打基础的重任，创业的成果将由我们的后人与市民共享。

"雄关漫道真如铁，而今迈步从头越。"用长镜头对历史回顾，如"读史使人明智"；用长镜头对公司的未来展望，如"智者千里"让人信心倍增，也催人奋进。

过去的一年，我们面对大量的工程建设资金投入，拉大公司负债。面对资金链濒临断裂的艰难局面，竭尽全力加速了10万吨/日新水厂的工程收尾，快速完成了后续输配水管网的延伸改造。采取超常规举措，扮演"无米之炊"的巧妇角色，"借米下锅"。县委、县政府对公司超前投入建设的负重处境十分关注。我们坚信，困难只是暂时的，"面包会有的，一切都会有的。"

2012年县政府第59次县长办公会议，听取了公司近10年来发展建设和配合"一城三区"建设，超前建成10万吨/日新水厂的情况汇报。在重点工程资金十分紧张的情况下，给予了2712万元的资金补助以解公司燃眉之急。各级发改委以及国务院三峡移民办对鄱阳人"引鄱阳湖之水惠泽鄱阳人民"的大胆做法充分肯定，给予了1641万元"三峡后续"资金扶助。这些大额资金的支持，填补了近些年自来水工程建设的部分缺口。推动了迎宾大道、民政局到公路局、芦田工业园的发展大道——高速收费口的建设，推动了鄱阳楼、沿河圩堤改造的输配水管网改造延伸工程。这些工程，施工场地复杂、工程难度很大。公司安装分公司、管线维修所、工程科不少同志晴天一身汗、雨天一身泥，顶风御寒、夜以继日。按时按质按量完成施工安装任务，受到各个工程指挥部领导的好评。特别是民政局到公路局的主输水管，切割主路水泥路面施工，管线通道与路面下水道多处交叉重叠，与电信、燃气管道多处碰撞。从开工到收尾坚持24小时不间断施工，极大地减少因施工造成的电信、供电、燃气中断。该区域的居民现场目睹施工，深受感动，高度赞扬。这一主输水管道的畅通，让整个城区供水管网平差得到均衡调配。长期困扰马鞍山、芝山、壕山、紫金山等老城区的缺水状况得到彻底改善。"三山"居民纷纷来公司送锦旗、放鞭炮。公司的社会满意度迅速提升。

同志们！压力和动力同在，困难与希望并存。记得毛泽东老人家的一首诗中有一句"过了黄洋界，险处不须看"，我改动一个字来看待公司面临和即将面对的现实——"险处仍须看"。近些年来，年复一年，我们在重申对鄱阳社会的承诺："水质不达标不出厂，管线维修服务学公安110""翻阳城市发展到哪里，工业、旅游项目开工到哪里，把水送到哪里""立足城内求生存、跳出城墙促发展，逐步实施城乡供水，供水排水（含污水处理）一体化"，这是公司10年来乃至今后更长的发展时期必须牢牢把握的发展理念。但是，近年来的大型投资建设，充其量只能是为今后的发展，奠定一些基础，并不是"过了黄洋界"。我们应该清醒地看到公司的内在经营管理存在十分严重的问题，我作为企业的法人负有不可推卸的责任。具体表现在，部门完成年度经营目标任务，节能降耗目标责任不强。我时常纠结："每天放出厂这么多水，都跑向哪儿去了呢？"水费回收率太低。员工队伍中得过且过、上班纪律松散、半日制、雇佣代收水费、轮班现象蔓延。一小部分人自命不凡，将上班当副业，将打麻将、斗牛、搬弄是非当主业。极个别自以为优越者，文不能文，武不能武，既像人，又像鬼，由鄱阳的几个破产、倒闭、改制的政府企业，通过"走后门、找关系"早年进入我们的团队，将一些从鄱阳社会已不复存在的倒闭企业学来的恶习带进了我们的企业，严重影响着我们公司这一朝阳产业的机体。十分突出的问题是这些人使用水市场混乱、水费流失加剧。这些人，倒卖人情水、交易水，中饱私囊，令人发指，这些病瘤不除，公司永无宁日！

世界著名企业管理研究大师，美国吉姆·柯林斯在他的名作《基业长青》中有这么一段文字："一大群读者向我反映《基业长青》的关键概念对他们的个人和家庭生活十分有用，许多人还利用'保存核心，刺激进步'的阴阳之论来解答关于自我认知和自我更新的人生哲学问题。我是谁？我代表的是什么？我的目标何在？如何在这个纷繁杂乱、不可预测的世界里保持自我意识？如何为我的生活工作寻找意义？如何让我们保持新鲜感，能够全身心投入和活力四射？这些问题在今天依然困扰着我们每一个人，甚至有增无减。由于工作安全网的破灭和变革步伐的加快，世界的不确定性和复杂性日增。那些过分依赖外在的机制来保持一致性和稳定感的人就面临着失去依靠的风险。而稳定唯一可靠的源泉是一种强烈的内心信念和适应变革的意愿，以及对调整改变除核心外一切事件的做法。人们不可能准确地预料他们将会去哪里，他们的生活将如何展开。特别是当今天的世界变得不可预测时，那些建立起高瞻远瞩公司的人敏锐地意识到，认识'你是谁'比知道'你要去哪里'更为重要，因为'你要去哪里'几乎肯定是要改变的，无论是对于我们的个人生活，还是对那胸怀远大抱负的公司都如此。"

大家听这些咬文嚼字的长篇大论，一定有些累了吧！

我的心也很累，其实我在将吉姆·柯林斯这段经典的论述引入我的工作报告之前十分纠结，因为这些至理名言，对于我刚才批评的那些"老油子"而言的确是对牛弹琴。但若用一句简单的话来概括就是"今天工作不努力，明天努力找工作"。这话你应该懂一点点吧。你应该知道"你是谁，你从哪里来，你要去哪里"吧？

占用大家的时间太长了。下面我讲一个笑话：

美国石油大王洛克菲勒给儿子写的 21 封信里有一封讲了一个美国百万富翁的故事：一个富商留下了 1000 万美元的遗产给他的儿子，儿子继承遗产，坐吃山空，很快败掉了 900 万。一次他来到一家酒吧，在酒吧老板面前炫耀："我是百万富翁，我可以买下你酒吧所有的酒。"一位他父亲的生前好友，向酒吧老板介绍说："是的，他是百万富翁，他父亲给他留下了 1000 万的资产，他花掉了 900 万，可他仍然是百万富翁。"

讲这个故事是想真挚地告诉我们的一些青年员工："你们是早晨的太阳，希望在你们身上，责任也在你的肩上。"切莫将我们这一任公司班子苦心经营的资产败掉，而希望你们努力创造财富去增加净资产。只有这样，公司才会基业长青。因为，大家很清楚，我因年龄到了即将离任了。

（关于 2013 年主要工作此处就略去不叙了。）

2013 年 1 月

5　企业的信心

——2009 年，江西财大 MBA 班听课后的一些想法

温馨提示：这是一篇随想录，有些杂乱，若对企业无兴趣，最好不要看这样的随想（胡思乱想）。

在江西财经大学 MBA 班学习时，听过一位教授讲授《企业战略管理》，教授娓娓道来，侃侃而谈。他说中国民营企业为何难有百年企业，即使有几家"百年老店"也是多次易主，难续三代。究其原因是中国民营企业在战略管理上的缺失。教授援引了许多的历史事例来阐述他的观点。

中国民营企业的平均寿命不长，民营企业大多为家族企业，由于产权结构、经营理念及企业制度建立诸方面存在不足导致短命。讲了许多，教授的主旨是要说出企业持续发展永续经营在战略管理上的不可或缺。从企业永续生存的方法论，我倒是觉得当今中国社会缺的是企业实业家，缺完善的现代企业制度，缺投融资体系，而不缺"年度流行语"，不缺"高瞻远瞩"式的教授，更不缺公知。

看待中国民营企业在发展上的局限——环境因素上的诸多无奈，从历史的观点分析，这位教授讲得很客观。但从改革开放几十年后，从市场经济体系逐步建立和完善的当下中国看，对此，觉得这位教授有点"杞人忧天"。

我曾像读小说般读过一遍美国通用电气公司 CEO 杰克·韦尔奇的《赢》。韦尔奇写道："关于中国的这个问题，答案可不简单，是的，你也听说过，中国有它的难题——例如缺少合格的中层经理人，它们还有大量的贫穷农业家庭要向缺乏准备的城市迁移，难以找到足够的就业机会，笨拙低效，官僚习气的国有企业依然占据着经济中的重要成分，银行也为大量的呆坏账所困扰。但是对中国而言，这些困难却并非高不可攀的大山，这

个国家的强劲的经济发展推土机可以轻松碾平前方的小土堆，在过去的20年里，该国经历了令人瞩目的经济增长和繁荣，这给当地带来了超强的自信心。此外，中国还有很多的优势，大批廉价而勤劳的劳动力，受过良好教育的工程师队伍也在迅速扩大。还有，这里有出色的职业道德，而这可能是最大的竞争力。企业家精神和竞争意识已在被中国文化所吸收……"看到这里，我激动了，在认真记录这段文字。这远比花钱去听那位教授的"战略管理"要入心入脑。杰克·韦尔奇作为一名美国企业家，能够在20世纪70年代超前分析和预测中国企业发展的未来，他绝对不像我国现在的几个有名的公知，事后诸葛亮，侃侃而谈，自豪而谈所谓的"人口红利""改革红利"。老韦看到中国国有企业不足的同时，也看到中国改革带给民营企业的信心和良好的未来。那位教授怎么就没有老韦的慧眼，为何不从审视教训，从弘扬的视角，从正能量上去讲讲企业永续经营上的一些信心呢？要知道花钱来听你的课的都是对自己的企业充满信心的企业人士呀。

诚然，中国民营企业百年永续的例子确实很少，但这在过去中国的百年历史中是有许多社会原因存在的。中国的民营企业百余年来在战争与动荡、政治运动的夹缝里生存与立足，委实无可奈何，即便有内在品质的公司也难免遭受厄运而消亡。

改革开放初，民营企业进入一个空前发展期。但是，优胜劣汰往往是社会历史的定律，一茬又一茬先富起来的人中，不乏一批靠投机钻营、高耗能、影响环境、炒房炒地，甚至钱权交易，靠在过剩产能下倒腾煤炭、钢材、水泥而暴富的人。但往往稍纵即逝，在逐步完善的体制下，终将成为明日黄花。

"喜看稻菽千重浪，遍地英雄下夕烟。"让我们细心审视当下的中国大地，给企业注入永续经营信心的，首先是逐步建立和完善的市场经济体系，为企业发展搭建起"大舞台"。"全民创业，万众创新"绝不只是口号，已实质性地从金融体制改革、政府部门权力下放、审批程序简化、放低门槛、扩大经营渠道、建立市场流通机制、企业孵化、大学生创业园、互联网+数字经济、私有财产保护立法等一系列"真金白银"的制度深化优化到企业发展环境中。诸多法律法规制度，为企业保驾护航，增添信心动力与保障。完善的社会保障体系，让千千万万个企业家切实感到"心有多大舞台就有多大"。社会氛围与企业家一种内在的驱动力构成和谐的创造气氛。我们相信像董明珠的"格力"，就"格"出了放眼世界立足未来的格局，让世界了解格力制造；曹德旺的"福耀"就"耀"出了旗帜般的信心，永续经营的格言。一大批世纪型的中国当代企业家，正让世界瞩目，他们在致力于建立一个比自己个人人生更伟大更久远的组织。我和那位与我年龄相仿的教授，肯定是活不到我们可以见证"福耀""格力"乃至"华为"永续百年的那天了。但他们的团队与组织，一定有永续百年的信心与理念，站立于世界企业之林，百年不衰。更为可喜的是，如杰克·韦尔奇所言："企业家精神和竞争意识已被中国文化所吸收。"从网络媒体，以及我身边的现实身影中，一大批被一些老年人看成是想事、说事、做事都像"外星人"的一代，就像20世纪60年代中期响应"上山下乡"接受贫下中农再教育的50后、60后一样，一大批80后、90后、00后，投身于新时代的创业大军中，给企业增添新的思想、新的生气、新的创造、新的理念、新的活力、新的愿景，大有"江山辈有人才出，神州千笋写春秋"之势。

一位与我同桌听课的90后同学，上课时，时不时用好奇的眼神侧目看看我这个"老"同学。那次的课程结束后，他热情地邀请我去他和几个人合伙开的小公司做客。我俩闲聊时，他不无幽默地对我说："伯伯，我看到你跟我同桌，让我想起了我高三时我父亲带我一同去看过的一部电影，叫《高考1977》。"

我："这部电影我看过两次，我看时眼圈都红了。因为想起1977年冬季恢复高考，我经历了这场高考。那是我们一代人的青春之歌。"

他："那个年代，侄子和叔叔考到同一所大学，甚至同一个班级。"

我："是的，那是那个年代政治生活的真实写照。"

他笑道："我这几天恰好与您同桌听课，从年龄上也相当于那电影上的叔侄同班。"

我："这又是正常的政治生活、经济生活的真实写照。"

他："我对今天俞教授的《企业战略管理》讲的一些观点有些不赞同。倒是上次李教授课程中讲述的摩托罗拉的《我们的立场、目的、原则及伦理宣言》，让我很有感触，我听课时认真做了笔记，将这一段记录记得很详细，并加了着重号。我想将这段文字装裱出来，放到公司的墙上以激励我和我的同伴们。"

我看到这样一行每个字下面都标有着重号的文字："把利润与更广大的目标结合为一体，追求适当的利润（不是最大的利润）处于次要。而主要地位，摩托罗拉的目标是以公开的价格向顾客提供品质优异的产品和服务，光荣地服务于社会，以赚取企业成长所需的行之有效的利润，并为我们的员工和股东提供机会，以求达成合理的个人目标。"

我不禁对这位与我儿子同龄的 90 后刮目相看。

我："这就是摩托罗拉永续经营的信心和崇高理念。我建议你将吉姆·柯林斯的《基业长青》多读几遍。高瞻远瞩与对照公司的创业基础不是公司的差别，差别是'造钟'还是报时，是利润和利润之上的追求的太极两仪。"

他："伯伯，您是做什么企业的？"

我笑了笑答道："我嘛，是个两不像，我在一个县级城市任城市管理局党委书记，而又兼任旗下的供排水公司经理，政治不像政治，企业不像企业，这不是两不像吗？"

他："哦，供排水公司，垄断型企业，很牛哦。伯伯，垄断型企业，它的利润一定可观吧？"

我："自来水由过去的'福利型'向'商品型'转型后，运营和配合城市扩张上，自身投资的压力很大。短期的巨额投入和长周期的利益回报往往是利润的积累跟不上投资需求。我在这个经理岗位上待了十来年，提出的口号是'水质不达标不出厂，管线维修服务学公安 110''城市发展到哪里、工业项目开工到哪里，负责把水送到哪里''立足城内求生存，跳出城墙促发展，逐步实施供水排水（含污水处理）城乡供水一体化'。口号喊起来响亮，实施起来真要命。供排水企业利润支撑服务运营很困难，不过我对供水企业永续经营还是充满信心，城市总是要水的嘛。可信心的根本还是建立在服务的了社会，服务的了市民，利润总会随之而来的，前人栽树后人乘凉吧。"

他："伯伯，我父亲也是做企业的，他年轻时拼命打拼完成资本原始积累后，进入房地产行业，赚到了一些钱。我本衣食无忧，父亲给我指的路是让我考公务员从政。他说'我有经济，你有政治'。可我大学毕业后不想考公务员，也不想在父亲打造的房地产公司去步他的后尘。有违父命，我与几个理念相近的同伴合伙开了这么个小公司，家人笑我们是'七仔公司'。我们七个股东都有信心，虽没赚到多少钱，但我们感觉自己在开始尝试和享受一个美好的自主创业过程，历练经验而开心快乐。我们的设想是完成了一点原始积累后，捕捉好的产品挤入制造业，实现实业梦。"

我："'七仔公司'，这是个很有趣，也让我羡慕的名字。我很羡慕你们年轻，又赶上好时代，年龄与时间资源尽被你们占了。你看人家万豪，在1927年创立初，威德拉23岁，马里奥特22岁，为了自行创业，他们几个小伙伴以9个座位的橙汁汽水店起家，几个年轻人追着梦，一步一步创立了万豪，他们靠的就是好的创业理念与信心。"

他："伯伯，你退休后，来我们'七仔公司'做顾问吧。"

我笑道："若你觉得我尚有余热，我敢来，我还想成为你们的股东呢！"

他："欢迎！欢迎！"

这是我记录的一次与年轻创业者的愉悦谈话。我随即想到的是：在当今中国的企业大军里，有这样一大批80后、90后、00后如雨后春笋，萌芽苗壮成长在全民创业的大地，这些有思想有新知识的下一代，他们有足够的信心和美好愿景，一番磨炼会很快融入国际价值坐标系和现代商业原则。教授，我们为何要"杞人忧天"呢？

写于 2009 年 11 月

第八辑
哲思之门

1　哲学的好处

从已知把握未知的可能性，这是哲学的永久命题。

谈到哲学，我想，若从通俗眼光看通俗哲学，谁大概都不会否认哲学对自己生活的好处，那么哲学作为超验的追思，它的好处究竟在哪里？又是一个很难讲得具体的问题。

我始终认为，一个人只有感知哲学的好处，才会让思考进入哲思之门，最初接触的哲学概念，是读艾思奇的《大众哲学》，编辑前言："艾思奇的《大众哲学》曾经引起了广大青年学习哲学的兴趣，培养了一代新人。"后来又读过陈扬炯的《哲学漫谈》，了解了将哲学通俗化的一些理论。

例如，一泓海水杯中泻——哲学是关于世界观的理论体系；没有耕耘哪来收获——原因和结果。

陈扬炯用诗化的语言和诗的哲理让人通俗地了解哲学的一些范畴与概念。

但是，如果很容易就可以以通俗易懂的语言恰到好处地叙述哲学的好处，那么古代哲学家便不会制造出诸如"如此迫切欲知天上的情形，乃至不能见足旁之物"的笑话，便不会有哲学家"帝王气派，精神院士式的生活方式"的说法，就不必用"精神生活的维度，用理性的思考来建立与世界整体的联系""头上的星星和心中的道德"等玄奥的说法。哲学通俗与玄奥总是实用与理论的一对矛盾。很难一开始就获得共鸣，故此人们称哲学思考是深层的、是孤独的生活。

现代哲学学者周国平先生的一席话说得很实际："在一般人眼里，哲学是一种玄奥而无用的东西，这个印象大致是不错的。事实上，哲学的确是一切学科中最没有实用价值的一门学科。因此，在当今这个最讲究实用价值的时代，哲学之受到冷落也就是当然的事情了。"

然而，如果我们从一些理论迷思中"突围"出来，从一些范畴上去分析哲学与人们生活的联系，比如说，"哲学与精神生活""哲学与现代人的精神生活"，将哲学看成一种生活方式，或将哲学本身看成一种生活，那么便不难通俗了解哲学的好处。

从物质第一、意识第二的哲学基本原理看，人在世上生活的两种需要：一是功利性需要，首先人必须维持肉体生活，也必须与他人交往，于是，人有肉身生活和社会生活；二是人有内在的精神性需要，其实质是对生命意义的寻求，这种需要未得到满足，人就觉得自己是一个盲目的存在，并因此而感到不安，精神生活是人的生活不可缺乏的维度。正如罗素所言，"哲学的慰藉，并不是对我而言，相反以一种更纯粹的理智的方式，我已经在哲学中找到了和任何人所能合理期待的东西一样多的满足。"罗素尽管说得很具体，并将哲学的慰藉对他的满足提到了思想的高度，但"任何人所能合理期待的东西"包含的又是什么？"一样多的满足"又是指哪些呢？如果每个人都能这样去看待哲学，那么我们每个人都可以是自己生活的哲学家了。每个人都能从物质第一、意识第二的基本范畴里找到合理期待的东西，都能辩证地去寻找自己的生活水准，都能够从平静与焦虑中找到与自己和解的方法，那么人类便进入了哲学时代了。哲学的慰藉远远不可能在人类群体普及这点看，哲学的好处，一部分人深悟，一部分人理解，而一部分人则是对牛弹琴。哲学的好处贵在意会难以言传，正如对于贤者而言"身体安康在于节食，精神的健康在于少错，宗教的完美在于赞颂最优秀的人"，而哲学的慰藉在心知肚明。

我们再去联系现代人生活的时代。一方面，科技的进步，先进的生产关系与生产力，给人们功利性需求带来了诸多满足，很简单的比如互联网，日常生活中一次网购或点外卖，日常所需生活物品即时可及，现代生活里"因为自己居然被一件睡袍胁迫了"的"狄德罗效应"频发于普通人的生活中。另一方面，现代人在精神生活维度上面临的是生活与生存的竞争趋于激烈，甚至残酷，尽管在现代生产关系与分配方式以及逐步健全的社会保障体系下，生物性贫困现象在减少出现，但竞争让人们在精神性需求上显得比以往更焦虑不安，在现代劳作与消费的旋涡里，让许多人有伺机心理、骑墙态势、矫情倾向、恐惧焦躁等。在现代人群体人格的哲学构成上形成一个被称作焦虑的时代，人们往往从自己熟悉的意义中寻找理解，探求上进入一个信仰逐向衰弱的时代，这更需要用一种哲学的沉思去充实现代人的思维，去让许多人获得一种开阔的眼光，而不至于在劳作中沉沦，用哲学的沉思去保持住自己心灵生活的水准。单靠物质的丰盈或仅仅习惯于将哲学作为道具，这是缺乏一个重要的精神生活维度的体现。

现代人的生活，在意识形态里一个显著特点，便是自然科学社会科学的发展，人类进化进程的加快，宇宙背景的探索与解密更清晰，带来的是宗教信仰的普遍衰落。19世纪初，哲学家尼采向人们提出"上帝已经死了"时，引起人们哄堂大笑，都说尼采疯了，的确，尼采为了重构自身价值的主张而疯了。但现在的人若说"上帝已经死了"谁会哄笑？人类精神活动领域里的宗教、哲学、艺术只要它确实是一种精神生活活动，都会在人主观意识里以一种因人而异的形态，去建立与每个人自己精神领域的联系，去占据每个人自己公开或隐秘的精神园地。现代哲学家雅斯贝尔斯一句话讲得很实在："对于已经不相信宗教，但仍然需要信仰的现代人来说，哲学是唯一的避难所，其意义在于鼓励人们寻找非宗教的信仰。"这说明哲学带给人们精神领域的好处是宗教、艺术以及科学所不可替代的。

哲学精神与宗教精神在广义上是相通的，都是超验的追思，但在狭义上的区别是，宗教在一个确定的信仰中找到了归宿，哲学却始终在寻找信仰的路上，哲学面向宗教，敢思宗教之不思，又立足科学，敢疑科学所不疑，哲学的追问是科学的但追思带有宗教的色彩，比如我们从这两句简单的语言"上帝是这样安排的""一切都是最好的安排"便能悟到宗教与哲学的不同，前一句是宗教经典，而后一句便是哲学的态度。一个渴慕大全的朝圣者，如果他疲惫了，不再能够依靠自己的力量走下去了，他就会皈依某种现成的宗教。但如果他仍然精力充沛，或虽疲惫，却不甘心停下，他便会继续跋涉在哲学的路上。

现实生活里，我们所见或所闻的一些人，或是官做得够大，或是买卖做得大，但偶然地丢了官或破了户，便觉得走不下去了，或惶惶不可终日，或自甘堕落沉沦，或寻找一种宗教去寄托灵魂，极端者甚至轻生。而相反一些人，当厄运和打击向他降临时，虽疲惫痛苦，却仍然从容走下去，或让心灵寄托于自己爱好的事情上，比如书法、写作艺术等，也仍然走下去。

这两种人的区别就如两个同囚一室的犯人从监狱的窗口向外望去：

一个看到的是泥土，

一个却看到了星星。

同样是从窗口望去，看到星星便有哲学眼光，会是有了哲学的生活方式的人。我们每每看到习惯于沉思的智者，由于他们透彻地思考了人生的意义与限度，便与自己的身外遭遇保持了一个距离，他的处境也就比较不易受当今祸福沉浮的扰乱，而他从沉思和智慧中获得的快乐，也的确是任何外在的变故所不能剥夺的。因此"天有不测风云，人有旦夕祸福"，不能说一种宽阔的哲人胸襟对于幸福是不重要的，用"一切都是最好的安排"来安慰自己，去坦然面对自己的歹运，比用宗教"这是上帝的安排"去寻找客观理由更有积极意义。哲学的慰藉是宗教、科学和艺术所不具备的，这也是哲学的好处。

当歹运临头时，更需要哲学上的理性思考。古希腊哲学家柏拉图在他的《理想国》中，关于理性与非理性有过形象的叙述："我们应该着手商讨已经发生的情况，骰子既已被掷出，那就按照理性认为最好的方式去安排处理事情，不应该像跌倒的孩子那样抱着摔伤的地方大哭不止，浪费了时间，而应该让灵魂习惯于立即采取补救措施抗愈伤痛和失败，用医术来消除悲伤的哭，这是正确应对命运打击的方式，另一部分想让我们没完没了地陷在苦恼的回忆哀叹中，我们将这部分称为非理性无用怯弱的部分。"这是告诉人们，理性会让人在困境中看到希望，而理性的法宝，在哲学的锦囊中才能取到。

现代人生活的时代，人早已不局限于农耕时代简单的"日出而作，日落而息"，许多人都有一种信仰或正在寻求一种信仰，这像现代心理学家阿伦森在他的名著《社会性动物》一书里所叙述的："人类不断使用在认识世界的过程中锤炼的认知结构这一利器，反身解剖自己的认识（甚至包括认知结构本身）并及于其他专属于'人'的领域……意识的、思想的、情感的、人际的、个性的诸多方面，这种自我解剖的功能，唯有地球上最美的花朵——思维着的精神才能做到，它是人类精神的本质所在。"而现代人的这种本质属性已变得越来越自觉和深刻了，精神花朵越来越灿烂了，这是现代人对精神价值的一种向往，但是人们又往往困惑的是，不能确知这种价值到底是什么，甚至认知后又有改变，甚至不能证实它是否确实存在。哲学便能帮助现代人去厘清这些精神迷思，它鼓励每个人自救，鼓励每个人自己寻求自己的信仰，并使人在没有确定信仰的情况下仍然过着一种有信仰的生活，并且，哲学能够引导人学会承受信仰所带来的所有不快。"即使天色暗去，也不放弃方向，即使前方无路，也不放弃寻求。"哲学不能保证找到一个确定的信仰，但让人们去寻找信仰问题上保持一种宽容的态度，让人们永远为自己的整个生存呈现不同的面貌。有一句西语说得很形象：

"哲学烤不出面包，但能让面包更加香甜。"

2　邹忌是个哲学家

收入中学课本的古文《战国策·邹忌讽齐王纳谏》，用一个简单有趣的故事，讲了一个很深的哲学道理。

故事只要读过的人都知道：邹忌是个大官，又是个美男子，其妻、妾、客都说他比当时秦国最美的美男子徐公还要美。一天，徐公来访邹忌，徐公走后，邹忌对镜自省，自愧不如。由此邹忌想到了许多：我根本就没有徐公美，为何美我者多？他分析了妻、妾、客说他比徐公美的主观动因。由此联想到了齐国的政治，站在齐王的角度考虑了许多大事。于是第二天进见齐王，大胆进谏。

王曰："善。"乃下令："群臣吏民能面刺寡人之过者，受上赏；上书谏寡人者，受中赏；能谤讥于市朝，闻寡人之耳者，受下赏。"令初下，群臣进谏，门庭若市；数月之后，时时而间进……皆朝于齐，此所谓战胜于朝廷。

我高中语文老师何老师，从文言句式、写作特点，绘声绘色给我们讲述这篇古文。大约用了半节课的时间给我们讲了一个人应该如何正确认识自我，如何正确对待表扬与批评建议。

读大学时看陈扬炯的《哲学漫谈》一书，再次邂逅这篇古文，陈扬炯用了这个例子来阐述哲学范畴中的"分析与综合"，从邹忌的故事，漫谈只有分析综合才能得出正确结论这一哲学命题，叙述通俗易懂，饶有兴味。

邹忌的讽谏艺术，让齐国形成了如此良好的政治生态，从此齐国繁荣，他不仅是负责任的政治家，也是一个哲学家。

我们知道，哲学思维方法中的"归纳与演绎，分析与综合，历史的与逻辑的方法，贯穿于认识与实践的全过程"，人类智慧的闪光点闪烁于辩证的理性思维之中，由感性向理性过程若发生偏差，难免引起判断上的失误，从真正意义上做到概念明确、判断准确、推理合乎逻辑，需要的是一个科学的思维方法。如果邹忌只是从妻妾客说他比徐公美，而归纳出结论，他只会受蒙蔽于沾沾自喜之中，见徐公后，对镜自省，他便细细思量："吾妻之美我者，私我也，妾之美我者，畏我也，客之美我者，求于我也。"他用"偏爱，害怕，有求"这几个概念把握住妻、妾、客意见的实质与事实的差异。邹忌"暮寝而思"。推理到"求直言不易"的思想高度，这位有责任感的高官进一步演绎升华到了齐王的治国理政，极大地超出了"吾与徐公孰美"的具体范畴。邹忌以责任和智慧，巧妙讽谏，这比枯燥直白地去劝齐王广言纳谏更容易让齐王听得进。

我不知道《邹忌讽齐王纳谏》对后世的政治是否有借鉴意义，大概如《诗·大雅·既醉》中所言"孝子不匮，永锡尔类，其是之谓乎？"不言而喻。在我们当今的现实生活中，小到一个部门，大到一个地区，若主官没有齐王那样的胸襟与开明，徒有现代邹忌的难能可贵也一定于事无补，而纵有齐王的开明，在营造的政治空气里能听不同意见，却找不到"邹忌"这样直谏的好官，必是又一缺失。

可喜的一点是，随着政治生活准则的逐步建立与完善，譬如时下实施的政风行风热线、民声通道、信访举报制度、巡视制度，能拉近邹忌与齐王、齐王与百姓的距离，能增加对"齐王"的执政监督，或者是为千百个邹忌讽谏营造一个好的氛围，或是在"求直言不易"的空气里，形成一种自由、公平的道德文明秩序，真正有利于获得必要的执政负面清单，以供主官们分析综合，从而减少决策上的蒙蔽性和执行上的盲目性，诸如此类，自然会有一些与汇报会、座谈会不同的有效素材。若果真能以此促成深入实际、调查研究，去见见"徐公"并对镜自省，去除身边的"妻妾客"恭维中的"形势一片大好"的报喜不报忧，远距离、多渠道纳谏，举一反三，无疑能分析综合得出一个真实的结论。

我们的时代，需要好的政治家，更需要哲学型的政治家。

有感于斯，撰此文而叙之。

3　诗化的语言与人生哲理

西方哲学大师尼采，有一句足以让人心灵震撼的话语：

"每一个不曾起舞的日子，都将是对生命的一种辜负。"

可是很遗憾的是，尼采自己为了重构自我价值的主张而疯了，尽管尼采在疯了之前，他向人们挑明"上帝已经死了"。这句话就足以让当时他周围的人们说他"真是疯了"。但是尼采的哲学观却影响极广极远，特别是他向人们揭示的"生命的意义在于从骆驼到狮子到婴儿的精神三变"，让人们深切感悟，铭记心扉。诗化的语言与形象的比拟，将人生哲学体验赋予形象化，让人生意境不至于被逻辑化的语言所破坏。

骆驼，

狮子，

婴儿。

比喻人生三种阶段的精神变化。骆驼，昂首向远方，守望愿景。狮子，凶猛顽强，毫无惧怕紧盯目标不放松。婴儿，纯洁善忘，快乐成长。

无独有偶，清代文学大师王国维，写出《人间词话》流传后世。王国维的"人生三境界"与尼采的"精神三变"异曲同工，王国维用中国古典诗词的爱情元素，将妙句概括为成就大事业、大学问者必经三境界，其诗意比尼采更浓。

古今成大事业、大学问者，必经过三种之境界，"昨夜西风凋碧树，独上高楼，望尽天涯路"此第一境也；"衣带渐宽终不悔，为伊消得人憔悴"此第二境也；"众里寻他千百度，蓦然回首，那人却在灯火阑珊处"此第三境也。

尼采的"精神三变"中的骆驼，不正是处在第一境的初心者，拥有为理想为目标的朝圣者形象吗？狮子，不正像为抱负而咬定青山不放松"消得人憔悴"攻坚克难勇猛前行的人吗？走过了春夏秋，收获成功之后，步入老年，"灯火阑珊处"，回首往事如烟，就要像婴儿一样，返璞归真，与世无争。

"精神三变"与"人生三境界"概括人生三部曲，都有哲学气韵。

尼采与王国维，一个疯了，疯在为了重构自我价值的主张上；一个投颐和园南湖自尽了，自尽于意识文化的陪葬上。但这并不能否定他们的哲学观。

人的生命是有限度的，那"惯看秋月春风"是一种繁华与豁达之后的大度与淡定，是伤春悲秋之后的彻悟与超然，把自己当成婴儿，若真性情尚存，童心未泯，便能如婴抱朴、淡然恬静。

"蓦然回首，那人却在灯火阑珊处。"这才是老年的优雅，才是老年的美啊！

4 勇气能够证明信仰

现代德裔美籍哲学家蒂利希提出"勇气能够证明信仰"这一哲学命题，一度引发人们的争议。

蒂利希企图解释人们在尼采挑明"上帝已经死了"这个事实之后，人们的信仰如何存在。他从分析现代人的焦虑着手，由以往用信仰解释勇气的思路，改变思维方式，转入用勇气来解释信仰或证明信仰的存在。

他在哲学著述《存在的勇气》（1952 年出版）一书中鲜明地写道："有明确的宗教信仰，并不证明勇气，相反有精神追求的勇气却证明了有信仰。"他所分析的现代人的焦虑，并不是精神分析家或心理学家所分析的病理性焦虑，而是指存在性焦虑。即非存在在威胁着人在精神层面的存在，蒂利希大胆地将我们现在的时代称作是一个焦虑的时代，一方面在物质的充盈下人们同样感到无端的失落，表现为无意义的空虚与焦虑；另一方面，知识爆炸、财富竞争、城市化带来的城市资源占有上的竞争，让现代人比任何一个时代都显得忙碌，忙碌而产生精神性焦虑。我读《存在的勇气》，似乎觉得蒂利希想要揭示的是人性始终存在着一种精神的渴望和追求，这种渴望与追求甚至显得比信仰更加执着，也更加冒险，因为精神的渴望和追求所想得到的是比信仰更宝贵更持久的东西。这似乎产生了一个悖论：是先有信仰，才会有勇气，还是有了勇气才有信仰或证明有信仰？先有鸡才有蛋，还是先有蛋才有鸡？

那么，比信仰更宝贵更持久的东西是什么？是否指的是勇气？假如抛开书中我不能完全理解的一些哲学概念，我仅能朴素地理解蒂利希的旨意，主要想给有精神追求的人打打气。焦虑的现代人，显著的特征是既不再信仰某一种固有的宗教，种种主义也大都在现代人的信仰中逐步失落，这便是现代意识形态、意识流里让许多人困惑不安的一种存在，表现得较为突出的是：一部分人对灵魂生活持冷漠态度了，一部分人虽然仍然重视灵魂生活，但开始陷入空前的苦闷之中。对此，蒂利希明确指出："要在现代人中找到真正有信仰的人，只能在重视灵魂生活而又有精神勇气的人中去寻找。"这表明了对勇气的态度。

理解蒂利希的"勇气能够证明信仰"这一观点，我从对小孩子们的性情观察中获得一点启示，我住的小区在我那栋楼的背面是一个少年跆拳道馆，居家时我站在后阳台上看参加跆拳道训练的少年课间在小区小广场玩耍，偶尔看到他们中的一对，因为一点小小的不合，对抗得很激烈，甚至一副"不是你死，就是我亡"的架势，可是不一会儿，刚刚势不两立的对头，就勾肩搭背地在一起玩耍起来，这让我想到我们成年人之间为什么一旦出现矛盾，就那么难以复合呢？原因是很多时候我们成年人想得太多，又缺乏相当的勇气，大脑里储存的是太多的顾忌与焦虑——向刚刚吵过架的朋友示好，甚至主动讲和会不会没面子？会不会被对方接受？要是朋友正在气头上，不接受我的歉意，我是不是自取其辱？就这样，怯懦的想法占据了心房，顾虑的余烟挡住了视线，担心被拒绝，畏惧失败，总是退缩而失去更多宝贵的东西。缺乏勇气，害怕在过程中受到伤害，这是怯懦的一种最直接的表现。没有勇气去面对，总站在主观的背后。其实，每个人所经历的许多的人和事，回味起来，并没有想象的那么悲观，生活中有些人，我们称之为有精神追求勇气的人，或简称性情中人，即使人生淡然，也能乐观勇敢地去面对"得到"与"失去"这两种现实。成年人肯定比小孩有更复杂的所谓的信仰，但小孩子们能用单纯的勇气（实质是一种根植于人性本能的真性情）在不被信仰问题困扰的状况下，或者根本还未懂得什么是信仰，也没有成熟到成为一个有信仰的人的时候，用勇气取代了信仰的高贵位置，重新获得了同伴的友谊。

而从"纵浪大化中，不喜亦不惧"的一些伟人的例子，也可从正反两方面看到勇气能够证明信仰。英国历史学家威尔斯写的《极简世界史》，简明扼要叙述了拿破仑在督政府的 5 年里，开始是罗伯斯庇尔的极端主义分子，第一次晋升应该归功于罗伯斯庇尔，慢慢地拿破仑获得了最高权力。拿破仑与罗伯斯庇尔的分歧并不是信仰产生的分歧，遗憾的是，有无情的直觉与巨大能量，但缺乏理解能力与复合合作勇气的拿破仑，没有勇气与罗伯斯庇尔再度合作。以至于"滑铁卢"的风雪将拿破仑的信仰彻底淹没，而一战后期的列宁，他领导的布尔什维克夺取俄国政权后，依靠信仰的坚定去改变社会秩序，列宁的勇气在于选择了和平，从而解放了精疲力竭的俄国，结束大战的《凡尔赛和约》在勇气中产生。拿破仑的勇气缺失，让信仰成为泡影。列宁的勇气，证明了信仰。

勇气能够证明信仰这一命题，与普通人的生活也是有联系的。我们50后、60后们，从小接受的大多是由信仰解释勇气的逻辑思维教育。从小唱着《我们是共产主义接班人》那首歌长大，有了共产主义信仰才能有为全人类的解放而努力甚至牺牲的勇气。岁月漫漫，尤其是经历史无前例的十年之后，改革开放让这一代人感叹："我这一张旧船票，能否登上今天改革开放的客船？"一些人一度苦闷、彷徨、焦虑，然而一些追求好的物质生活而又重视灵魂生活的人，在已接受的逻辑思维中形成的信仰与现实相矛盾，面对的是"前途是光明的，道路是曲折的"。一番努力，往往感受到的又是"道路是曲折的，而自己的光明前途却未见"。思之若渴，达之不及，只不过感到自己是一个盲目的存在。这样便让一些从小立志为主义奋斗的人不免会失落与消沉。这一代人中，只有有勇气去调整自己的人，才成了改革开放的弄潮儿，才坚持了信念。

古往今来，以那些优秀分子为代表，始终存在着一种精神渴望与追求，勇气的确是直接的表现形式，所以蒂利希的结论是：

"当一个人被信仰问题困扰——这当然发生在有精神追求的有勇气的人身上的时候，他已经是一个有信仰的人了。"

第九辑
夕阳点点红

1　生命中的第12个五年计划
——写于55周岁

　　我的一个老领导写过一首打油诗："辛辛苦苦几十年，到头来混了个调研员。初一上上班，十五来领钱。"至今我还记得。一晃便轮到了我。基层政治生活中的一个特有名词——退居二线。今年开始，我便切身地感受了这名词对一名基层干部的政治生活所含的意义。县委书记一次简短的谈话："按照近些年的习惯做法和参考周边市、县的经验做法。县委决定，对年满55周岁的正科级干部进行职务上的调整。"于是我和几个老庚，这个局、那个局的局长们，光荣地到"二线"去让余热闪光了。

　　怎么就55岁了呢？想想现在的年轻人也会这么看我的，"镜中衰鬓已先斑"，可我还没年轻够呢，怎么就老了？

　　我的委屈还源自我的一些不切实际的想法。譬如到了"知天命"的年龄，还陶醉在年轻的心态里，还去报名参加江西财经大学的MBA班的学习。尽管自己的年龄在班上是最大的，但总是不想让MBA的同班同学看出自己的年老，仿佛自己稀疏的鬓发，那"地方支持中央"的外貌状态（已开始秃顶），也只是委屈了自己年轻的心态而已。

　　我的委屈更源自55岁的遗憾，55岁的人，在社会上大抵是功成名就肩负着教诲青年的庄严使命，至少也是在家庭里创立了经济基础为儿女们的"上层建筑"添砖加瓦，或是三代同堂抱孙乐享天伦了，而我却丝毫没有使命感，抱着"儿孙自有儿孙福"的老观念，仍然还在做着自己的梦，去计划着自己生命里的"第十二个五年计划"。一个简单公式：$11 \times 5 = 55$，$60 - 55 = 5$。这个"5"便算作是自己的第12个五年。

　　委屈也好遗憾也罢，渐入老境却是无情的事实，在人生之秋去冬来的季节，要让自己达到一种心态上的"无龄感"，这只不过是自欺欺人。尽管角色的转换让自己转入了悠闲恬静的生活状态，但我苦于在自己身上竟然找不到 55 岁的半点品德而惆怅。不威严也不稳健，不攀比也不恬淡。只是开始热衷于做减法、去库存，崇尚当下时尚的政治术语"供给侧改革，去库存、去短板"，将这些用到自己的休闲生活里，拿走了自己的一些朋友，让自己知道谁是真朋友。鲁迅不是说"人生得一知己足矣"吗？拿走了自己的一些梦想去让自己弄清现实是什么，不热衷于从事什么"第二职业"或做个顾问之类的差事来让余热闪光，也不像时下的许多同龄人那样讲究养生之道，我抽烟喝酒，大块吃肉，打麻将，只是喝酒时性情来时有点断片，总是不经意间就被谁给灌醉了。从来不练气功，也打不来太极，只是偶尔做一些散步、唱歌、跳舞之类的活动，但也不是为长寿，只是为当下的身心愉快。

但当有人问起，老兄现在你在做点什么呢？不免一丝惆怅，感觉总没点计划，是否愧对了这个年龄？枉活了大半辈子。孔夫子的"五十而知天命"固然是一种境界，可他的"十五而志于学"对于现在 50 多岁的人又何尝不能为另一番境界呢？孔老夫子当然预测不了现在的人的平均寿命已比过去时的"人到七十古来稀"增加了近二十年，现在活不到 70 岁的正常人反倒为"稀"了。于是，这也就促使我对余下的五年乃至数个五年，从第 12 个五年开始要有点计划了。

计划的前言部分我是这样写的，"世界这么美，可期的寿命那么长，为何不丢掉为了体面而束缚自然的虚荣情感、附庸庸俗的时髦而不能知足常乐呢？为什么不去想做点对自己有意思（这里用"意思"比用"意义"一词似乎更切题的）的事情呢。"于是计划之一：买了一些书。准备用五年的时间有计划、有选择地读一读，准备了一个书架，读完一本放上一本，然后可数数五年共读了几本书。利用体制外大量的可自由支配的时间（二线嘛，有的是自由时间与空间），试着去旅旅游、远远足、采采风。也试着去写一些"豆腐块"状的散文、札记、微小说、游记和"顺口溜"式的小诗。但那主要不是为了写作而读书，也不是为了写作而写作，而是为了愉快而读，为了陶冶性情而写，是计划中的"陶冶篇"。好与歹并不重要，也不去在乎别人的评价，这对于 55 岁而言"志于学"，以愉快为标准，让自己心上还留有童心，把读书和写作列为计划之列，又有什么不好呢？计划之二：

从过去 11 个 5 年里很少涉足的意识形态领域（自己的意识形态）或自己称之为"我的弱项"里，只要是有益于身心的活动选择几项作为附加，如摸摸麻将，打打桥牌，练练书法。

我将自己的第 12 个五年计划制订得简单明了。开始实施时便让我觉得有趣的便是，人生的第 12 个五年计划，也许随后的第 13 个五年计划（或第"X"个，X 等于几听天由命）对于普通人而言，是可以放弃功利性思维而优雅地去做，并易于实施的，这远比高屋建瓴的领导者的国民经济和社会发展第 X 个五年计划简单易行，也比自己之前的若干个五年计划来得简单。因为它可以不需要"理想、目标、得失、约束"之类的闪亮与沉重词，这个时候的计划，近似于思想家卢梭在《圣皮埃尔岛上的欢乐》所描述的也就是当他获得自由逗留时，自己感觉到是一生最愉快的时光的时候所做的"每日计划"——让"所有一切都使我这种沉思与幽静的生活变得亲切可爱。"

第十二个五年计划，可随心随意，在实施上，又处于不刻意也不失意之间（只要身体健康状况不是太差，均有可行性），同时也是好玩的，只要童心未泯它就像人生之初的第 2 个五年计划，学龄初期，只完成课外作业，便有的玩了。

2　青春挽歌

——读屠格涅夫《青春的呼唤》

屠格涅夫诗说：

> 啊，青春，青春，
> 你什么都不在乎，
> 你仿佛拥有宇宙间的一切宝藏，
> 连悲哀也对你有帮助，
> 你自信而大胆，
> 你说，"瞧吧，只有我才活着。"

我说：

> 青春啊，青春，
> 你像一首诗，年轻时我没读懂你。
> "不识庐山真面目，
> 只缘身在此山中。"
> 你瞬间远去，永不回头。
> 你像一个好友，
> 不因别离而冲淡友谊，
> 却因无法重逢，而只存眷恋。
>
> 青春啊，青春，
> 你在我身上又不留半点痕迹，

你又像我现在手里燃过的香烟。

袅袅升腾，

燃得只剩食指与中指夹住的一截烟蒂。

"我用一声叹息，一种凄凉的感情送走了那昙花一现的初恋的幻影。"当黄昏的阴影已开始笼罩上生命时，看着早已远去的青春的背影，回味曾经唱过的那首"青春啊，青春。美丽的时光，比那彩霞还要鲜艳"的青春之歌，我自责地说自己是个浪仔，走向破产的边缘才悔之晚矣。"啊，倘若我不白白地浪费几十年时光，我什么都办得到。"

每当暮色降临，和老伴一前一后，从街道过往的车流人流，从停满各种机动、非机动车辆的人行道绕行，快步、停等，走过斑马线、过绿灯。漫步"空山新雨后，天气晚来秋"的芝山公园，呼吸着树的气息与清新的空气，略显出一点优雅。可是，步履的缓慢又怎能赶得上思想的速度？瞬间的幽静怎能让整个的心思沉溺于柔美的遐想之中？思绪又一时转到与散步无关的事物上去，快速闪过一个念头："还有什么比瞬间消逝的春潮春雨的回味更新鲜，更珍贵的东西呢？"

有个哲人曾说过，"看青春，犹若看美丽妙龄的少女，即便远去仍会留下当初的美感。"对青春的回眸，总是如此美好。人生啊，就像一个函数，在不同区间内总有不同的取值，浪费时的洒脱，回眸时的惋惜，裹暖的深秋季节带来的惆怅，相互交织缠绕，每当默诵着王维的诗"自从弃置便衰朽，世事蹉跎成白首"，却又是一番滋味在心头。

青春啊，青春。当拥有你时，我也曾觉得自己像个千万富翁，好像挥霍之后还有，可将你浪费得仅剩一点零头时，哪怕只剩下一点零头，你仍像黄金般耀眼，我也会为仅有的零头而庆幸，庆幸自己没有破产，还能唱着你的挽歌。

3　秋的份额

"伤春悲秋"是人的细腻情感与自然节奏的相互律动。自然界的秋与一些文人学士，尤其是诗人，有着浓厚的情结。所以诗文里颂秋的文字特别多，若点击翻阅关于秋的文字，很容易作一篇秋的散文集，简单开几个单子：

欧阳子的《秋声》

苏东坡的《赤壁赋》

林语堂的《秋的况味》

郁达夫的《故都的秋》……

若以自然之秋比拟人生之秋，在很多人笔下便带着十分浓厚的色彩，特别能引起深沉、幽远、严厉、萧索的情趣。"梧桐一叶天下知秋"，首露银梢而知生命之秋。自然之秋、生命之秋，同样都有着颓废与况味。

现在中国人的平均寿命据统计是 76.7 岁。故此现在许多人都将 80 岁作为初定目标。自然界"春、夏、秋、冬"四季均分，而将人生的自然节奏划分为 20 岁为一季，春 20、夏 20、秋 20、冬 20……均分季节。那么，60 岁花甲之后的感觉，给人的希冀与奢求便是努力留住秋，让秋去占冬的份额了。

仿佛是一场梦似的，我不知不觉就有了 60 岁，生日那天。老伴和儿子一早就发来信息，要我去省城为我过生日，我借故没去。于是这个本该值得纪念的生日，我只能慎独了。

一人独坐沙发上，望着儿子为我定做的生日蛋糕，手上点燃一支烟抽着，吸一口看着丝丝的烟雾袅袅升腾，过滤嘴烟蒂与白灰之间露出红光。红光透出微微的暖气，心头的思绪便跟着蓝烟缭绕而上，一样的轻松，一样的自由，一样的静谧。当烟烧到烟蒂，我还未来得及换上一支，缕缕的细丝慢慢不见了，此时的寂静，如用钢笔在厚厚的稿纸上写着散文一样，只有自己能听到一丝沙沙的声息。我拿开刚沏的那杯秋茶的杯盖，闻着一股温煦的热气，品着浓味的秋茶，想着室内缭绕暗淡的烟霞，想起了我奶奶品茶时常说的那句话："春茶香、夏茶涩，秋茶好喝摘不得（因秋季采茶会伤茶树）。"由此，使我想到了秋天的意味，亦想到了家乡黄龙尖山头上的枫叶，西边河的柳影，团山下中学的梧桐，龙泉桥上空的夜月，牌楼屋院内的秋梨。亦想到吃过这生日蛋糕，就意味着我的人生之秋之后便是冬了。"悲落叶以劲秋，喜柔条于芳香，冬将至，秋更难留。"感慨系之矣。

一些诗文里秋的含义，使人联想的是萧条，是凄凉，是林扇，是红叶，是荒林，是残荷，是萎草，是颓废。但是林语堂和郁达夫先生写秋，却是别有况味，似乎秋天里还有春天的梦，读起来对我很有启发。

"没有春天的阳气勃勃，也没有夏天的炎烈迫人，也不像冬天之全入于枯槁凋零，我所爱的是秋林古气磅礴气象。"——《秋的况味》

"比起北国的秋来，正像是黄酒之与白干，稀饭之与馍馍，鲈鱼之与大蟹，黄犬之与骆驼。秋天，这北国的秋天若留得住的话，我愿把寿命之三分之二折去，换得一个三分之一的零头。"——《故都的秋》。

林语堂、郁达夫写得是如此煽情，读之真让人对秋动情，我在想，人生之秋，我若留得住，我愿用冬天的全部去换它四分之一的零头。这方面，倒是庄子讲出了大实话，他说："正得秋而万宝成。"秋是代表成熟，代表收获，人生之秋何尝不是如此。明媚娇艳的春天，茂密浓深的夏天，对于度秋之人，已是惯看的亮丽，不足以春的年轻、夏的傲气为奇，度秋之人寓古色葱笼之慨，不单以葱翠争荣，只是储存力量以备接下来的寒冬之用，"应尽便须尽，不复独多虑。"抱着这种精神，昂然向前，储存了力量才能让自己在人生裹暖的冬季"纵浪大化中，不喜亦不惧"。

又换上一支烟，再用打火机点燃！一口一口地吞云吐雾，香气扑鼻，复而又去回味秋的情调……叶子的颜色金黄、成熟、丰富，但又略带忧伤与冬的预兆，大概一切古老成熟的事物，都会给人以厚重的愉悦感。如"夕阳无限好，只是近黄昏"，如"酒以醇陈为佳，饮之以畅以微醉为高"，人亦如此，生命的秋季，尤其在晚秋，知道生命的极限而感到满足。"秋后算账"虽具贬义，可在生命的秋后审慎算一笔账是一种睿智，因为随后的冬的份额就像数学方程式里的未知数。人如颤动的树叶，不知何时飘落于大地。谁人能知落叶之歌究竟是依恋的温馨还是离别的眼泪？

"蕉叶荷枝各自秋"，经历了秋的成熟时期，淡然而睿智把握住秋的份额，就如"发育健全遭遇安顺的，亦必有一时徐娘半老的风韵，为二八佳人所绝不可及者"。不错过爱之秋天的宏大恩赐，挽留秋，珍惜金黄的季节，从容优雅去守候成熟，一个丰富如秋的意境与姿态，这便无异于增加了一个零头，也等同于储存了耐力以应对寒冬。这，远胜于存钱养老。

60 岁生日，没有其他仪式干扰，作此《秋的份额》以添兴致。